盗火者文丛

MAPLE LEAVES
&
REED CATKINS

YUHO CHANG

张裕禾 —— 著

## 图书在版编目（CIP）数据

枫叶荻花 / 张裕禾著. —北京：中央编译出版社，2017.11
ISBN 978-7-5117-3413-6

Ⅰ.①枫…
Ⅱ.①张…
Ⅲ.①散文集－中国－当代
Ⅳ.①I267

中国版本图书馆 CIP 数据核字（2017）第 247352 号

## 枫叶荻花

出 版 人：葛海彦
出版统筹：贾宇琰
责任编辑：曲建文
执行编辑：程　彤
责任印制：刘　慧
出版发行：中央编译出版社
地　　址：北京西城区车公庄大街乙 5 号鸿儒大厦 B 座（100044）
电　　话：（010）52612345（总编室）　（010）52612363（编辑室）
　　　　　（010）52612316（发行部）　（010）52612346（馆配部）
传　　真：（010）66515838
经　　销：全国新华书店
印　　刷：北京文昌阁彩色印刷有限责任公司
开　　本：880 毫米×1230 毫米　1/32
字　　数：233 千字
印　　张：11.75
版　　次：2017 年 11 月第 1 版
印　　次：2017 年 11 月第 1 次印刷
定　　价：58.00 元

网　　址：www.cctphome.com　邮　　箱：cctp@cctphome.com
新浪微博：@中央编译出版社　微　　信：中央编译出版社（ID: cctphome）
淘宝店铺：中央编译出版社直销店（http://shop108367160.taobao.com）
　　　　　（010）55626985

**本社常年法律顾问：北京市吴栾赵阎律师事务所律师　闫军　梁勤**
凡有印装质量问题，本社负责调换，电话：（010）55626985

# 《枫叶荻花》自序
## 一个追梦者的自述

笔者少年时代热爱音乐,曾想献身音乐事业。可是经过数年努力,两次投考上海音乐学院附中失败,这才放弃了做个作曲家的梦想。高中毕业时转而报考外国语言文学系,想做个外国文学的研究和翻译工作者。1955年,我高中毕业,报考了北京大学西方语言文学系。我如愿以偿,成了北大西语系法语专业的一名学生。音乐成了我的业余爱好。我们是第一届五年制的西语系学生。学完三年本科课程后,我被分配到文学专业,又接受了两年文学研究和文学翻译的训练。

1959年,北京大学为纪念校庆,组织了一系列的学术报告会。我受命在西语系做一个有关莫泊桑的介绍。在政治运动频繁的50年代,我埋首向学,系统梳理一位法国小说家的生平和著作。讨论会当晚,西语系的资料室里,师生济济一堂。我的读书报告已经事先油印好发给了与会者。这是我第一次写读书报告,路子是否正确,心里一点把握也没有。闻家驷先生发言时称赞文章中很好地运用了辩证法。罗大冈先生发言前则先让我站起来给大家看看。我，一个毛头小伙子，哪里经历过这样的场面，紧张得浑身发热，低着头站起身来，也记不得当时罗先生究竟说了些什么。但，罗先生记住了我。这篇文章是我蹒跚学步迈出的第一步，是篇习作，并无多少学术价值。不过，青年人总有些敝帚自珍的积习罢了，一直将油印稿留着做纪念。可是，"文化大革命"开始后，生怕招来麻烦，便将其付诸一炬，化作青烟。文章内容也随之彻底从记忆中消失了。

大学毕业后，我原本留校做研究生，这非常符合我的心愿。可是，直到1960年年底，事情还定不下来。元旦前夕，西语系派人来告诉我，我的政治审查没有通过，因为我在1957年的反右斗争中，思想右倾，同情右派，没有积极参加反右斗争，而受到留团察看的处分。我到北大办公楼校务处领了到上海高教局报到的纸头，然后灰溜溜地离开了北大。到上海后，我被安排到外国语学院教书。做研究工作的梦既然碎了，便安下心来，投入法语教学工作。

1962年，我的北大同窗好友胡其鼎，时在人民音乐出版社任编辑，来信约我翻译法国音乐家德彪西的音乐评论集子。这是我应邀翻译的第一个任务。整天陷入日常教学事务的我，可以想象，是不会放弃这样的机会的。我在教学之余，全心投入《克罗士先生》一书的翻译。译完之后，其鼎请我的恩师陈占元先生为我校阅和润色译文。1963年初，该书问世，受到音乐界人士的热烈欢迎。当时中苏关系紧张，中国乐坛在苏俄音乐的笼罩之下颇感压抑。法国印象派大师有关音乐艺术的论述，犹如一块巨石扔进了一潭死水，激起了层层浪花，发出了阵阵轰鸣。可是不久，上海《文汇报》就发表了姚文元的大块文章，批判德彪西的艺术观点。老资格的贺绿汀和初出茅庐的沙叶新起而迎战。一场无声的、但火药味很浓的战斗就这样打响了。笔战延续了一年之久。我在1957年有过观战的经验，深知战败的一方，必有灭顶之灾。我虽有想法，哪有胆量接受《文汇报》记者的建议，写成文章让他去发表呢？一位对我有所了解的北大学姐，收到我的赠书后，特地来信关照：汝大器，当晚成。我心领神会，明白她的用意，知道自己闯祸了。从此，我韬光养晦，不再译书，专事教书和句法研究。

1964年我暂时离开教学，被派到上海郊区奉贤县参加四清运动。这时才有人告诉我，我从进外语学院的那天起，就被定为"控制使用"的对象，因为我受留团察看处分的档案在我来上外报到时已经紧跟在我后面，送到了上外的团委和人事处。

1966年"文化大革命"开始。我未能逃过这一劫。8月18日，上外红卫兵举行"斗鬼会"，批判西语系主任、精通多国语言的浦允南教授。我跟其他几十位教师和干部被押到大操场上做陪斗，头上罩着字纸篓，跪在操场上接受红卫兵的批判。然后，红卫兵将所有被批斗对象的脸部用墨汁涂黑，强迫他们在大操场的跑道上爬一圈，任凭围观者嘲笑和辱骂。有个别南下干部不接受这样的人身侮辱而遭到红卫兵无情的毒打。上外校园，顿时一片恐怖气氛。老教师心脏病发作者有之，跳楼自杀者有之，触电自杀者有之……

从这天起，我便失去了"革命群众"的身份，被列入"牛鬼蛇神"的行列，成了随叫随到、接受批判的对象。批判我什么呢？第一条罪状，是翻译了德彪西一本音乐评论集子，做了文艺黑线上的小走卒。我曾对同寝室的人说过，姚文元不懂音乐，望文生义。此话被揭发出来，批判者上纲上线，认为这是对姚文元的攻击和污蔑。攻击和污蔑后来成为无产阶级革命司令部的人，这是何等罪恶呀？第二条罪状，是打击工农子弟。因为我有一位学生由于牙齿长得非常不整齐，不能正确区分开口è和闭口é的发音，我曾出于善意，建议他去请牙医整理一下牙齿。第三条罪状，是污蔑伟大的副统帅林彪，反对毛泽东思想，因为我说过一个人一辈子说过许多话，怎么可能句句是真理、字字是真理？第四条罪状，是污蔑社会主义。因为我跟同学们说过，三年自然灾害期间，有农民吃树叶子或者饿死。

1971年"九一三"事件之后，上外接到任务，要参与世界国别史的翻译工作。我和我的北大校友朱威烈，还有我的前辈林鼎生先生，以及我的学生王云云女士，一齐被"托管"到法汉词典编辑组，分别从事《摩洛哥史》《毛里塔利亚史》和《阿拉伯马格里布史》的翻译工作。活跃的朱威烈结识了在那里参加法汉词典编写工作的祝庆英女士。祝庆英是上海文艺出版社的编辑，优秀中年骨干。她跟朱威烈讲了以下一个故事。"文革"前，她去北京组稿，拜访法国文学研究的大家罗大冈先生。罗先生对她说："我年岁大了，事情又多，你们为什么不去找张裕禾呢?他在上海外国语学院教书。"祝庆英对朱威烈说:"如果不是'文化大革命',我们早就找他帮我们翻译法国文学作品了。"这个被前辈记住和推荐的小故事,对我这个已经靠边站、成为革命对象的人来说,不啻是个鼓励,让我有勇气坚持下去,继续做我的文学研究梦和文学翻译梦。

70年代,工农兵学员陆续进入大学。我被允许重执教鞭。"文革"开始之后,就没有开口说过法语。怎么去教学生说法语呢?新来的法国教师要来听我讲课,我不得不婉言谢绝。"我已经6年没有说法语了。您来听我的课,我会十分紧张,张口结舌。以后再请您来指教吧。"这时候重返讲台,对我来说,就是一个"如临深渊,如履薄冰"的工作。原因有三。一是,"文化大革命"初期,老师是学生揭发和批判的对象,师道尊严的传统被砸烂,知识分子被列为第九等,成为臭老九,精神上备受折磨,创伤严重。老师在学生面前谨言慎行,生怕被学生揪辫子,对学生有强烈的戒备心理。工农兵学员背后有工宣队和军宣队的支持,对他们的教师监督有余、尊重不足。这样的师生关系十分难处。其二,教师不知该如何教学生了。学习西方语言,仅仅有好的记忆、掌握词汇和语法是不够的,还要懂得所学语言国家的历史文化和风俗习惯,要了解说话的语境。对语境的介绍,说多了会被人扣上宣扬资本主义社会生活方式的帽子;不介绍吧,你会觉得没有尽到语言教师的责任。教师很难做人:对学生要求严了,有人会说你修正主义回潮;对学生不管不问,你觉得有悖职业道德。其三,为了体现语言教材的革命性，教师们常在中国出版的外文杂志上选择那些充满政治口号的文章。外国人如果对中国政治背景和政治语汇不熟悉，是很难看懂那些政论文章的。用这样的文章做教材，怎能教会学生外语呢？到外国报刊上挑选简单易懂的应用文做教材，或是跟外籍教师合作编写一些日常生活对话做教材，是当时的最佳选择。可是，教师总觉得头上悬着一把达谟克利斯之剑，不知什么时候会落下来砍了自己的脑袋。

1978年，邓公重新掌舵，拨正中国这艘大船的航向，打开国门，招商引资，同时派出第一批中青年业务骨干到西方国家进修访学，以弥补十年业务荒废造成的知识断层。我有幸通过业务考核，被选送到加拿大魁北克省美洲最古老的法语大学——拉瓦尔大学，进修法语和文学。那时的我，只有一个想法，就是要把白白浪费掉的十年光阴补回来。加拿大处于严寒地带，一年有半年时间是冰天雪地，对于来自水乡的我来说，既怕冷，又不会滑雪溜冰之类的户外活动，那就只能是把自己关在温暖的屋里读书了。狠狠读了两年书，补了许多语言和文学课。

1980年，我结束进修，按时回国，带回一大箱子的法文书籍和资料，重回上外教书。教书之余，我或译或写，介绍法国战后兴起的文学流派、新批评、结构主义、新小说、荒诞派戏剧等等，以填补我们知识上的空白。本集收入的8篇介绍法国文学艺术的文章大都是在这一时期完成的。此外，还参加了中国大百科全书外国文学卷和世界文学家大辞典的词条撰写工作，以及《巴尔扎克全集》的翻译工作。再加上授课和行政工作，虽值盛年，也觉得不堪重负。身体日渐虚弱。体格检查，心脏开始出现问题。社会上呼吁，要改善中年知识分子的生活待遇和工作条件。可是，要解决的问题实在太多，积重难返，僧多粥少。中青年骨干，英年早逝的例子，比比皆是。我有两个亲戚都在五十不到的年龄先后在工作岗位上倒了下去。再则，这才平安了没有几年，反对精神污染的运动又开始了。北京有老同学警告我，内部又要拟定进行批判的黑名单了。我当时写了一篇题为"法国的'新小说'与中国的《红楼梦》"的文章，旨在证明法国新小说中尝试的写作手法，有些在曹雪芹的《红楼梦》中就已经使用过了。这是一篇研究艺术手法的文章，也可以算是比较文学的论文。文章交给上海外国语学院的学报，学报拖着不发，也不退稿，就是因为听到了风声而"按兵不动"。整整拖了一年，直到1984年下半年才刊登出来。

1984年9月，我获得加拿大国际开发署的一笔奖学金，遂重返加拿大拉瓦尔大学攻读博士学位。这也是因应了国家的需要。中国高等学校恢复了学位制，我也被评上了副教授的职称。可是，我没有做过博士论文，我以后怎能指导别人写博士论文呢？上外院长胡孟浩教授是当时少数几个在苏联取得博士学位的俄语语法专家。他非常理解我的忧虑，并支持我重回拉瓦尔大学去读博士学位。这次，我是带着问题重回加拿大的。我要扩大视野，寻找文学研究的方法，因此我在社会学系报了名，攻读社会学的博士学位。我花了两年时间补习社会学的基本课程，同时就研究课题征求社会学系老师和我朋友的意见。有老师建议我研究中国问题，也有朋友建议我研究北美的华侨问题。我都没有采纳。原因很多。首先，中国正在进行改革，探索实现四个现代化的道路。我再次来到加拿大，想从人家的社会发展经验（不管是正面的或是反面的）中得到启示，想了解人家是怎么从农业社会走到工业社会的。其次，北美华人早期大多来自广东福建。而我不懂这两地的方言，觉得很难深入了解这些老华侨。经过反复推敲，我最后决定就地取材，把魁北克社会作为研究对象，把文化身份作为切入口，来考察魁北克家庭在现代化过程中的演变。魁北克社会历史不长，社会的演变易于把控。而文化身份是后殖民时代一个具有广泛影响的理论武器。第二次大战之后，挣脱殖民统治的新兴独立国家都面临着消除殖民主义影响、重建文化身份的任务。中国在20世纪一直处于传统与现代、东方与西方的冲突之中。思想界、政治界争论不断，摇摆不定。尽管如此，中国社会在不断的动荡中起了翻天覆地的变化。20世纪初的中国人到了20世纪末已经完全变了样子。男人脑勺后的辫子没了，头顶上的瓜皮帽或八角帽也没了。女人的小脚恢复了天足。小轿车取代了独轮车、轿子、黄包车……帝制推翻，共和建立。我们不再是我们原来的样子，可是细想想，又觉得我们还是我们。这是怎么回事？"谁能告诉我……是对还是错……"我们在数十年里，总是用占有物质财富的多寡来划分人的等级，来判定人的政治立场、道德高低或品质优劣。以致在"文化大革命"中流行起"老子英雄儿好汉，老子反动儿混蛋""龙生龙，凤生凤，老鼠的儿子会打洞"这种唯成分论的极端言论来。在这种思想指导下，很多无辜遭到歧视、排斥、迫害以至杀害。当我们走进改革开放的新时代，我们的脚步又是如此的仓促，我们没有时间稍微停歇一下，总结一下我们走过的路，看看我们来自何方，曾经是什么样子，现在变成了什么样子，将来又会是什么样子。没有，我们没有做这件基础性的工作，就又匆忙上路了。我们对自己的文化和文化身份还没有清楚的认识，就大谈特谈文化发展战略了。这怎能谈得清楚呢？面临传统文化、地域文化、民族文化、外来文化、宗教文化、职业文化……怎能知道保护什么、发扬什么、吸收什么、拒绝什么、融合什么呢？基于这些忧虑，我选择了研究文化身份问题，希望我的研究成果能给中国的学界带来一些新的概念、一个新的视角、一种新的研究方法。

于是，我阅读大量的文献，将文化身份问题加以梳理，弄清楚这个概念的内涵和外延，并用简明的汉语复述出来，介绍给中国读者。本集中第一辑文化与文化身份篇就是在这种情况下写出来的。二十多年过去，这一概念不仅为国内学人接受，而且对国内的学术研究起了良好的促进作用。这已超出了笔者原来的期望，因而感到欣慰。

我获得社会学博士学位后，一方面在魁北克的大学里教书，给历史系学生讲中国通史，给教育系学生讲文化身份与移民融合，给政治系学生讲多元文化社会；一方面管理一个为移民服务的机构，帮助来自世界各国的移民通过就业融入社会，同时还给魁北克市区的中学生进行跨文化的普及教育，培养孩子们文化多元、思想开放的理念和心态。此外，我还跟几位志同道合者创办了一个跨文化研习所，汇集各学科的人才，组织多元文化的讨论会，出版研究论文集，以推动魁北克地区的跨文化研究和促进不同文化之间的相互理解与和谐相处。在一段时期里，我还代表魁北克市区的移民，出任地方发展中心理事会的理事。我的言论受到当地媒体的关注和报道，在一定程度上，成为各国移民的代言。

转瞬间，年近古稀，不得不退下阵来。但我没有闲着，而是继续做我喜欢做的事情：应约翻译一些文艺书籍，参加中外文学交流史《中国—加拿大卷》的编写工作，研究魁北克的华文文学及魁北克文学在中国的传播。本集第三辑的一组文章，大部分是在退休之后的十来年里撰写的。

位卑未敢忘忧国。我从读书到工作，无论在中国还是在加拿大，以至退休之后，一生孜孜以求的梦想，就是能在中外文化交流中尽一点绵薄之力。收在这本集子里的文章主要是以一个中国人的视觉，写给中国人看的。旨在将自己的读书心得，将自己的余热回馈给社会，回馈给祖国。至于文章的价值，只能留给读者和后人评说了。

最后，我衷心感谢鸣九学兄的信赖和鼓励，感谢他的大力推荐，也感谢中央编译出版社的慷慨应允，将笔者三十多年来发表过的主要文章结集出版，以免散失之虞。

张裕禾　2016年11月，加拿大　魁北克

# 目  录

### 一辑　文化与文化身份篇

3　关于文化身份问题的备忘录

7　跟钱林森教授漫谈文化身份研究

19　民族文化与民族文化身份

39　从何着手研究文化身份

59　文化身份重构问题

80　家庭体制、艺术形象与文化身份

99　为什么不把思维方式作为文化身份的组成成分？

104　文化多样性和文化融合的关系

### 二辑　法国文学艺术篇

113　一段往事的追记
　　　《德彪西论音乐艺术》译后记

120 德彪西，一个为后人开辟道路的音乐家
  《德彪西论音乐艺术》序言

142 亨德尔，一个为大众写作的音乐家
  《亨德尔传》译后记

148 西方画家的"艺术革新"与"社会反抗"

154 试说法国新小说

166 法国的"新小说"与中国的《红楼梦》

181 梅特林克及其象征主义戏剧
  《梅特林克戏剧选》序言

193 20世纪法国主要文学流派

## 辑三　魁北克篇

203 试说偏见、歧视及其他

214 魁北克文化身份的演变

237 魁北克人心中的华人形象
  从现实生活到艺术虚构

279 应晨——现代小说艺术的探索者

320 魁北克华文文学的诞生及其发展前景

325 在魁北克华人作家协会"2014年新书发布会"上的发言

329 诗集《果园集锦》序
——弘毅诗社成立十周年纪念

334 枫叶荻花秋瑟瑟,柴门初启越重洋
70年代末的点滴回忆(1978年9月—1980年5月)

# 一辑　文化与文化身份篇

# 关于文化身份问题的备忘录

向国内读者介绍文化身份的两篇文章《民族文化与民族文化身份》《从何着手研究文化身份》写于20世纪80年代末，在我准备博士论文期间。文化身份这个概念在中国的传播始于90年代初。第一篇文章介绍概念的外延，第二篇文章介绍概念的内涵。两篇文章分别发表于上海外语教育出版社出版的文集《中国文化与世界》第一辑（1993年）和第四辑（1995年）里。二十多年过去了，这一概念在国内已经被广泛使用。国内学人多了一个视角，多了一个研究工具，对世界华文文学和华裔文学的研究、对中国当代文学的研究、对中国民族文学的研究，对跨文化和翻译学的研究起了有益的作用，这是很值得欣慰的事。由于《中国文化与世界》印量有限，发行范围狭窄，有读者反映很难找到这两篇文章。很多人是通过我和南京大学比较文学与比较文化研究所前所长、国际双语刊物《跨文化对话》前执行主编、中文系钱林森教授关于文化身份的对话一文知道这个概念的。该文发表在《跨文化对话》杂志第九期（2002年）。

多年来我一直关心着这一学术概念在国内的传播和运用。我读过许多运用这一概念的文章和书籍。运用得最好的莫过于对赛珍珠及其作品的分析，对文学作品翻译的影响分析，对海外华人、华裔文学作品的分析。但我发现，国内有些学人把文化身份问题简化为文化认同问题。甚至个别作者的文章认为，Identity一词可译为文化身份，也可译为文化认同。这就把两个概念混淆了。文化认同是文化身份涉及到的问题之一，远远不是文化身份的全部问题。

我在《民族文化与民族文化身份》一文中，其实已经说清楚了这个问题。这篇文章起初是用法文写的，使用的是法文资料，原因是文化身份问题和文化身份的重构问题在法语世界里（Francophonie）讨论得更为热烈，更为深入。而美国学者受芝加哥学派的影响较深，确信"大熔炉"（Melting Pot）政策可以解决移民带来的一切社会问题。他们对文化身份的结构和重构没有法语世界的学者研究得深入。而中国学人能阅读法语资料的为数不多，大多使用的是英语资料。这可能是个别国人把文化身份和文化认同混为一谈的主要原因。

另外，我当初的中文译稿上把"État-Nation"译成"政权—国家"。而国内政治学的文章则译成"民族国家"。这是Nation一词的双重含义造成的。现在，我随政治学的译法都改成了"民族国家"。法国社会学家莫兰曾说，唯有国家中央政权在国家形成中起核心作用。这句话的重要性在于，一个民族成为一个国家之后，可以利用手中的权力，更好地保护和发展本民族的文化身份。可是单一民族的国家在当今世界上毕竟是少数。绝大多数国家都是由两个以上的多民族构成的。所以我们要强调民族文化身份的相对性。另外，我们在承认文化身份延续性的同时，要强调与时共进，强调取人之长、补己之短，强调你中有我、我中有你，强调文化融合的缓慢进程。一个国家只有采取这样的文化战略和平等对待各民族及其文化的态度，各民族才可能在同一个政权下互相尊重，和谐相处，共同发展，共享繁荣，才可能防止少数民族的极端分子利用文化身份的理论来寻求分离和独立。

每个民族都建立一个国家，这是不现实的，也是不可能的。在所谓民族国家的问题上，我们应当保持应有的警惕。所以说，我们要大力提倡和发扬和而不同，各美其美，美人之美，美美与共（费孝通语），以达到推动世界文化逐步走向融合，推动世界慢慢走向大同。当一个国家的经济发达了，国力增强了，就认为自己的文化实力即所谓软实力，也是最佳的或最强的，那就可能发生偏差。你可以美你的美，随时准备美美与共。谁愿意学习，我们可以与之分享，但不宜于主动推销兜售，更不能把你认为的美强加给别人、别的民族或别的国家。这是要十分当心、万万不可疏忽的。不然，小则在处理人际关系、大则在处理民族关系或国家关系时，我们的一片热心可能会遭到冷遇，甚至遭到拒绝和排斥。

最后，再重复说一句，文化认同只是文化身份的表现之一。努力建设共同的文化身份才是根本。文化身份和文化认同的公分母是文化。文化身份的主要内涵就是我们在第二篇文章中所讲的那五种基本成分：价值观念，家庭体制，语言，生活方式和精神世界。在一定的时间和空间里，如果社会成员在这五个方面的表现大致相同，我们就可以说他们分享着同一个文化身份，他们也会很自然地互相认同。然而，由于社会分层，信仰、职业、语言、地域等等不同，认同的程度会有差别，这也是很自然的现象。所以说，认同也是相对的概念。在第一篇文章第七节中我们已经分析过，这里不再赘述。当然，感兴趣的朋友还可以将问题细化，进行更深入的分析。

中外文学名家们都相信文学即是研究人的学问，或者说得简单一些，文学即人学。文化身份的概念作为后殖民时代的一个学说概念，将对人的观察和研究细化了，从而使我们摆脱了束缚，扩大了视野，增加了新的视角。这对从事文学创作的文友们来说是有好处的。我是这个概念的学习者、研究者和运用者。我把自己的学习心得用汉语写出来，跟使用汉语的文友们分享。希望文友们喜欢，更希望文友们对这两篇文章提出问题和不同的看法，我将在力所能及的范围里给予回答，以活跃魁北克华文文坛的气氛。

（原载于加拿大魁北克华人作家协会网站　2015－06－09）

# 跟钱林森教授漫谈文化身份研究

**编者按**：钱林森先生是南京大学中文系教授，南大跨文化研究所原所长，中法合办《跨文化对话》杂志的原执行主编，《中外文学交流史》总编，法国卷主编。

**钱林森**（以下简称钱）：张先生，听说你是第一个把文化身份这个概念引进中国学术界的，请问那是什么时候的事？

**张裕禾**（以下简称张）：本人孤陋寡闻，不知道在我之前国内是不是已经有人使用和介绍过这个概念。这是十年前的事了。1992年，上海外国语大学的前身上海外国语学院正在筹备出版《中国文化与世界》学术论丛。朱威烈兄来函邀我撰稿。盛情难却，我便寄去《民族文化与民族文化身份》一文，发表在1993年出版的《中国文化与世界》第一辑里。当时，国内朋友不熟悉这一概念（英文 cultural identity，法文 identité culturelle），编辑部曾建议用文化特性来对译。我坚持译成文化身份，同意编辑部在题目上加注，说明国内通常译为文化特性。这样，彼此达成妥协。

**钱**：为什么不能译成文化特性呢？

**张**：因为identity（身份）跟property（属性，特性）、characteristic（特性，特征）、particularity（特征，特点）不是一回事。身份能包含特性、特征、特点，反之则不行。特性、特征、特点都是身份的具体表现，但不能代替身份。身份这个概念是在更高层次上的抽象和概括。这个概念在西方人文科学和社会科学中已经使用了几十年，使用范围十分广泛，几乎涉及所有的人文学科和社会学科，而且派生出一系列概念，如身份体系、身份构建、身份重建、身份危机、身份战略、身份冲突等。如果译成特性，就是用一个下属概念代替总体概念，从而造成概念上的混乱，以至上面列举的词组就没法对译了。

**钱**：十年过后，这个词在国内已逐渐被接受，在《人民日报》发表的文章中也能看到这个词了。但一般读者对这个词的含义尚不清楚。你能跟我们谈谈吗？

**张**：文化身份这个概念，中国读者虽然比较生疏，但对这一概念所涉及的问题则是很熟悉的。当一个人自我介绍说，我是中国人，或我是江苏人，或我是上海人时，他是以自己的国籍、省籍、市籍，即以自己生存的地域来界定自己，以区别于外国人、外省人或外市人。可是，能使一个人、一个群体、一个民族或一国人民和他人、他群体、他民族或他国人民区别开来的，不仅是生存的地域，还有很多其他因素。那么，是哪些因素使我们成了中国人而不是美国人、法国人或埃及人呢？这些因素之间的关系如何？文化身份是怎么形成的？文化身份跟民族文化的关系如何？文化身份跟国家政权的关系怎样？文化身份跟文化认同有什么关系？文化身份跟制定经济发展战略和文化发展战略有什么关系？文化身份跟民族矛盾和利益群体矛盾有什么关系？诸如此类问题，都是文化身份这个课题要研究的。

**钱**：要说清楚这些问题并不容易。国外什么时候开始研究文化身份问题的？现在的研究状况如何？

**张**：自从地球上的人类以家庭、氏族、部落、城邦、王国、帝国或共和国为单位，群居在一起的时候起，便有了个人的或群体的文化身份，文化身份问题就存在了。但作为一个问题来研究，那要追溯到19世纪殖民主义时期。欧洲人的殖民征服给宗主国提出了一系列的社会文化问题。欧洲的人类学家、民族学家、社会学家开始对殖民地的所谓"落后"民族进行研究，以便给制订殖民政策的政治家们提供政策建议。他们在研究他民族文化的过程中，发现了一个民族内部文化的统一与文化身份的存在，以及不同民族之间文化身份的差异。20世纪上半叶，儿童心理学和社会心理学的发展，弗洛伊德精神分析学术的传播，使得个人文化身份的形成和发展得到了理论上的支撑和实践上的证明。其时，大部分欧洲的人类学家和社会学家继续研究处于西方现代文明外围的民族，而美国的人类学家和社会学家则把注意力转向美国社会自身，开始研究美国人民在行为上的共同特征、各族裔群体文化身份的差异和冲突、少数族裔身份转化的问题，以及美国社会的主流文化如何同化少数族裔文化的问题，从而在社会学的发展史上，形成了美国的芝加哥学派。第二次世界大战之后，随着民族独立运动的兴起，捍卫和重建民族文化身份成了反对殖民主义和消除殖民主义影响的一面旗帜。从此，文化身份问题便和政治问题和经济问题结下了不解之缘。正是在这种背景下，第三世界的精英们，以及巴斯克、瓦隆、北爱尔兰、魁北克等第二世界地区的知识分子，才大书特书、大谈特谈他们文化身份的特殊性，研究他们的民族个性和集体意识。20世纪80年代以后，由于国际形势的变化，欧美西方国家对文化身份的研究向纵深发展，从民族身份的研究转向区域身份、职业身份、宗教身份的研究，把文化身份的研究深入到日本战后的经济奇迹和亚洲四小龙经济腾飞的领域，也把文化身份的研究跟巴尔干国家的战争和中东国家的战争联系起来。特别值得一提的是，近二十年来，文化身份的研究从理论走向实践，去解决不同文化相遇所产生的间文化问题，解决大企业和跨国公司中的间文化管理的问题。

钱：你刚刚用了一个新词，间文化，为什么不用跨文化呢？
张：跨文化，是英文 cross-cultural 或 transcultural 的对译。法语文献中很少使用 transculturel。间文化是英文 intercultural 和法文 interculturel 的对译。inter 是在两者之间的意思，

在中间的意思。国家与国家之间,我们可以译成国际(international)。如果文化与文化之间,译成文化际,在行文上会有很多困难。文化一词既不能简约为文,译成文际,像国家一词简约为国,译成国际那样,那么,用间文化对译 intercultural 和 interculturel 则是可行的,但间字要读成去声。贵刊第七期上,已把哈贝马斯的 interculturalité 一词译成间性。这里的间字也应读成第四声。这是个汉语构词习惯的问题。有了间文化这个词,许多派生出来的概念,我们就好翻译了,如间文化交流,间文化接近,间文化冲突,间文化培训,间文化研究,间文化教育,间文化技能,间文化管理,等等。有时候,跨文化和间文化可以混用,不至于造成理解上的错误,有时候则会造成理解上的错误,所以还是区别开来的好。

**钱**:西方对文化身份的研究已经走过了一百多年路程,取得了哪些研究成果呢?

**张**:西方对文化身份的研究虽说有一百多年的历史,但研究成果的取得主要是在第二次世界大战之后,特别是近三十年里。殖民主义时代的研究带有殖民主义色彩和严重的欧洲中心论的烙印。我们可以暂且放下不管。近三十年来的研究成果,也不是三言两语说得清楚的,时间和篇幅都不允许我们在这里说得太详细。我只限于把在西方学界已经取得共识的观点列举几个在下面,免得国内对文化身份问题感兴趣的同行重复别人已经做过的事。

## 一、关于文化身份的形成

1. 个人文化身份的形成，是从儿童时代开始的。一个人在社会化的过程中，首先儿时在家庭里，然后在学校里，在与同龄人的交往中，成年后在工作场所和在群体生活中，逐渐形成了自己的思想方式、行为方式和感觉方式，也就是说获得了自己特有的文化身份。

2. 民族文化身份的形成，是一个民族的全体成员在参与社会共同的物质生产活动和精神生产活动的过程中，形成的一致的思想方式、行为方式和感觉方式，也就是说形成的统一的文化。这种文化上的统一，使民族的全体成员意识到民族的集体存在，产生民族意识。文化身份即是民族统一的文化在民族成员身上的具体体现。

3. 区域身份或群体身份的形成，是社会各种不同利益群体的成员，在共同的生产活动和精神活动中所形成的特有的思想方式、行为方式和感觉方式，所产生的集体意识和集体身份。

## 二、关于文化身份的定义

可以说是众说纷纭。据专家统计，共有三百多种。但得到大多数人同意的，也比较简单的说法是：一个个人、一个群体、一个民族在与他人、他群体、他民族相比较之下所认识到的自我形象。

**钱**：那么，文化身份的内涵是什么呢？或者说，构成文化身份或构成自我形象的成分是什么呢？

**张**：我曾在《人民日报》海外版上看到一篇报道，说福建省有位作者，写了一本书——书名记不清了，据报道的内容看，好像是关于如何塑造本地区形象的论著。当时看了很高兴，觉得国内已有人把区域文化身份的建设提到议事日程上来了。由于没有看过书，不敢对此书妄加评论。对于文化身份的内涵，即构成文化身份的成分，每个民族强调的重点不同。有的民族强调共同语言，有的民族强调宗教信仰，有的民族强调文化认同，有的民族强调族内婚……等等，可说是五花八门。什么文化成分都可用来当作旗帜挥舞，以便区别于他民族，而达到自我肯定的目的。民族如此，个人也一样。这使我想起，20世纪80年代初，追求时髦的青年人把太阳眼镜上的商标留着而招摇过市的情景。

据我个人的研究，在众多的成分中，以下五种是最为重要的：

1. 价值观念或价值体系。其中包括宗教信仰，伦理原则，世界观和人生观，集体和个人的社会理想。这是文化身份的核心部分。不了解一个民族、一个群体或一个人内化的价值观念，我们就不能理解一个民族、一个群体或一个人的任何社会行为。

2. 语言。其中包括书面语和口语，方言和土话，行话和切口，以及表达语言的符号——文字。语言不仅是交际工具，而且是文化的载体。在身份体系里，语言扮演联络员的角色，其他成分都通过语言起作用。多亏了语言，构成民族灵魂的价值观念才代代相传。多亏了语言，一个民族的成员才互相认同，彼此感到亲切。

3. 家庭体制。其中包括家庭的形式、婚姻关系和家庭内部人与人之间的关系。对一个民族来说，家庭就像个文化身份的三棱镜，凡是文化上具有特征的一切，在家庭生活中都会得到反映。儿童首先在家庭中开始意识到自己的身份，尔后性格的发展和成年后性格的定型也是在家庭中进行的。何况，身份的最基本的概念，就是"某某的儿子"，闪特语的 abou 和 ben，希伯来语的 beni Yisrael。人们认同的首先是父母和祖先，因为他们之间有血缘关系。在海外的中国侨民社团常常以姓氏为旗帜，成立宗亲会，号召亲善和互助。法国社会学家埃德加·莫兰说过，国民身份只是家庭身份的扩大，爱国感情是"儿童把对家庭的感情扩大到国家上去"。

4. 生活方式。这里主要指构成生活的四大要素：衣食住行，即穿着方式、饮食习惯、居住方式和交通方式。生活方式是文化身份最表面、最显而易见的成分，也是变化得最为迅速的成分。在消费社会里尤其如此。生活方式是各人借以自我表现的手段，让别人知道自己属性的手段。生活方式不仅是表达行为的外在形式，而且也是行为所包含的价值观念的反映。在一个多样化的社会里，生活方式因社会阶层而异。社会地位和经济状况的不同决定生活方式的差异。教育水平和趣味的不同也影响人的生活方式。

5. 精神世界。这里指的是一个民族在历史发展过程中，集体记忆里所储存的种种形象。这些形象，有的是民族神话、传说、史诗遗留下来的，有的是历史上对民族发展做出过贡献的重要人物、民族英雄等等，有的是文艺作品中虚构的人物形象，有的是绘画艺术、造型艺术、建筑艺术、影视艺术等留下的视觉形象，有的是音乐作品，包括声乐和器乐作品、民歌、民乐所留下的听觉形象。这种种形象把民族的成员紧紧地凝聚在一起。不管你走到哪里，这些形象都伴随着你，藏在你的脑海中，成为你无形的精神上的依托。

以上这五种成分，文化身份研究专家们可以有不同的分析和演绎，但没有人否定它们的重要性。

此外，西方学界对文化身份的特性还有几个共识值得提一提。一是，文化身份是随时间和空间的转移而变化的。二是，文化身份的成分与成分之间是互动的，互相渗透、互相依存、互相制约的。一个成分的演变会带动其他成分的演变。三是，文化身份一旦形成，便具有一定的稳定性。但这种稳定性又是相对的。由于社会和文化随着生产工具的改进、生产力的提高和分配方式的改变而不停地发展，文化身份因而也是个常变常新的延续体。

**钱**：你说的这些问题都非常有趣，有曾似相识的感觉，又有雾里看花的朦胧感。中国人没有从文化身份的角度去研究过自己，但对文化身份所涉及的问题，正如你刚刚说的，是十分熟悉的。

**张**：为了跟国外的同行们享有共同的学术语言，国内人文科学和社会科学领域的专家学者们在过去的二十多年里，已经引进了大量新名词。这是件极好的事。这是中国走向世界、世界了解中国一定要做的、不可缺少的工作。我们不仅在现代科学技术上要跟世界接轨，在社会科学领域和人文科学领域，我们也需要新的概念、新的研究角度、新的研究方法。人文科学和社会科学的新概念，不比科学技术新概念容易翻译、容易掌握。许多新概念的中文表达，由于对原文的含义没有吃透，显得粗糙，欠准确。这都是事物发展过程中的正常现象。随着时间的推移，一切都会上轨道的。

**钱**：最后，我想请你谈谈研究文化身份的意义。

**张**：研究文化身份，既有理论上的意义，又有实践上的意义。

1. 人，作为自然界的成员，作为血肉之躯，近年由于世界各国生命科学家对基因组的破译，对自身的认识大大前进了一步。克隆人的器官已经成为可能。这将使人的生命大大延长。虽然伦理和法律将不允许克隆人，但在理论上已经解决了。可是，人作为社会的成员、文化的产物，对自身的认识还很不足，需要进一步认识自己。

2. 每个人都是他所生存的那个社会的文化的创造者，同时又是他所创造的文化的载体。只有把一个人、一个群体、一个民族的文化身份研究清楚，个人、群体、民族才能更好地了解自己，实事求是地看待自己。这样，我们在跟他人、他群体、他民族交往时，才能自尊自信而不陷入自卑自贱或夜郎自大，才不会把自己民族的文化一概看成"酱缸文化"，或者抱残守缺，一概看成精华。

3. 研究本民族和他民族的文化身份，可以学会尊重与自己身份不同的其他民族或外来民族，可以帮助正确处理本民族文化和外来民族文化的关系、少数民族文化和多数民族文化的关系、传统文化和时兴文化的关系。

4. 弄清自己民族的文化身份，不仅可以满足民族自我肯定的需要，而且可以利用政权的力量来捍卫、建设和发展自己民族的文化身份，抵制和排斥一切威胁和破坏自己民族文化身份的外来文化，选择和吸收一切有利于丰富和发展自己民族文化身份的外来文化。

5. 对区域身份或地方身份的研究，对职业身份的研究，对宗教以至教派身份的研究，可以帮助决策者正确了解社会中各种利益集团和利益群体，正确处理跟他们的关系，正确处理他们之间的关系。

6. 在中国加入WTO以后，中国跟世界的接触更加广泛，经济和文化的交往更加频繁。在过去的二十年里，中国的文化身份受到外来文化的猛烈冲击，处于激烈的震荡和迅速的变化之中。中国是不是正在经历着身份危机？这是个值得研究和有待证明的问题。为了能知己知彼，从容应付外来文化的冲击，不犯近代史上曾经犯过的错误，选择正确的对应政策，中国人应首先弄清自己民族的文化身份。

最后，我要说的是，文化身份是个系统，国外称之为身份系统（système identitaire）。中华民族源远流长，在其发展的历史长河中，许多民族带来了自己的文化投入，才融汇成了光辉灿烂的中华文明。因此，中华民族的身份系统呈现出极其丰富的多样性和复杂性。要弄清这样一个身份系统，不是一个学科的力量所能完成的。世界著名的人类文化学家莱维-施特劳斯在为文化身份论文集所写的序言中曾说："文化身份这个问题不仅处于一两个学科的交叉口，而且是好几个学科的交叉口。这一课题实际涉及所有的学科，也涉及到民族学家们研究的所有社会。"

**钱**：你给我们介绍了国外研究文化身份的状况和研究文化身份的意义，开阔了我们的视野。希望你的谈话能引起国内学者们的兴趣。谢谢！

**张**：谢谢你给了我一个跟国内同行交流的机会！

（原载于《跨文化对话》杂志第九期，上海文化出版社，2002年，收入钱林森：《和而不同——中法文化对话集》，南京大学出版社，2009年）

# 民族文化与民族文化身份

## 引 言

首先声明，我门这里所讨论的文化是广义的文化，是指人类为了自身的生存和繁衍所从事的物质生产活动和精神生产活动，以及所生产的一切物质产品和精神产品。换句话说，文化就是人类的生存方式、行为方式和思想方式。由于生存环境的差别，人类分化成许许多多的民族。每个民族在生存环境的制约下，形成了自己特有的生存方式、行为方式和思想方式，创造了自己特有的物质产品和精神产品，也就是说创造了自己的民族文化。每个民族都是自己文化的创造者，同时也是自己文化的产物。

文化身份（英文：Cultural Identity，法文：Identité culturelle）这一概念，对中国读着来说还比较生疏，但对这一概念所涉及的问题则是很熟悉的。当有人说，我是中国人，或我是江苏人,或我是上海人时,这是以国籍、省籍、市籍,即以生存的地域来界定自己,以区别于外国人、外省人或外市人。使自己区别于他人的,不仅仅是生存的地域,还有其他种种因素。那么,是哪些因素使我们成为中国人而不是美国人、法国人或埃及人呢?这就是文化身份这个课题要研究的问题。研究这个问题既有理论上的意义,也有实践上的意义。把这个问题弄清楚了,可以使一个民族更好地了解自己,实事求是地看待自己,可以使一个民族自尊自信而不陷入自卑自贱或夜郎自大,同时可以学会尊重与自己身份不同的其他民族或外来民族以及他们的文化,可以帮助正确处理民族文化与外来文化的关系、传统文化与时兴文化的关系。弄清一个民族的文化身份,也是为了满足一个民族在现代化的过程中自我肯定和自我发展的需要。

由于篇幅的限制,本文只讨论文化身份研究的当代背景、文化身份与民族文化的关系、文化身份的形成和定义、文化身份与国家政权的关系、文化身份与文化认同等问题。至于文化身份的内涵及构成文化身份的各种成分之间的关系和运作,本文将不做讨论。

## 一、文化身份问题的历史性和现实性

文化身份问题的内涵丰富,且论述的文献浩瀚,本人不想先从定义着手来说明问题,而是先从事实出发给大家简单介绍一下文化身份问题的概貌。

文化身份问题的存在由来已久。自从地球上居住着人类，自从人类群居在家庭、氏族、部落、城邦、王国、帝国或者结构或多或少现代化了的国家里，这个问题就存在了。群居的人便有了自己的文化身份。人类由于发现了新的土地、水源，或者为寻找更适宜居住的地方，或者因为战争、殖民、征服，在历史上经历了无数次的迁徙、流动、民族混和。历史上的这些事件都曾引起民族文化身份的变化，因为迁徙者要适应新的自然环境，适应新的生产方式和生活方式。每遇到这种情况，重新适应常常会伴随着两种或多种文化间的融合。本民族的文化和外来的文化，多数人的文化和少数人的文化，"强"文化和"弱"文化，逐渐融为一体。我们强调融为一体，是把本民族的、多数人的、占主要地位的强文化和外来的、少数人的、占次要地位的弱文化放在完全平等的地位上，着眼于它们之间的互相影响和互动作用，而不赞成"同化"论，不赞成处于主要地位的强文化"吃掉"处于次要地位的弱文化的说法。其理由是，外来民族在跟本民族文化融合的过程中，总是带来自己的文化投入。在北美定居的中国移民给北美社会带来了烹饪艺术和中华武术，同时经历了社会、文化融合的过程，逐步接纳社会的行为模式，并发展他们跟北美人的社会关系。满族入主中原以后，满族的文化同中原文化也经历了融合的过程。汉人接受了满人的服饰和发式。中国男人过去脑勺后面拖着的那条大辫子，作为奴役和耻辱的标志，直到1911年辛亥革命之后才剪掉。可是被汉族妇女采纳的两边开衩的旗袍，经过多次的改进，现在无论是中国人还是西方人,都视之为中国的"民族"服装、"传统"服装。而汉族妇女的服饰则早已传到日本,成了日本妇女的"传统"服装。

如果文化间的接触是在自然状态下、没有压力的状态下进行的,文化融合可以实现得很顺利。众所周知,犹太人无论生活在什么地方,都保持着自己的宗教信仰和风俗习惯,自成一体。可是历史上曾有一批犹太人来到中国,定居在中国当时的首都开封。他们继续信奉自己的宗教,说自己的语言,与汉民族通婚,数百年后这批犹太人便跟汉族人混同了。历史上还有一批被打败了的罗马军队,被带回中国,定居在中国的西北,一两千年后,他们虽然还保留着某些体形上的特征(如眉骨突出,眼窝凹陷,头发偏黄),但也跟汉族人差不多了。然而,如果文化间的接触受到行政的压力,强行实施同化政策,文化融合就会由于抵制、反感和忍受而变得十分痛苦。日本把朝鲜和台湾变成殖民地后,强迫朝鲜和台湾儿童进日本学校、说日语,就属于这种情况。

19世纪下半叶,欧洲人的殖民征服把文化身份问题提到议事日程上来了。殖民地给宗主国提出了一系列的社会、文化问题。文化人类学家、民族学家、社会学家因循国家的需要,把研究的兴趣转向殖民地和殖民地人民。人类文化学、民族学和社会学都因而获得了发展。通过对所谓"落后民族"的研究,欧洲人对自己的过去和人类的历史有了更多的了解,但并不像某些文化人类学家所以为的那样,是他们研究文化身份的初衷。

20世纪初,美国汽车工业蓬勃发展。汽车工业的中心芝加哥,吸引了各族移民来此做工。同时,芝加哥也成了族裔冲突的中心。美国的社会学家开始把目光转向自己的同胞,试图寻找化解族裔冲突的良方妙药,为创建美国人民(各民族不断融合的产物)共有的文化身份而出谋划策。当时大部分欧洲的文化人类学家、民族学家和社会学家仍旧继续研究处于西方现代文明外围的民族。只是到了第二次世界大战之后,特别是民族独立运动兴起之后,从殖民奴役下解放出来的人民,或期望获得主权或自治的人民,才在要求政治、经济自决权的同时,要求恢复和捍卫自己的文化身份。从这时起,文化身份问题,就不再是个单纯的由文化人类学家、民族学家和社会学家们研究的文化问题了。文化身份问题从此跟政治问题和经济发展问题结下了不解之缘。正是在这种背景下,第三世界的精英门——卡塔卢西亚、巴斯克、瓦隆、北爱尔兰、布列塔尼、魁北克……等地区的知识分子,才大书特书、大谈特谈他们的文化特征、民族个性和集体意识。1981年2月,在巴黎召开了第一届讨论文化身份问题的国际会议。14个月后的1982年5月又举行了同一主题的第二次国际会议。加拿大法语人类学家和社会学家协会1991年举办的年会,主题也是文化身份问题。由此可见,这个既古老又现实的问题所受到的国际关注和专家们的青睐。

## 二、IDENTITY 一词的含义

莱维-施特劳斯在为文化身份讨论会文集所写的序言中

枫叶荻花

曾说：

> 文化身份这个问题不仅处于一两个学科的交叉口，而且是好几个学科的交叉口。这一课题实际涉及所有的学科，也涉及民族学家们研究的所有社会。①

有些学者认为，文化身份可能成为新的世纪病。莱维-施特劳斯不同意这种看法，但也不否认这种危机的存在。他在同一本书中写道：

> 古老的习惯垮下来了，有些生活方式消失了，固有的团结互助散班了，这时候便常常会发生身份危机。②

为什么古老的生活习惯会被舍弃呢？为什么有些生活方式会消失呢？为什么固有的团结互助散班了呢？莱维-施特劳斯在序言中没有解答这些问题。与会的其他发言人也没有做出回答，他们只满足于静态的描述。正如路易-莫罗·德·贝兰指出的那样，莱维-施特劳斯未能使概念变得可以操作。③ 问题仍然悬而

---

① 莱维-施特劳斯主编：《身份》，法国巴黎贝纳尔·格拉塞出版社，1977年，第9页。

② 同上。

③ 路易-莫罗·德·贝兰：《集体身份和社会范畴》，载《集体身份和社会工作》，法国图卢兹普里发出版社，1979年，第203页。

未决。谈论身份危机仍是"高雅的时髦"(莱维-施特劳斯语),不怕招惹民族中心论之嫌。

在那次多学科的讨论会之后,加拿大魁北克省有位文化人类学家发表了一本研究魁北克文化身份的专著,题为《处境危急的魁北克身份》。在这本专著里,作者马克-阿代拉尔·特朗布莱认为,文化身份是"一种文化所具有的全部特征和组成成分。是这些成分在构成这一文化的全体成员心中所代表的令人依恋的符号价值"[①]。我们觉得,这一定义有可能把文化身份简约成一种文化的特征总和,或成分总和。显然,数学的总和是不能全面说明一民族或一群体的文化身份的。文化身份的实际状况要比文化特征的总和复杂得多。为了弄清文化身份的真正含义,我们觉得有必要先从 IDENTITY 一词的两层不同含义说起。

IDENTITY 的第一层含义是哲学上的含义,意思是指事物等同的特性,事物处于同质的状态。也就是我们常说的统一性或同一性。与此相关联的是相异性。于连·弗伦解释说:

> 一方面,IDENTITÉ 的原来含义是指与其他事物的一致、混同、吻合……另一方面,IDENTITÉ 这概念意味着一个人由于排他、拒绝或不愿意跟他人结为一体,跟他人

---

[①] 马克-阿代拉尔·特朗布莱:《处境危急的魁北克身份》,加拿大圣伊夫出版公司,1983年,第33页。

混同，而一贯忠于自己。就这个意义而言，IDENTITÉ 就是始终坚持自己的特点，坚持自己跟他人身心有别的独有的特性。①

于连·弗伦虽然区别了该词第一层含义的两个方面，但仍强调相异性和独特性。

IDENTITÉ 一词的第二层含义是法律上的含义，是从第一层含义的第二方面派生出来的。意思是指可以鉴定一个人或一个群体的全部材料。这些材料可以证明一个人或一个群体确实是他自己认为的那样或别人认为的那样。

IDENTITÉ 一词的这两层含义如果不加以区别，在讨论文化身份时会使概念变得模糊。在论述这一问题的文化人类学和社会学的文献中，西方学者常常从该词的一层含义随便地转入另一层含义，从而给读者造成一定的混乱，对本文作者来说尤其如此。因为，我们汉语是用两个不同的词来表达 IDENTITÉ 两层不同的含义的。第一层含义，汉语用"同一性"来表达，表示事物相同、同质、统一的特性。第二层含义，汉语用"身份"来表达，表示一个人在身、心、社会诸方面都确实是他本人。

西方文化人类学家和社会学家是参照该词的第一层含义并

---

① 于连·弗伦：《文化身份之社会现象学小议》，见《集体身份和社会工作》，法国图卢兹普里发出版社，1979年，第65—66页。

强调相异性来给文化身份下定义的。相同是以相异为条件的，它们同处于一个实体之中，构成实体的两个方面。它们既不能排除对方，又不能取代对方。强调相异性就不知不觉滑到第二层意义上去了。中国读者在阅读西方文献时，常会感到文化身份这个概念的定义含糊不清，其原因就在这里。

## 三、文化身份的形成

文化身份的形成是个复杂的历史问题，要经历很长的历史过程，可以追溯到遥远的过去。我们无意在此追说一民族或一群体的历史，我们只想指出文化身份形成所必须具备的物质条件和精神条件。

人类总是在一定的时间、一定的空间、一定的舞台上活动的。没有为人类提供活动可能的自然环境，文化人类学家和社会学家也就没有人类行为可研究了。自然环境是人类行为的物质基础。为了生存和繁衍，人类的首要活动，是生产活动。而生产活动，在很大程度上，有赖于自然环境所提供的自然资源。平原上的居民靠土地为生，樵夫和猎人以森林为生，水边的居民和渔夫以水为生。俗话说，靠山吃山，靠水吃水。生存环境的自然条件不同，生存方式也就不同。自然环境不仅制约生产活动，而且也制约精神活动（艺术，宗教信仰，神话，语言，思想意识……等等）。人的这两类活动是互相紧密联系的。马克思和恩格斯在《德意志意识形态》一书中写道：

思想、想象和意识的产生，首先是跟人类的物质活动和物质交往直接联系、密不可分的，是实际生活的语言。人类的想象，思想，精神活动，在这里看起来还是直接来自人的物质行为。[①]

生产活动是精神活动的物质基础。精神活动也可以影响生产活动并给生产活动导向。在一定的环境里，在生产力和生产关系发展的一定阶段上，人类这两类活动的相互作用，在共同从事物质活动和精神活动的民族成员之间，产生某种文化上的统一。这种文化上的统一，使民族的全体成员意识到民族的集体存在，意识到全体成员在物质行为和精神行为上的一致性。所以我们认为，赋予一个民族文化身份的，是这个民族文化上的统一。文化统一是个抽象的概念，而文化身份则是统一的文化在民族成员身上的具体体现。

## 四、文化身份的定义

具体体现在民族成员身上的统一的文化，为每个民族塑造了一个集体的形象。文化身份是每个民族与他民族相比较之下认识到的自我形象。

一方面，这是每个民族的自我形象，希望他民族承认的形

---

[①] 马克思和恩格斯：《德意志意识形态》，法国巴黎社会出版社，1975年，第50页。

象。（这也是一种自我意识。从这个意义上说，文化身份也是国民意识，如果民族已经建立了国家。）但是，这是一个民族对自己的观察，我们称这种观察为内视；由内视而认识到的自我形象，我们称之为内在形象。

另一方面，自我形象只有在同其他民族的形象比较，才能被认识到，因为没有比较就不可能有区别。

再说，一个民族的自我形象不一定跟他民族对其形象的看法相符。我们说，法国人没有德国人有秩序、有纪律。这是东方人对他们各自形象的认识，也许并不是法国人和德国人所乐意听到的。这仅仅是东方人对他们的观察。我们称之为外视；由外视获得的形象，我们称之为外在形象。

如果要想知道一个民族文化身份的实际情况，那么，这个民族形象的内外两个方面，都应该考虑在内。

## 五、文化统一与国家统一

我们强调文化统一的意义时，不应该忽视以下事实，即迁徙、战争、新土地的发现、殖民征服等等，早已打破了各民族在地球上的自然分布，并强行划分了常常是人为的领土界限。文化的统一已经跟领土的概念和国家的概念不完全符合了。在划定的国界范围里，常常共存着好几个互不相同的文化实体。其中之一可能领先其他而占主导地位，而其他则处于从属地位。跟其他世世代代共居在同一块土地上的少数民族相比，中国的汉族处于优势地位。华夏文明发源于黄河流域（如仰韶文化，龙山文化）和长江流域（如三星堆文化、良渚文化、荆楚文化），然后逐渐扩展到整个领土上去。少数民族对中华民族的形成做出了不可磨灭的贡献，并使之丰富无比。满族人越过长城，推翻了明朝，建立了清朝，从而经历了一个文化融合的过程。三百年后，他们跟乐于接受其文化投入的汉人融为一体了。但留在他们祖籍地的满族人，跟西藏人、蒙古人、维吾尔人、回族人……一样，仍一直保持着自己的文化身份。这并不妨碍我们断言，中国就全国范围来说具有统一的文化。因为全国范围内的文化统一也是相对而言的。虽说文化统一是整合性的、综合的概念，在一个多民族的国家里，全国性的文化统一并不排除区域性的、群体性的文化统一的存在。

现代国家是一个相对来说比较新的概念。19世纪初，在欧洲各处，经济的发展要求国家的统一。由于经济、社会和政治诸种力量的配合，国家的概念得到了推广。以法国为例，国家的概念是君主政权"发明"的，到大革命时期才真正被人接受。在法国大革命时期，为了对付贵族，工商资产阶级领导下的农民、小资产阶级和新生无产阶级结成了联盟，国家这个概念是这个联盟喜欢常常挂在嘴上的话题。法国大革命作为现代国家的助产婆，成功地建立了"民族国家"，从而促进了国家统一的完成。法国社会学家埃德加·莫兰说得对：

> 宗教、语言、种族可以是国家结晶的主要因素，但绝不是决定性的因素。建成双语或多种语言的国家是可能的

（但这种多语混杂的状况会继续引起问题，包括国家统一和国民身份问题）；在其他环境或敌对环境里，同属于一个宗教信仰也不是绝对必要的。至于种族的统一，甚至在国家形成之前，西欧种族的混合也未能成为国家统一的因素。[①]

照他看来，唯有国家中央政权在国家形成中起核心作用。"国家是民族的社会历史的核心。"[②] 确实，当一个民族成功地建立了国家，建立了能够统辖全国的中央政权，国家的统一就比较容易实现，从而也有助于民族文化的统一和发展。莫兰所说的"建立民族国家"的真正含义正在于此。

在法国大革命时代，许多材料证明，路易十六的臣民有一半不会讲法语。可是法兰西民族国家在学校、兵役制度以及后来的大众传播工具的共同作用下，逐步把奥依语变成了法国的国语。宗教、语言、族裔虽不是国家统一的决定因素，却是文化统一的决定因素。埃德加·莫兰说，在西方的历史上，民族身份首先是在法国和英国形成的，是在各民族融合的过程中并通过这种融合而形成的。在这两个国家里所形成的统一被强烈地体验为种族的（生物文化的）统一。[③] 因此，文化的统一在国家诞生之前，在"民族国家"诞生之前就已形成了（政治制

---

[①] 埃德加·莫兰：《社会学》，法国巴黎法耶出版社，1984年，第129—130页。

[②] 同上。

[③] 同上。

度本身也是一种文化现象)。不是国家的统一,而是文化的统一,赋予每个民族文化身份。政治因素只能起催化作用。

对于所有在社会发展道路上未曾经历欧洲国家的社会发展阶段的民族来说,对于至今仍在要求独立、主权和自治的人民来说,弄请这两者的关系是至为重要的。否则,他们的要求就失去了理论上的依据。

再举一个大家熟悉的例子来说。1911年,孙中山先生领导的中国资产阶级革命结束了中国历史上最后一个封建王朝的统治,但并没有实现国家的统一。直到1949年共产党取得了政权之后,在中国大陆才实现了政治上的统一。众所周知,北京的中央国家政权,至今仍未覆盖处于不同政治制度下的台湾岛。中国实际存在两种不同的政治制度,且不说香港和澳门的特殊情况。[①] 尽管不存在一个涵盖全中国领土的中央国家政权,中国人不管生活在哪里,台湾也好,大陆也好,香港也好,澳门也好,都认同中国文化。这个例子可以充分说明,文化的统一可以超越国家的统一。

美国的情况正好同中国相反。政治上的独立曾经大大促进了美国文化统一的建设。许多前殖民国家在取得独立之后,不仅仅忙于国家的经济建设,也忙于重建遭到殖民主义破坏的文化统一。北非国家独立后开展的阿拉伯化运动就是一个很好的

---

① 香港和澳门的主权已分别于1997年和1999年回归祖国,但作为特殊的行政区,仍保留着原来的资本主义政治、经济制度。

例子。

我们能否做出以下的推断，即对一个有悠久文化传统的国家来说，在比较短的时间内（与其悠久的历史相对而言），政治上的分裂不致瓦解或毁灭其文化上的统一，原因是，民族统一的文化已经在民族成员的集体意识里生了根。相反，对一个历史较短或刚刚取得独立的国家来说，建立"民族国家"可以维持、巩固和发展文化的统一，从而也可以维持、巩固和发展文化身份。这是一个十分有趣而又有待证明的问题。

## 六、民族身份，个人身份，集体身份，群体身份或区域身份，国民身份

当我们研究文化身份时，我们发现，文化身份既是个人的，也是全民族的。因为从辩证的观点来看，个人的身份寄寓于全民族的身份之中，而全民族的身份则是其成员身份的共生体。只有通过对个人身份的研究才能抓住全民族的身份。然而，个人身份是由个人生命的存在、种族的存在、社会的存在和精神的存在构成的，并受存在的空间限制。个人身份也是由个人一生中的损益构成的。而个人一生的损益又受个人的社会地位、经济状况及在社会中与他人的关系所制约。个人的身份是特殊的，全民族的身份是个人身份特征的概括。所以民族身份的特征在不同的个人身上会有十分不同的表现，甚至是矛盾的表现。譬如说，植物学家可以描述一棵树的叶子形状，但在一棵树上，我们从来找不到两片形状、大小完全一致的叶子。我们在个人

身份特征的表现中所发现的千差万别，并不妨碍我们描述民族身份的共性，也不妨碍个人跟其他具有同一身份的民族成员的认同。

个人从来不是孤立地生活在社会之中。个人皆有自己的社会定位。社会的分层把人划分成利益集团。这些利益集团可以根据社会等级、职业、宗教信仰、政治立场、族裔、语言或地理分布来划分。每个集团都有自己的行为方式和思想方式、自己的习俗和礼仪，以及自己要捍卫的利益。每个集团都有自己特殊的身份，这就是集体身份、群体身份或地域身份。这是一种副身份，如果可以这么说的话。

国民身份主要是政治概念，意味着个人作为某国公民拥有的国籍。

文化身份是人类学和社会学的概念，是以民族的统一文化为前提的，且含有副身份。

所有这些概念都是相对的。人们可根据自己所处的不同境遇，声称自己具有某种身份。某先生在外国人面前或在中国之外，可以称自己是中国人；在四川人面前可以称自己是福建人；在佛教徒面前可以称自己是天主教徒；在老板面前可以称自己是工人；在机修工面前可以称自己是木工或厨师……依此类推。

人们既可以跟自己的利益集团认同，也可以跟自己所属的整个民族认同，视情况而定。因此，认同也是相对的。

## 七、认同程度，参差不一

虽说文化上的统一可以在组成一个民族的成员之间产生团结互助、亲切感和身份自豪感，但随着社会分层的不同，团结互助、亲切感和身份自豪感常常表现出不同的程度。在涉及整个国家利益的问题上，或者出于人道主义的考虑，民族的成员可以团结一致，不同的社会阶层可以联合起来，反对威胁到民族生存的外来侵略，或抵抗大自然的灾难。如果涉及阶级集团的利益，各社会阶层就不那么团结互助了，甚至对抗、斗争了。流浪汉跟银行家一样认同民族文化，但他们彼此不可能有亲切感，哪怕他们同姓同宗。焦大是不会爱上林妹妹的，朱丽叶也不会爱上她的男仆。在大部分情况下，社会出身仍然是个不可逾越的障碍。

至于身份自豪感，根据个人对文化身份的评价，可能出现两种极端的情况。

首先，文化身份如果被持有人做正面的评价，会在持有人身上产生强烈的自豪感或强烈的祖国恋。在这种情况下就促使持有人团结互助，加强他们对外来文化过度渗透的抵制，抵制他们认为威胁到自己的集体特征的一切。他们抵制不了时，就努力使外来文化成分适应自己的集体特征。

其次，文化身份如果被持有人做负面的评价，持有人有时会离乡背井，前往对他们文化身份做正面评价的地方。譬如，农民离开土地到工业中心去安家落户，因为城里人享有种种优惠：固定工资，工作之余有闲暇，便于参加各种文化娱乐活动（体育、电影、美术展览等），带薪的假期，较好的医疗服务，退休金，等等。在乡下人看来城里人的身份优于他们的身份。

最后，第三种对待文化身份的态度也是可能的，而且相当普遍。如果持有人对自己的文化身份既有正面的评价也有负面的评价，对文化身份所含有的积极成分，他们感到骄傲，而对消极成分则感到害臊。对这些人来说，认同是有选择的。他们对持有共同文化身份的人在需要的时候所表现出来的团结互助精神和亲情是有条件的，不论他们是生活在祖居地，还是已经移居他乡。

总之，个人对文化身份褒贬和认同程度是与其个性、教养和社会经济地位密切相关的。有位法国人曾对加拿大魁北克人的文化身份做过一个非常有趣的社会调查，我们从中引证两份答卷作为文化认同有差异的佐证：

"我们一家都是遵守教规的教徒。"一位43岁的答卷人回答说。他有一个可爱的妻子和3个女儿，是个做技术设备批发生意的商人。"我比周围的人要多工作一倍半至两倍的时间，力求达到高水平的工作效率，这样做的目的是为我们周围的人造福，也为我们个人的利益。我每年缴纳大约9万元的税……现在我有自己的公司。在安大略省，在西部，在美国，我都有供货商。我有7名雇员。我尽一切努力避免在魁北克制造失业。我宁可在我的车间里制造某些产品,而不以较便宜的价格从美国进口。我和我的家人愿意以整个加拿大作为我们活动的天地。我们觉得自己首先是加拿大人,然后才是魁北克人。我们非常崇敬加拿大,并为加拿大感到自豪。我一离开魁比克就为魁北克失业之多、破产之重而感到羞愧。我们对待说英语的魁北克人的方式,我也感到害臊。我们的祖先既勇敢又慷慨,我为他们感到自豪。"[1]

魁北克大学蒙特利尔分校一位26岁的哲学系女生答卷时写道:"魁北克人是独一无二的,无需跟任何其他民族认同。我们有很大的优点,也有很大的缺点。我们是伟大的创造者,易于受人家影响,一部分是法国人,另一部分是美国人。也许我们是两种文化的混合物。但不管怎么说,我们已经使这种混合文化适应了我们的生活方式。谁也不能夸海口说,他们的文化比我们的文化优越。我做魁北克人感到骄傲,我是绝不会改变民族身份的。"[2]

## 小 结

群居的人类从事两种基本活动:生产活动和精神活动。这

---

[1] H.费希:《鸟—猫:有关文化身份的调查》,加拿大蒙特利尔新闻出版社,1984年。第42页。

[2] 同上,第131页。

两种活动的互动作用，在参与共同活动的民族成员身上，产生某种物质行为和精神行为的一致性，也即文化上的统一。这种统一使民族成员意识到民族的集体存在，同时也为民族塑造了一个集体形象。文化身份就是每个民族统一的文化在其成员身上的具体体现，是每个民族在与他民族相比较之下认识到的自我形象。文化统一是国家统一的基础，并可超越国家的统一。对一个多民族的国家来说，文化统一和文化身份都是相对的概念。国民不仅可以跟全国统一的文化认同，而且也可以跟族裔、语言、宗教信仰、职业或地域认同。认同也是相对的。由于每个人的社会地位、经济地位、教育水平、集团利益不同，认同的程度也不一样。

（原载耿龙明、江文琦主编：《中国文化与世界》，上海外语教育出版社，1993年）

# 从何着手研究文化身份

## 一、引言

我们在《民族文化与民族文化身份》一文中,介绍了西方研究文化身份的背景、文化身份与民族文化的关系、文化身份的形成和定义、文化身份与民族国家的关系、文化身份与文化认同的关系等问题。也就是说我们只介绍了文化身份这一概念的外延,及与其相关的一些问题。至于文化身份这一概念的内涵,即构成文化身份的各种成分,以及这些成分之间的关系和运作,由于篇幅有限,我们未及讨论。今天,我们想借此机会,跟中外的同好们一起讨论这些问题。

在进入正题之前,我们先就文化身份一词的翻译问题做一点说明。

文化身份及其派生出来的一系列概念,在西方社会科学文献中已广泛使用。人类学、民族学、社会学、心理学、教育学、政治学、文学等学科都使用这一概念。Identity（身份）一词跟 property（特性）、characteristic（特征）、particularity（特点）不是一回事。身份能包含特性、特征、特点，反之则不行。特性、特征、特点都是身份的具体表现，但不能代替身份。身份这个概念是在更高层次上的抽象和概括。中国人不熟悉文化身份这个概念，现代汉语里没有这个词。但这个词的创造是完全符合现代汉语构词法的。

中国自改革开放以来，最早接触这一概念并试图译成汉语的，大概是在联合国教科文组织工作的人员。他们译事繁忙，无暇探究，以一个下属概念"特性"一词来翻译 identity 一词，是可以谅解的。我们现在是进行学术讨论，有充分的时间坐下来研究这一概念的全貌，并根据汉语的习惯，给它找一个对应的中文概念，也属理所当然之事。我们相信，文化身份一词，经我们的创造、引进和推广，是会为海内外大部分学人所接受的。

## 二、文化身份的构成

文化身份是个多姿多彩文化建筑物。它的构成成分十分复杂。在西方，即使经过了二十多年的研究，学界对文化身份的基本成分并没有取得一致意见，以"众说纷纭"来形容西方学界在文化身份问题上的看法，是不夸张的。据西方一位教授的不完全统计，文化身份的定义存在三百多种不同的说法。难怪西方学者宁愿从事文化身份具体成分的研究，而避开对文化身份进行总体的研究。这种状况既反映了西方人见木不见林的思想方式，也反映了生活的实际。因为对于构成文化身份的诸成分，每个民族强调的重点不同。加拿大有位学者指出，即使在加拿大多元文化的背景下，文化身份的某些成分在某些族裔身上比在其他族裔身上表现得更为特出。比如说，在马尼托巴省，犹太裔重视友谊关系和群内婚，法裔强调语言和天主教堂区的教育，而斯堪的纳维亚裔和波兰裔则不太强调这些因素。犹太裔和法裔加拿大人，较之波兰裔和斯堪的纳维亚裔的加拿大人，更注重文化上的认同。[①]

虽然西方学界众说纷纭，各民族强调的重点不同，我们根据自己的认识，从文化身份体系中筛选出五个最重要、最能说明问题的成分，这就是：（1）价值观念；（2）语言；（3）家庭体制；（4）生活方式；（5）精神世界。

这五种成分虽然可以分割开来加以研究，但它们之间是互相渗透、互相依存的。这五种成分组成一个身份体系。其中一个成分发生变化，其他成分也会跟着发生变化。弄清文化身份这五大成分，以及弄清这五大成分之间的关系，我们就知道一个民族的文化身份是什么样子了。我们就能回答为什么中国人是中国人而不是美国人，或者，为什么美国人是美国人而不是中国人之类的问题了。

---

[①] L. 德累纠：《文化身份要素研究：各族裔学生比较》，载《加拿大社会学和人类文化学刊》1975 年第 12（2）期，第 150—162 页。

下面我们就来分别探讨文化身份的这五大成分。

## 1. 价值观念

价值观念，也有人称之为价值体系，每个民族是不完全相同的。这是文化身份的核心部分。

什么是价值观念呢？我们认为，它是一个民族对宇宙、社会和生命的认识或解释。它阐述宇宙和生命的存在，支配人在宇宙和社会中的活动和行为。我们如果不了解一个民族乃至一个群体或个人内化了的价值观念，就不能理解一个民族、群体或个人的任何社会行为。

不过，价值观念是随时间和空间变化的。乱伦在世界各地都是性禁忌。一夫多妻在伊斯兰社会和非洲社会是合法的。20世纪50年代前期中国是禁止堕胎的，后来则允许了。梵蒂冈至今仍视堕胎为不道德和违背自然。同性恋在中国人眼里是该受谴责的，但西方的Gay团则不管梵蒂冈的谴责而公开争取其合法性。一些西方国家已经通过法律承认性倾向的自由和同性结婚的合法性，并保证不予歧视。今日有酒今日醉，对某些人来说是座右铭；为他人谋幸福，对另一些人来说则是生活的理想。民主、平等、自由是许多现代国家的价值观，服从则是某些传统社会所推崇的美德。价值观虽然随时间和空间变化，但根植于人们的思想之中，并通过家庭、学校、宗教传播场所、大众传媒和现政权世代相传。价值观念反映在一个民族的语言里、家庭中、生活方式上，反映在风俗习惯和精神世界里。一般说，价值观念的演变是缓慢的，但有时也会加速演变。价值观念的演变常常会遇到强烈的抵制，并有可能在民族内部造成分裂和混乱，以至斗殴。为了消除抵制或者为了加强抵制，国家进行干预在中外历史上都是司空见惯的。

一个民族的价值观念，通常反映在民族的宗教信仰、伦理原则、集体和个人的社会理想和人生理想之中。宗教信仰、伦理原则、集体和个人的理想，是一个社会的三根精神支柱。没有它们，社会就站不稳，并有可能垮下来。个人也会失去生存的意义，精神无所寄托，萎靡不振，处于法国社会学家迪尔凯姆所说的"混乱"状态。

价值观念虽然会随着时间和空间变化，但在一定的国家和一定的时代，能起整合作用，能够规范所有成员的行为。由于个人所处的社会环境、家庭环境和受教育的程度不同，价值观念被个人内化的程度也不一样，在不同的社会阶层有很大差别。尽管如此，价值观念仍是身份体系的核心部分，研究了一个民族的价值观念或价值体系，我们才能了解这个民族的精神状态和全部行为。

## 2. 语言

人跟动物的最大区别是人的大脑拥有语言机制。但这机制并没有在不同民族身上产生同样的语言。据估计，现在世界上使用的语言大概有三千种，且不算已经消失了的。

语言不仅仅是交际工具，而且还是文化的载体。语言在创造和发展的过程中，积累了对世界的观察和认识。在汉语里，把教员或教师称作"先生"。从词源角度来说，"先生"是一个在我们之前出生的人。那么，一个在我们之前出生的人，就意味着他获得的知识和经验比我们多，因此能够以教师的身份把他的知识和经验传授给我们。汉语里"國家"一词是由"國"和"家"两个方块字组成的。象形文字的"國"表现的是一块住着人的土地，有城墙围着，士兵守着。如果把这两个字按传统的方式直写，那么，家就是国的基础。同样，在 Pare-brise（防风玻璃）一词里，法语强调的是自我保护（parer），以避一种不太强烈的风（brise）。英语 Windshield 则突出以盾（shield）御（wind）风的概念。另一个例子是，法语中的 pare-choc（减震器）是从保护的角度来考虑问题的，而英语中的 bumper，虽是同样的意思，但从词源的角度来看，考虑问题的角度则完全相反。因为，bumper 来自 to bumper，是"撞""碰"的意思。这几个简单的例子清楚地证明每种语言是如何以自己的方式来分析世界的。[①]

多亏了语言，构成民族灵魂的价值观念才代代相传。多亏了语言，一个民族的成员才互相认识，互相认同，互相团结，彼此感到亲切。在身份体系里，语言扮演联络员的角色，其他成分都通过语言起作用。R. 瓜蒂尼谈到语言的重要性时，曾这

---

[①] 孔拉德·布罗：《正字不需要了吗?》，载加拿大拉瓦尔大学《联系》杂志，1987年秋季号。

样写道:"一个人所说的语言,是他生存和活动的世界,深深地根植在他身上,比他称之为国家的土地和物产更重要。"①

我们从瓜蒂尼的这段话中可以懂得为什么人们如此重视捍卫民族语言,以保障民族文化的生存。因为语言是有可能失传的。这样的例子在人类历史上并不少见,而且这种现象仍在继续发生。按照伊凡·伊里奇的测算,1950年世界上所说的语言中,有一半有可能在短短的二十年内以每年五十种的速度消亡。② 一个民族如果失去语言,就可能同时失去语言所负载的文化,特别是对那些同种的民族来说,尤其如此。那时,就很难说得上它们具有完整意义上的文化身份了。一个民族失去语言之后还可凭据什么认同呢? J.J.斯莫利奇写道:

> 爱尔兰人失去了自己的语言之后,躲进天主教里自卫,以便保存自己的文化身份,保存跟信仰新教的英国征服者有所不同的意识⋯⋯在爱尔兰人移居的国家里,不论是在美洲,还是在澳洲,他们跟自己的民族实体和天主教深深认同的现象一直在继续和发展⋯⋯可是在第二次世界大战的岁月里,爱尔兰人的这种认同开始式微了⋯⋯稍近几年,爱尔兰人认同现象逐渐消失,以至爱尔兰垦民的后代除了天主教之外,就没有什么可以把他们跟占人口多数的英格

---

① 转引自雅各·格朗迈松的文章,载《魁北克语言十二论》,加拿大魁北克省官方出版社,1984年,第107页。

② 同上书,第173页。

兰新教徒区别开来的东西了。①

天主教并非爱尔兰人的独家专利。这种认同似乎不很牢靠。所以大凡尚未失去语言,但已感到语言的存在面临威胁的民族,都为捍卫语言而进行斗争。我们非常理解雅各·格朗迈松对自己母语的执着之情:

> 我的语言,我几乎本能地热爱它,以我的全部感情、全部身心热爱它,语言是人首先生根的地方,是人的第二天性,是人的心曲。②

不过,我们也要承认另一个历史事实,除非社会处于完全与外界隔绝的状态,语言总会通过自然的交流活动,互相接触,互相渗透。对任何一种语言来说,这种杂交现象都是一种积极的演变因素。当然,这种杂交要符合各自语言的特性和维持各自语言的完整性。这是基本条件。③ 日本人采纳了汉字,同时又创造了一套补充的拼音系统。而中国人则从日语中借用了大

---

① J.J.斯莫利奇:《基本价值观念和文化身份》,载《文化身份:方法研究》,加拿大魁北克双语研究中心(CIRB)出版,1982年,第138页。
② 雅各·格朗迈松:《不仅是个工具……一种建设性的历史力量》,载《魁北克法语前途十二论》,加拿大魁北克省官方出版社,1984年,108页。
③ 雅各·乐考奈:《语言和文化身份》,载《文化身份对话集》,法国巴黎昂特洛波罗斯出版社,1982年,第214页。

量的新单词，以丰富汉语的词汇。

由于民族的疆界跟国家的疆界不相吻合，结果造成错综复杂的文化交叉现象。从语言角度来说，尤其如此。有的少数民族从属于占统治地位的文化（如加拿大）；有的民族分居于几个国家，或好几个民族混居在一起。语言混杂的现象可能引起民族之间的冲突。对政府满意与否常常跟政府的语言政策有关。少数民族如果感到在语言问题上受到了欺负，就会很不满意。如果政府实行保护政策，少数民族的语言得到承认、保护和发展，民族关系就会很和谐。中国是个多民族的国家，有一个主要语言（普通话）和许多次要语言（民族语言）。中国政府曾帮助没有文字的少数民族创造文字，鼓励在他们聚居的地区使用自己的语言，在学校里用自己的语言给孩子上课。这一政策不仅有利于民族文化的保存，而且也有利于搞好民族关系。但在世界许多地方，由于种种原因，少数民族也可能很不满意，认为政府的双语政策不平等（例如加拿大魁北克省），或发生民族之间的政治冲突，公开处于对立状态（如比利时）。

就政治角度而言，语言是中性的。把语言变成一种统治工具的，是国家的结构和政府实行的政策。对大部分法语国家（前法国殖民地）来说，法语仍然是外来语言、行政管理部门的语言、对外交流的语言。法语在乡村生活和日常交际中用得很少。在这些国家里，语言冲突不仅不严重，而且由于统一使用法语为行政语言而促进了国家在政治上的统一。尽管如此，关心人类文化多样性的学者,正致力于拯救这些国家文化遗产的工作。因为这些国家的文化遗产,包括语言在内,一般保存在农村地区,保存在用土语叙述的口头文学里。①

### 3. 家庭体制

家庭是个微型社会。在传统社会里,家庭要完成多种功能。家庭同时是生产单位、消费中心、学校和娱乐场所。整个社会的价值观念、语言、习俗、礼仪、烹饪艺术、宗教教规、职业等等,一句话,整个文化都是由家庭传承的。

随着社会的演变,家庭不再是生产单位。现代科学技术进入家庭的日常生活,家务劳动也电气化、机械化了。现代社会中的女权运动、妇女加入劳动市场以及性解放运动,都影响到家庭内部人与人之间关系的改变。

工业社会里,数代同堂的大家庭已不复存在。从宏观角度来看,家庭只剩下繁衍和身份认同的功能了。美国社会学家帕森斯认为,当代家庭只承担两项职能,即儿童社会化和成人性格稳定化的职能。帕森斯的这一论点受到许多社会学家的非议,特别是有女权主义倾向的社会学家。譬如,加拿大卑诗省大学社会学系教授多洛蒂·司密斯太太,她就认为家庭从未失去生产功能。现代家庭即使不直接为市场生产,仍还提供大量的家

---

① 让-米歇尔·夏邦皆:《法语和口头文化》,载《文化身份对话集》,法国巴黎昂特洛波罗出版社,1982年,第271—177页。

庭服务，而这些服务主要是由妇女完成的。这种生产，由于不进入金钱交易系统，一向鲜为人知。①

西方社会学家虽然对家庭职能的看法有差异，但有一点是共同的，即大家都不否认家庭对文化身份形成的影响。家庭不论大小，总是先于其他社会机构，成为儿童社会化的场所。社会化是儿童"为将来扮演一定的社会角色而获得必要的态度和能力的过程"②。儿童首先在家庭中意识到自己的身份，其性格的发展和成年后性格的定型，也是在家庭中进行的。当然，这样说并不排除学校、社会环境和日常交往对文化身份的形成和觉悟所起的作用和影响。

但身份首要的、基本的概念是"某某的儿子"，闪米特语的Abou（阿布）和Ben（本）（希伯来语的beni Ysrael）③，认同的首先是父母，以至祖先，因为彼此之间有血缘关系。在加利福尼亚和东南亚，中国移民社团的形成，常常以出生于同一家族或同一宗室为基础。姓氏可以作为旗帜，号召亲善和互助。故常常有李氏宗亲会、谭氏宗亲会之类的活动。其他国家的移民也有类似的情况。法国社会学家埃德加·莫兰说过，国民身

---

① 转引自安德烈·米歇尔：《家庭及婚姻社会学》，法国PUF出版社，1978年，第90—91页。

② 菲力普·梅耶编：《社会化，社会人类学方法》，英国伦敦塔维斯托克出版社，1970年，第13页。转引自安德烈·米歇尔：《家庭及婚姻社会学》，法国PUF出版社，1978年，第99页。

③ 埃德加·莫兰：《社会学》，法国巴黎法耶出版社，1984年，第163页。

份只是家庭身份的扩大，爱国感情是"儿童把对家庭的感情扩大到国家上去"①。

家庭不论大小，都在文化身份的形成中起首要作用。对一个民族来说，家庭就像个文化身份的三棱镜，凡是文化上具有特征的一切，所有价值观念，都可在家庭内部，在扩大的亲缘关系中，在夫妻、亲子、兄弟姐妹关系中，在家庭每个成员对婚姻、两性关系、人际关系所采取的态度上，在家庭生活中得到反映。

在多功能的，即传统的家庭中（在北美和欧洲已经消失，在中国也越来越少），个人文化身份的形成是完整的。一个人的出身，别人听其言、观其行，常常就能知道。

在现代社会中，小家庭和单亲家庭变得越来越普遍，它们常常同扩大的亲缘关系切断了联系。在这样的家庭里，儿童文化身份的形成则需要学校、娱乐中心、大众传媒等公共机构的协助。

在异族通婚的家庭里，也就是说，由来自不同文化、说不同母语的双亲组成的家庭里，儿童的文化身份经常表现得模棱两可。有时孩子不知道依附于哪种文化是好。比较理想的情况，是孩子身上表现出两种文化的融合；不够理想的情况，是孩子随大流。美国和加拿大有许多出自此种混合婚姻的孩子就处于这种状况。有位父亲是中国人、母亲是苏格兰人的青年，在被问及文化认同问题时回答说，他既不跟中国人认同，也不跟英

---

① 埃德加·莫兰：《社会学》，法国巴黎法耶出版社，1984年，第131页。

国人认同，更不跟美国人认同，而是跟他自己认同。岂不知，他的行为实际上跟大多数美国青年——种族融合的产物，"美国造"的典型后生——是一样的。

## 4. 生活方式

生活方式是文化身份最表面、最显而易见的成分。只要抓住几个表面的标志，就不难判断谈话的对象是哪国人，或者我们身处哪个国家。根据什么来判断呢？根据穿着的方式，烹饪的方式，居住的方式，出门的方式，也就是说，根据日常生活的四大要素：衣、食、住、行。每个要素都可以写成专著，而且已有许多专著问世。我们的兴趣在于知道生活方式作为文化身份的成分之一，是如何把一个民族跟另一个民族区别开来的。

毋庸说，生活方式的各种组成部分都是由各族人民所处的自然环境决定的。印度人过冬不需要皮裘；斯堪的纳维亚人不能在他们的田里种植水稻；法国的宫堡和中国庄园建筑风格迥然不同；撒哈拉沙漠中的贝图音人不像欧洲人和北美人那样出门用小汽车。当然，这些都是众所周知的平淡无奇的事实。然而，正是这些平淡无奇的事实构成法国社会学家布尔迪厄[①]所谓的"习性"，并使人一旦离乡背井就产生乡愁。乡愁又常常使人的归宿感变得更为强烈。为了慰藉乡愁，人们可以在迪士尼

---

[①] 皮埃尔·布尔迪厄（Pierre Bourdieu，1930－2002），法国第二次世界大战后最有影响的社会学家之一。

乐园里建筑中世纪的宫堡,在唐人街建造牌楼,在蒙特利尔或温哥华建造中国式的园林。但这一切不过是权宜之计而已。中国移民能够适应客居国的气候,却不能不吃米饭——饮食习惯是生活方式中最难改的成分之一。如果说在欧洲人的家里可以见到各种风格的油画,在移民海外的华人家里必定有瓷器和水墨画。

跟价值观和语言相比,生活方式随着时间迅速变化,在消费社会里尤其如此。因为那里,追求时髦成了广告宣传的同谋。

在一个多样化的社会里,生活方式是因社会阶层而异的。布尔迪厄在《彼此有别论》一书中曾对此做了绝妙的社会学的分析。生活方式既取决于个人的社会地位和经济状况,也取决于个人的教育水平和趣味修养。生活方式是个人借以自我表现的手段,让别人知道自己社会属性的手段。生活方式不仅是表达行为的外在形式,而且也是行为所包含的价值观念的反映。按布尔迪厄的说法,趣味是有等级的,而且也把人分成等级。那么生活方式就更加如此了。因为,生活方式的选择是受每个人的社会地位和经济能力制约的。艾文·托夫勒认为:"经济因素失去了重要性,以至今天决定一个人生活方式的既不是他所属的社会阶级,也不是他跟某个群体的联系。"[1] 他的这种说法,我们认为过头了。他援引嬉皮士作为例子,但嬉皮士是20世纪60年代美国青年感到烦恼不安而产生的暂时现象。今天嬉

---

[1] 艾文·托夫勒:《未来的冲击》,法国巴黎德诺埃尔/龚梯埃出版社,1971年,第346页。

皮士已经变成规规矩矩的管理干部或保护生态环境的斗士，朋克分子接了他们的班。以后其他社会潮流还会不时产生，我们不能根据这些昙花一现的社会现象就夷平造成生活方式不同的社会差别。相反，这些现象应当引起我们的注意，以便找到生活方式中恒定的东西，同时不忽视社会分层所产生的多样性。

## 5. 精神世界

一种文化在其历史发展过程中产生了许许多多的形象，并将其中的大部分储存在民族的记忆里。这些形象构成一个民族的精神世界。民族的成员不停地参照集体记忆中的形象来调整自己的行为，为这些形象而感到骄傲，并跟这些使人精神生活丰富的形象认同。储存在民族记忆中的形象大体可以分成五类：(1) 神话形象；(2) 历史形象；(3) 虚构形象；(4) 视觉形象；(5) 听觉形象。

神话形象包括所有来自神话、传说、传奇以及无历史依据的史诗中的形象。

历史形象指民族英雄，民族历史上的重要人物，对国家的形成和民族文化的建设和发展做出贡献的人物，在人类活动的各个领域做出重大业绩的人物。

虚构的形象是指小说家、戏剧家、诗人创造的艺术形象。

视觉形象是造型艺术、建筑艺术、手工艺术、连环画、绘画、雕塑、影视艺术和舞蹈艺术所产生的形象。

听觉形象包括民歌、大众歌曲（爵士乐、乡村歌曲、摇滚乐……），器乐和声乐作品（独奏、合奏、交响乐、歌剧、清唱剧、各种戏曲和说唱、奏鸣曲和小夜曲……）。

  所有这些形象都是价值观念的载体。它们在家庭内部，在工作场所，通过读、看、赏、听，通过群体成员所熟悉的符号体系进行传播。这些形象一旦印入人心，就会变成文化身份的强大支柱，把群体成员凝聚在一起，凝聚在一个文化身份的大板块里。不管你走到哪里，这些形象都紧紧跟随着你，藏在你的脑海中，成为你无形的精神上的依托。埃德加·莫兰是这样描写他自己的："当我说我是法国知识分子时，我递出去的是一张看不见的名片。我在那张名片上这样自报家门：我是蒙田、帕斯卡尔、卢梭（请原谅我把他拉进来）、雨果等人的后裔。"[①] 埃德加·莫兰不仅跟法国历史上的这些文化名人认同，自称是他们的后裔，而且为他们感到自豪——一种毫不掩饰的民族自豪感。

  一个民族的精神世界是可以更新的，并随着时间的推移而日渐丰富。民族的历史越长，集体记忆中的形象越丰富。生活中不断出现的新形象，有一部分成为民族的文化遗产而名垂千古；另一部分则像天空的流星，一闪而过，瞬间消逝。已经进入集体记忆的形象，也可能被新形象取而代之。例如某些一时的红人，脍炙人口的新闻人物，一时间可以拥有千千万万的追

---

  ①  埃德加·莫兰：《社会学》，法国巴黎法耶出版社，1984年，第132页。

随者。他们的生活方式以至语言会被追随者模仿，他们传播的价值观念会被追随者采纳。布丽吉特·巴多和阿兰·金斯伯格即是例子。前者1956年被收入法国《小拉罗斯》字典，到了1976年就从该字典剔了出去。后者是嬉皮士生活方式的主要制造者之一，90年代的青年对他几乎一无所知。过去的孩子熟悉尼尔斯骑鹅旅行记和安徒生童话，今天的孩子则知道丁丁和施特隆夫的遭遇。

一个民族精神世界中的形象甚至可以跨越国界，为几个国家的人民共享。灰姑娘的故事在欧洲有好多种不同的说法。希腊神话中的英雄，文学作品中的虚构人物，视觉或听觉的艺术作品，通过翻译或其他办法，可以变成全人类的共同财富。

总之，活跃着许许多多形象的精神世界，是一个民族在社会发展过程中结出的智慧之果。民族的所有成员都为这个精神世界的创造、保存和丰富做出了贡献。精神世界是一个民族所特有的，但也可能跟其他民族分享。

以上即文化身份的五大主要构成。由于这些成分的关系错综复杂，我们很难在研究一个成分时不涉及其他成分。我们分析一个民族的价值观念时，会发现这些价值观念在家庭生活和人际关系中的表现。我们谈论家庭时，又不能避开价值观念和生活方式不谈。我们研究语言时，怎能停留在结构的层次上而不进入深层以便了解语言所传播的世界观、价值观和文化呢？我们在观察生活方式时，如果不了解生活方式所包含和传递的价值观，就可能做出错误的判断。而观察生活方式最好的场所是家庭。这样，我们就应当将身份体系重新置入整个社会体系中进行观察和分析，才能更好地了解身份体系的运作，才能够既见树木，又见森林，从而避免西方在研究中所暴露的思想方式上的缺陷。

## 三、文化身份的变动

文化身份不是静止不动的，身份体系各个组成部分也不是静止不动的。美国文化人类学家赫尔斯科维奇曾经说过："文化是个不断变化的延续题。"[①] 既然身份是文化在民族或个人身上的具体体现，我们也可以说，文化身份是常变常新的延续题。说它是延续题，是因为文化及其身份体系在社会内部是代代相传的；说它常变常新，是因为社会和文化不停地在发展。

没有一个民族是孤立存在的，没有一个社会能长期处于完全封闭的状态，各国人民之间的交往接触是个普遍现象。文化交流对一个民族的发展具有重大的影响。玉米传入非洲，改变了非洲人的饮食结构。赫尔斯科维奇在同一本书的第172页写道："非洲玉米的情况是很有意思的。这种植物先是在美洲种植的。早期的旅行家带回欧洲后，又将玉米传入非洲，使非洲土著的饮食和经济产生重大的变化，虽说大多数民族在饮食上都

---

[①] M.J.赫尔斯科维奇：《文化人类学基础》，法国巴黎拜约出版社，1967年，第163页。

是保守的。今天，玉米在非洲许多地区不仅是主食，而且也是祭神的重要供品。这样玉米便进入文化的第二个层次：礼仪层次——这也是个不喜欢变化的层次。"我们比较熟悉的例子，是中国的面条经马可·波罗带回国后，被改造成了著名的意大利面。基督教由于殖民征服和传教士的努力，传播到非洲内陆最偏远的地区。伊斯兰教依靠火与剑扩展到整个中东和非洲。

各个民族之间的接触虽说是文化发展的动力，但仍然是个外在因素。文化发展的内因在于社会随着生产方式的改变而改变，而生产方式的改变又是由起火车头作用的科学技术的发明和发现引起的。按马克思的观点——这也是罗斯托夫和其他发展论者的观点，上层建筑应当适应经济基础。因为上层建筑有可能阻止或加速经济基础的发展。所以说，影响是双方面的，是互相渗透的。外因通过内因起作用。当一种外来文化成分被视为消极的或不利的时候，就可能遭到抵制而难于落户，难于进入身份体系。内因决定社会变动，外因只起催化作用。

从传统社会过渡到工业社会，是一种改变社会结构的发展。为适应新的生产方式的需要，社会经济、政治、文化等都会改变。当经济基础改变了，思想意识、伦理道德、集体和个人的理想以及人际关系等上层建筑都会因此而更新。对众多的发展中国家来说，意味着手工劳动的机械化、工业化、城市化、产品商业化，以至生产和管理的信息化……所有这些"化"都将使旧思想、旧习惯、原有的生活方式和人际关系产生变化。社会现代化对物质生产和非物质生产所引起的震荡是可想而知的。中国人目前正经历着这场前所未有的震荡。我们毋须遵循工业化的欧洲模式或美洲模式,但一定要有精神准备,以应付工业化引起的社会震荡。在家庭生活和公共生活中,不管愿意与否,都必须重新调整自己的态度和行为。在社会变动面前安之若素、不做反应是不可能的。身份体系也不可能一成不变。有些成分仍旧保存着,有些成分产生了变化,有了发展,有些成分则需要抛弃。我们在研究一个民族的文化身份时,不能忽视以下的事实:文化身份的稳定、延续是相对的,变动、更新是不断的。

(本文是 1995 年在上海外国语大学第二届"中国文化与世界"国际讨论会上的发言,原载《中国文化与世界》第四辑,上海外语教育出版社,1996 年,第 167—183 页。)

# 文化身份重构问题[*]

**内容提要**：一个人的文化身份一旦构成，就会成为一个延续体，贯穿于人的一生，哪怕它随着时空的变化而演变。迁徙所引起的社会环境、经济环境和文化环境的突然改变，会造成文化身份的断裂状态，移民会因之而有失落感，甚至经历身份危机。这种状态迫使移民不得不有意识地重构自己的文化身份，以便保有良好的精神健康。重构文化身份，移民做得到吗？在哪些层次上文化身份的重构做起来比较容易或比较困难？重构文化身份有捷径可循吗？为了帮助移民重构文化身份，接纳社会能做些什么？笔者试图就这些问题提出自己的看法。

加拿大是个移民国家。加拿大政府每年根据经济、人口和文

---

[*] 本文是笔者 2002 年 5 月在加拿大第 70 届法语科学促进会 "多元社会文化身份问题" 专题讨论会上的发言。为适应国内读者需要，中文与法文稿略有出入。法文稿收入拙著 *Identités et intégration des immigrés* 一书，魁北克跨文化研究所 2004 年出版。

化发展的需要制订接纳移民的计划。同时政府和民间在各大城市建立了帮助移民融入社会的种种机构,作为接待移民的基础设施。迄今,学界和业内人士写了大量文章讨论移民的接待、安置、学习语言、就业、间文化关系、种族偏见、种族歧视等等问题,并在这些方面做了不少改善现状的具体努力。但很少有文章把焦点聚集在移民文化身份的解构和重构问题上。在2001年的学术年会上,我们在发言中曾把移民融入接纳社会分成两个层次:一是功能层次上的融入;二是身份层次上的融入。今天我们试着就身份层次上的融入做进一步的讨论,并用一些实例来支持我们的推理。发言分为六个部分:

1. 回顾有关文化身份建构和重构的几个基本概念
2. 移民在接纳国重构文化身份的必要性
3. 加拿大需要重构文化身份的人数
4. 移民面临文化身份重构所采取的对策
5. 为帮助移民重构文化身份,接纳社会能做些什么
6. 结束语

## 一、回顾有关文化身份建构和重构的几个基本概念

### 1. 关于个人文化身份、民族文化身份及群体文化身份之建构

个人文化身份

个人文化身份之建构起之于生。然而,个人主要是在日后

成长的过程中，在社会化的过程中，不知不觉、自自然然、日积月累获得的。个人从孩提时代起，首先是在家庭生活中，然后在学校，在与同龄人的交往中，在工作岗位上，在群体生活中，逐渐养成了一种自己特有的思想方式、行为方式和感觉方式，也就是说自己的文化身份。个人文化身份寓于民族文化身份之中，是民族文化身份的表现之一。

**民族文化身份**

民族文化身份之建构，形成于全民族成员共同参与的人类两项基本活动过程中，即物质生产活动（农、林、牧、渔、手工制造、工业制造、矿山开发、海洋开发、交通运输、远程通讯、第三产业的某些活动等等）和精神生产活动（文学、艺术、神话、宗教信仰、祭祀、礼仪、语言、哲学等等）。人类所从事的这两类基本活动在一个民族成员的身上产生某种文化上的统一。由于这种文化上的统一，才使一个民族意识到自己的集体存在，拥有集体的文化身份和在跟他民族相比较之下的形象。

个人的文化身份是特有的，而民族的文化身份则是个人文化身份特征的概括。从辩证的观点来说，个人文化身份融于全民族的文化身份之中，并与其结为一体，而民族文化身份则是民族成员文化身份的共生体与综合。

**群体文化身份**

社会利益群体（职业群体，宗教群体，政治群体，区域群体等）成员跟民族成员一样，是在共同从事的物质生产活动和精神生产活动的过程中获得他们特有的行为方式、思想方式和感觉方式，获得他们的集体意识和集体身份。

## 2. 文化身份及其多彩的面貌

一个人可以同时具有多种文化身份。一个人可以根据所处的地位、环境，根据认同、不认同或独树一帜的需要，宣称自己是亚裔或非洲裔加拿大人，以区别于本地出生的加拿大人；宣称自己是教师，以区别于政府官员；宣称自己是伊斯兰教信徒，以区别于天主教徒或佛教徒；宣称自己是魁北克独立分子，以区别于联邦分子……以此类推。

## 3. 文化身份之相对稳定与不断变动

文化身份随时间和空间的变化而演变。文化身份的稳定性是相对的，变动是不断的。法国巴黎第十大学心理学教授埃德蒙·马克·李比扬斯基在《文化身份与传播》一书中写道：

> 文化身份的变化贯穿于人的一生。它不是［成分的］不断增加，而是来自［成分的］改组和或多或少取得了成功的融合的尝试……因此，文化身份的建构好似一个生气勃勃的进程，没有完成的时候，总是不断地进行，其中饱含着断裂和危机。[①]

---

① 引自让-克罗德·吕雅诺-卜巴兰：《文化身份：个人，群体，法国巴黎，社会》，人文科学出版社，1999年，第26—27页。

文化身份的建构是个有始无终的进程。文化身份的重构也一样，它要在接纳国伴随移民的余生。艰难的身份重构充满了困难的选择、心理冲突。当然，这是移居异国他乡必然会遇到的，不可避免的。

## 二、在接纳国重构文化身份之必要

在日常生活中，我们常常听人谈起，移民必须适应接纳社会。"他们移民该适应我们社会，而我们该接受宣传教育。"几年前有位女警察在电视辩论节目中说。这位女警察没有全错。移民为了能在接纳国正常生活，文化适应是首要的。这就是我们所说的功能性的融入。这位女警察所不了解的是，接纳国居民不仅要就多文化的现实接受宣传教育，而且也要适应多文化的现实。适应和接受宣传教育是同时针对移民和接纳国人民双方而言的。事实上，接纳国人民由于跟移民进行日常接触，也就是说，跟他文化的载体进行日常接触，不知不觉适应着移民的存在，习惯于族裔和文化的多样性，并用移民所带来的文化投入丰富自己，例如厨艺，医术，武术，放松术，来自外国语言的借用语，外来的音乐……其结果是，接纳国的文化身份也不知不觉地在蜕变。身份重构问题，对生于斯、长于斯的接纳国人民来说，同样存在，虽说他们是人口的多数，代表着主流文化。但，我们在这里讨论的主要是移民的身份重构问题。

对新移民来说，文化身份的重构是一项超越了文化适应阶段的努力。这项努力只追求一个目标，即完全融入接纳社会。

这就是我们所称谓的文化身份层次上的融入。我们在第69届加拿大法语科学促进会的发言中说过，文化身份层次上的融入，要让时间起作用。"什么也不能加速文化身份的变化或大脑的程序设计。失去耐性和急于求成是于事无补的。因为，文化身份层次上的融入，其本身是一个缓慢和渐进的过程，是一项不断的努力，是一代人的问题。"①

文化身份层次上的融入，或简称为身份融入，是以文化身份的解构为前提的。而文化身份的解构，对某些移民来说，是个可能引起身份危机的痛苦过程，并意味着要重构文化身份。文化身份的重构，对想融入接纳社会的移民来说，不再是个自动的或无意识的行为。

一个成年移民刚踏上接纳国土地时，突然置身于一个陌生的世界，请想象一下他那份惊讶吧。如果他是一个人来的，他孑然一身，远离家乡，没有亲人。他离开了他所熟悉的工作场所和生活环境，离开了他童年、少年以及大学时代的朋友。现在，他介入的物质生产活动和精神生产活动跟过去不一样了，甚至在一个时期里，处于接纳国的生产活动之外。所有原来的空间参照和文化参照，诸如拜神祈祷的地方、历史古迹、旅游景点、建筑风貌、视听形象、地理环境，等等，都消失了，或被取代了。所有支撑文化身份建构的事物都不复存在。如果此

---

① 请参阅拙文《试论间文化语境中的一揽子工作方法》，载《间文化论文集》第五卷第二期，IRFIQ版，加拿大魁北克市，2002年，第217—232页。

人不懂接纳国的语言，他就成了目不识丁的文盲，好像是个聋哑人。特别对那些不曾选择离开祖国，而是由于政治、宗教、战争或饥荒等原因被迫离开故土的人，该是何等惊慌失措！即使那些怀着美洲梦，带着积蓄，自愿离开祖国的人，也会被崭新的一切耀花了眼而有身处异国他乡之感。虽说现代通讯工具可以消除时空造成的障碍，虽说可视电话在通话时可在屏幕上见到对方，可对话人在屏幕上的形象毕竟是虚拟的（virtual, virtuel），不可相互触摸的。离开者为乡愁所困，留下者为分离所苦。

迁徙所引起的社会、经济、文化环境的突然变化，在身份延续体中造成断裂状态。此时，移民才体验到母文化跟接纳国文化的差别，意识到一切要从头学起，以便身心两方面都能适应接纳国。如果没有意识到这种必要，就有可能在接纳国运转不灵，处处感到不自在，处处碰钉子。

不要忘记，接纳国为使移民尽快融入社会，也对移民施加了压力。例如，在加拿大魁北克省，移民必须学习法语，子女必须送入法语学校，在工作场所和公共生活中必须使用法语等，这些都是省101号法令规定的。此外还必须遵守加拿大联邦和魁北克省分别制定的权利和自由宪章，以及移民部规定的道德规范……

多种力量相互作用，从而造成一种复杂的环境。魁北克的新居民天天生活在其中，并由此而建构自己的文化身份。魁北克省政府的法规不可避免地要作为限制而起作用，并给移民的身份对策留下特殊的印记。①

这些压力也迫使新到的移民不得不从新审视自己的文化身份。

## 三、加拿大需要重构文化身份的人数

让我们先看看以下一些统计数字。

表1 根据加拿大统计局公布的2001年人口调查最新结果,加拿大以及安大略省、卑诗省、魁北克省的总人口、移民人口和有色人种人口

| 2001 | 加拿大 | % |
| --- | --- | --- |
| 总人口 | 29639030 | |
| 移民人口 | 5453581 | 18.4 |
| 有色人种人口 | 3971630 | 11.4 |
| 2001 | 安大略省 | % |
| 总人口 | 9977055 | |
| 移民人口 | 2673850 | 26.8 |
| 有色人种人口 | 1905517 | 19.1 |
| 2001 | 卑诗省 | % |
| 总人口 | 3688870 | |
| 移民人口 | 962273 | 26.1 |
| 有色人种人口 | 796364 | 21.6 |

---

① G.比伯等:《精神健康及其多种面貌:从日常生活看多民族的魁北克省》,伽埃当·摩兰出版社,加拿大蒙特利尔,1992年,第74页。

续表

| 2001 | 魁北克省 | % |
|---|---|---|
| 总人口 | 7125575 | |
| 移民人口 | 705431 | 9.9 |
| 有色人种人口 | 498790 | 7 |

来源：联邦统计局

出于发展的需要和承担的国际义务，加拿大每年接纳数十万来自世界各国的移民。接受移民最多的三个省是安大略省、卑诗省和魁北克省。根据2001年的人口调查统计，加拿大的人口已接近三千万。几乎五个加拿大人中就有一个是在加拿大以外出生的。而安大略省和卑诗省，四分之一以上的居民是移民。魁北克省的居民，十个当中有一个是在加拿大以外出生的。2001年的人口调查结果还表明，加拿大移民人口达5453000人，其中包括有色人种3971000人。有色人种移民占全部移民人口的73%。安大略省和魁北克省也一样，有色人种移民占省移民总数的70%以上。卑诗省有色人种移民在省移民总数中所占比例最高，达83%。这些移民绝大多数来自亚洲和非洲的非工业化社会，常常是农业社会或传统社会。

所有出生在加拿大境外的移民，除了未成年的儿童，依我们的看法，都要在不同程度上重构文化身份。

## 四、移民在身份重构问题上所采取的对策

身份重构对策，是指个人或群体在接纳国所采取的种种态度，以对付主流文化（在加拿大是犹太—基督教主流文化）的影响和对本人或本群体价值体系的质疑。① 迁徙所造成的身份断裂和不稳定状态，以及来自接纳社会的压力，迫使移民面临三种可能的选择：（1）几乎是彻底重构；（2）部分重构；（3）几乎是零重构。

### 1. 几乎彻底重构

这一对策主要适用于伴随父母一道移民的7至17岁的少年儿童。由于他们的文化身份正在建构过程中，过于稚嫩和脆弱，在新的生活环境里无法抗拒主流文化的影响。对他们来说，学习接纳国语言和内化接纳国的价值观是不难做到的。解构正在

---

① 让-克罗德·吕雅诺-卜巴兰写道："［研究身份对策］可使我们领会身份建构的复杂性及其在个人自我肯定和自卫机制中的作用。对移民来说，身份重构，意味着不断地对比接纳社会占统治地位的价值观和肯定自己个人的价值观。面临母文化和接纳社会文化相矛盾的状况，我们可以观察到好几种态度。大部分移民用采纳接纳社会文化的办法来逃避矛盾。少数人的态度则是试图将母文化成分和接纳国的现代性加以综合。举例说，流亡的马格里布知识分子或阿拉伯知识分子，一有机会便提醒大家，中世纪伊斯兰文明对西方发展所做的重要贡献，他们说的也是对的。他们也强调非西方社会在最近几十年里所表现出的发展能力，其发展跟西方犹太—基督教文化价值观和民主价值观没有直接的联系。最后，还有些态度，也是少数人具有的，那就是把根植于母文化的传统价值体系中的道德观跟日常生活完全分离开来。"请参阅《文化身份：个人，群体，社会》一书第7页。

形成中的文化身份也很容易。他们身份的重构几乎是彻底的。一位美国社会学家写道：

> 不管怎么说，要把移民培养成新公民，教育将起主要作用。学校教会移民美国生活方式，向移民灌输语言、文化、民主意识，特别是美国历史。通过美国历史的学习，移民会懂得，他作为移民，在美国确有自己的前途。①

作者在这里说的是青少年。若就儿童而论，那就更加对了。不过，我们也要指出，不能低估了家庭的影响，因为家庭是儿童社会化的首要场所。哪怕儿童出生在接纳国，父母也不会忘记向他们传递祖国的文化。母语或父语，或父母双方的不同语言，常常会从摇篮时代起就传给孩子，其他母文化的成分也会传给儿童，例如，饮食习惯，个人卫生习惯，审美趣味，所属民族的集体记忆，传统风俗，宗教信仰，伦理原则，以至政治信仰等等。出生在接纳国以外，但在接纳国接受教育和社会化的儿童，常常要对付父母对其行为所做的规定，要在同龄人的模式和父母的价值观之间做选择。比如，锡克族儿童要不要缠红头巾和佩戴匕首？伊斯兰女孩要不要戴头巾？他们一般在衣着上倾向于追随接纳国的时尚，而不愿意在日常生活中穿民族

---

① 请参阅阿兰·古隆：《芝加哥学派》，法国大学出版社，巴黎，1992年，第41页。

服装，以免显得招摇或古怪。一位蒙特利尔市的阿拉伯裔女中学生对加拿大电视台的记者说："我兴趣来时，就会戴头巾，因为我是伊斯兰教徒。"显然，她要保留戴头巾的权利，但在学校里她还是选择不戴头巾。这些父母是移民的青少年，常常拥有双重文化身份，甚至三重文化身份（如果他们的父母是来自不同文化、不同族裔的混合婚姻）。除了生理文化上的差别，他们跟大多数白人孩子是一样的。

G. 比伯先生和他的同事们对移民子女文化身份问题做了更为深入的思考，并预言有可能会出现一种融合文化。在上面已经引证过的同一本书中这样写道：

> 移民子女常常掌握两三种语言，依据这种情况，一、存在一种移民族裔或一种移民文化。这种文化把身份断裂、过渡和延续结合在一起，把放弃故土和落户新的空间结合在一起。这必然会产生一个彻底的混血过程。这过程不仅产生在移民文化的内部，也会发生在移民文化跟接纳国主流文化的关系中。二、主张融合文化的学者，以宽容和完全向他文化开放的哲学为依据，拒绝专横的同化模式，提出多文化模式与之抗衡。这种多文化模式好似文化大拼盘，条件是这新的融合文化不仅容纳接纳社会的文化成分，也容纳全部的移民文化。

"从某种意义上说，融合文化是一种杂交文化，旨在表达社会实际存在的多族裔的新身份,允许每一个人,不论是生于斯长于斯,还是新来乍到,都能跟彼此为之做出贡献的共同文化认同。融合文化要抗衡的,正是专横的同化模式和不宽容。"①

## 2. 部分重构

大部分移民,不管来自什么地方,都采取这一对策。他们是成年人,在移居他国之前已经拥有了一种或多种文化身份。如果他们意识不到重构文化身份的必要,就很有可能经历身份危机。然而,进入劳动市场的种种限制,劳动规范、种种法规和公民权益等等,迫使他们当中的大多数人觉悟过来,认识到文化身份重构的必要性。支撑他们原有文化身份的社会环境不存在了,而他们又不能摆脱原有的文化身份(有必要摆脱吗?),他们只好采取一种调和的对策。换句话说,他们原来的文化身份失去了社会基础,开始一点一点解构,因而,不得不在原有文化身份和接纳社会的文化身份之间寻求折中。他们试图抛弃原来文化身份中某些消极的成分,或者他们觉得跟接纳社会价值体系格格不入的某些成分,同时吸收接纳社会文化身份中他们认为是积极的成分。举例来说,他们最为珍惜而又不肯放弃的成分,是母语(唐朝诗人贺知章不是有"少小离家老大回,

---

① 请参阅 G. 比伯等:《精神健康及其多种面貌——从日常生看多民族的魁北克省》,伽埃当·摩兰出版社,加拿大蒙特利尔,1992年,第71页。

乡音未改鬓毛衰"的名句吗?),宗教信仰,社会理想,某些伦理原则,政治信仰,饮食习惯,等等。他们或多或少准备放弃的成分,是一夫多妻制,包办婚姻,夫权,家长权威,无条件服从上级,某些可能对身体造成损害的陋习(如非洲某些部落对女童施割礼),等等。他们永远也摆脱不了的成分,是他们在祖国跟同胞一起获得的集体记忆,他们个人在记忆中储存的建筑形象(各国、各城市、各地方,都会有标志性的建筑)、视听形象,以及自然环境的形象,等等。接纳社会文化身份中,他们准备接受的成分,有接纳国语言,民主原则,尊重人权,男女平等、夫妻平等和亲子平等原则,衣、住、行习惯,等等。最后,还有一些成分是可以协商的,各人根据自己的情况(教育水平、个人趣味、经济条件等),或保留或抛弃,或拒绝或接受。

我们试图把身份成分的取舍用表格罗列如下。

表 2 身份重构过程中成分取舍表

| 保留 | 抛弃 | 采纳 | 协商 |
| --- | --- | --- | --- |
| 母语 | 一夫多妻 | 接纳国语言 | 审美趣味 |
| 宗教信仰 | 包办婚姻 | 民主原则 | 消费习惯 |
| 社会理想 | 夫权 | 公民权利和义务 | 度假方式 |
| 个人理想 | 父母权威 | 尊重人权 | 休闲方式和文体活动 |
| 伦理原则 | 施暴妇女、儿童 | 男女、夫妻、亲子平等 | 节庆活动 |
| 政治信仰 | 无条件服从上级 | 衣、住、行方式 | 民族风习 |

续表

| 保留 | 抛弃 | 采纳 | 协商 |
|---|---|---|---|
| 饮食习惯 | 在祖国的既得地位和利益 | 时间概念和守时习惯 | 饮食习惯 |
| 集体记忆，传说中的英雄形象，历史英雄形象，建筑形象，自然环境形象，文学艺术之虚构形象，视听形象，等等 | 某些可能对人体造成损害的陋习 | 卫生习惯 | 礼仪习惯 |
| 等等 | 等等 | 等等 | 等等 |

当然，上列表格是很不完整的。而且表中所列举的成分，各人认同的程度，无论是肯定的还是否定的，是很不相同的。这完全取决于各人的社会地位、经济地位、教育水平、族裔群体、祖居大陆、职业、性别，以至年龄。

一般说，大部分移民所采取的身份对策，是跟他们在接纳国所处的境遇大致相适应的。身份对策为移民所用，一方面是为了抵制同化，另一方面是为了维持原有文化身份的连续性。

### 3. 几乎零重构

自愿也好，不自愿也好，在接纳国几乎不重构文化身份的人大致可分成三组。

(1) 来接纳国跟子女团聚的老年人。他们不属于生产人口，无意投入劳动市场，所以不感到非要改变什么不可。他们过的是家居生活，在很封闭的亲友和同胞圈子中活动。如果子女对他们关怀备至，他们可能有一个幸福的晚年。

（2）具有长期居留或公民的合法身份，但生活在社会边缘的移民。他们由于教育水平低或者年纪大了，学不会接纳国语言，或者遇到困难不想学了，或者为了生计，没有时间学了。他们在自己同胞开的商店或企业里工作（不仅中国人如此，越南人、印度人、意大利人、葡萄牙人、犹太人、阿拉伯人也如此），或在不需要掌握英语或法语就能工作的企业里工作（如成衣厂、苗圃、草坪花园整治公司、季节性的田间劳动等等）。由于在他们之间或在他们和雇主之间不存在沟通的问题，他们生活在一个非常封闭的小圈子里。他们在自己的族裔群体里，可以获得维持正常生活所必需的各种服务（购置生活必需品、医疗服务、法律咨询、财务会计、旅游度假、文化娱乐等等）。用他们母语发行的报纸和办的广播，以及通过卫星和光缆传播的电视和互联网，使他们可以获得有关祖国、接纳国和世界各国的信息，可以阅读母语写的文章和欣赏母语表演的文化娱乐节目。

技术的进步和新兴的远距离通讯手段，对移民融入接纳社会来说，好似一把双刃剑。一方面，它们可使这部分移民通过母语获知世界大事和从事休闲活动，有助于维持身份的连续性，有助于平稳地从旧文化身份向新文化身份过渡；另一方面又可能使他们产生依赖，觉得没有必要学习接纳国语言，从而长期处于"身在曹营，心在汉"的状态。如果说，这部分移民中，有人愿意从事身份重构，那也是停留在较低的水平上。

总之，生活在社会边缘的这部分移民，在身份层次上的融入是很成问题的。

（3）在接纳国境内申请难民身份的人和非法入境的人也可以属于这一类。他们以正常方式，或不正常方式，或非法方式进入接纳国，但没有长期居留的合法身份。由于需要经历长年累月的等待才能获得居留权，他们心神不定，没有安全感，害怕申请被拒绝，更怕被驱逐出境或被遣返原籍。他们即使获得了工作许可证，也不能获得全面的就业服务，不能获得好的、稳定的工作。他们为了生存和偿还所欠蛇头的债务，常常做黑工，遭雇主残酷剥削，得不到司法援助。我们很难说，身份重构问题会是他们眼前的忧虑。当然他们当中许多人在逃脱了政府控制的同时，也失去了社会的关注。他们生活在社会的边缘，尽其所能地对付着过日子。

重构文化身份，既是为了移民的生存质量，也是为了接纳社会的安宁与和谐。从数量上来说，属于第三类的男男女女相当庞大。我们不应当把他们遗忘了。

## 五、为帮助移民重构文化身份，接纳社会能做些什么

为帮助新来的移民重构文化身份，我们可以做点什么吗？回答当然是肯定的。依我们看，做以下三件事是适宜的。

## 1. 对移民进行关于重构文化身份的宣传教育

这里所说的宣传教育，就是 SOIIT[①] 的同事们在日常工作中所说的文化落岸工作。宣传教育，或文化落岸工作，其宗旨在于帮助移民认识到文化适应的必要，并让他们有意识地去重构文化身份。因为，新移民一旦认识到了重构文化身份的必要，文化冲击就会减轻，身份危机就会缓和，从而有助于维持精神健康。

数百万移民是加拿大的重大人力资源和财力资源。维持这批移民的身心健康，不仅可为政府节省巨额医疗费用，而且，更为重要的是，身心健康的移民可为社会创造更多的财富，为社会的发展做出更大的贡献。所以说，SOIIT 的文化落岸工作应在所有从事移民接待和融入工作的机构中普及，不论是政府机构、半官方机构，还是民间机构。各级政府应该高度重视移民的身份重构问题，使每一个新来的移民都能有机会接受关于重构文化身份的宣传、教育或培训。

## 2. 给新移民安排工作

如果一位电脑工程师，一位电子技术员，一位护士，一位医生，一位教授，一位销售代理人，或一位秘书，首先融入其熟悉的工作环境，他很快就能找回自己的专业身份，虽说需要

---

① SOIIT 的全称是 SERVICE D'ORIENTATION ET D'INTEGRATION DES IMMIGRANTS DE QUEBEC。这是魁北克市一个非营利性的民间机构，主要任务是帮助新移民在投入劳动市场之前做好心理和专业方面的准备。

适应，虽说要准备好不可缺少的知识和技能。因为在工作环境里，在跟同事的日常接触中，新移民才能改善语言交际能力，学会当地的工作文化、风俗习惯，并建立新的交际网。照我们看来，就业是重构文化身份的捷径，是新旧文化身份的衔接点。

**3. 维持各族裔文化协会的活动（传统节庆，双语学校，用族裔语言出版或广播的大众传媒工具等）**

美国社会学家认为，移民融入接纳社会需要"有个过渡阶段，在这期间，移民团体维持和培育其文化身份，以便在新老身份之间搭桥"[①]。比伯先生及其同事们在他们的著作中也说："这些生气勃勃的族裔群体经常起着帮助移民建构新身份的作用。"[②]

族裔文化群体在帮助新移民融入社会的工作中，扮演的正是这种中间人和调解人的角色，在建构新文化身份和解构旧文化身份之间，起过渡作用。美国社会学家在承认移民团体作用的同时，并不掩盖他们同化移民的主张。其实，众所周知的"大熔炉"说，即以同化移民为目的。尽管如此，美国社会学家仍然主张鼓励发展族裔群体，原因是他们认识到族裔文化群体

---

[①] 请参阅阿兰·古隆：《芝加哥学派》，法国大学出版社，1992年，第34页。

[②] G. 比伯等：《精神健康及其多种面貌——从日常生活看多民族的魁北克省》，加拿大蒙特利尔，伽埃当·摩兰出版社，1992年，第75页。

"在跟移民的过去和正在离去的文化建立延续关系的同时"[①],能给接纳社会帮很大的忙。至于加拿大,虽然主张多元文化,但并不懂得族裔文化群体在帮助移民融入社会中所起的作用。

加拿大多元文化政策规定,同族裔成员组成的集体和对加拿大历史做出贡献的集体,其存在应该得到承认,其发展应获得方便;在肯定官方语言的地位和扩大使用官方语言的同时,也为维护和重用其他语言提供方便。[②]然而,近十多年来,联邦和省两级政府撤销了对族裔文化群体的资助。为什么撤销资助,真正的理由谁也不知道。这种做法的结果,只能是"削弱不可缺少的移民群体机构,而这些机构的功能则是维持个人生活前后一致的连续性"[③]。没有政府资助,这些集体怎么能发展呢?作为接纳社会的巨大财富,并可为接纳社会开发利用的众多非官方语言,怎么能传给第二代呢?两级政府的这项举措正好违背了自己的政治愿望:建设一个向世界开放的社会,一个丰富多彩、众人受益、文化多样的社会。

## 六、结束语

就个人来说,文化身份的建构是无意识的、不自觉的。与之相反,移民在接纳国的余生中则要不断地、自觉地努力重构

---

[①] 请参阅阿兰·古隆:《芝加哥学派》,法国大学出版社,1992年,第33页。
[②] 同上书,第35页。
[③] 同上书,第35页。

自己的文化身份。移民若不愿被接纳社会文化所同化，不管是出于需要，还是迫于压力，而不得不对自己文化身份的构成进行重组，抛弃原有身份中的消极成分，吸收接纳社会身份中的积极成分，以建构自己的新身份，从而确保在接纳社会的生存质量。有些人重构身份做得很成功，有的人则不然。身份重构成功与否，不仅取决于个人的努力，也取决于经济、文化和人文环境。有利的环境和利于身份重构的措施，可使新移民在接纳国的土地上生根。

（原载于《跨文化对话》，上海文化出版社，2003年，第13期）

# 家庭体制、艺术形象与文化身份

文化身份是个多姿多彩的文化建筑物,是一个既十分古老又十分现代化的建筑物。这个建筑物的构件很多,大的如架构和梁柱,小的如铆钉和窗饰。进入这个庞然大物的门也很多。我们在这里谈谈比较熟悉的、进出方便的两个门:家庭体制和艺术形象。

## 一、家庭体制与文化身份研究

家庭体制是构成文化身份的五大主要构件之一。[①] 选择家庭体制作为入门,是由家庭的功能决定的。

首先,家庭不论大小,作为儿童社会化的场所,优先于其他社会机构。塔维斯托克曾说:"社会化,即[为将来]在社会

---

① 请参阅拙文《从何着手研究文化身份》,载耿龙明、何寅主编:《中国文化与世界》(第四辑),上海外语教育出版社,1996年,第167—183页。

上扮演一定角色而获得必需的态度和能力的过程。"① 从我们研究的课题来说，社会化即儿童获得文化身份的过程。儿童首先是在家庭里意识到自己的身份，在摇篮里就知道自己的名字和性别，就能识别自己的母亲和父亲。儿童个性的发展，以及成年后个性的定型，也是在家庭中完成的。当然，我们这样说并不排除学校、社会环境和交游对象对文化身份的形成和觉悟所起的作用和影响。但是，"文化身份的最为首要的和基本的概念是'某某的儿子'（fils de），闪米特语的 abou，ben，希伯来语的 beni Yisrael"②。人们首先认同的是双亲，以至祖先，因为认同的人之间有血缘关系。

其次，在我们看来，家庭具有特殊的重要性，不仅是因为家庭与人类的天性相连，而且家庭既是社会的出发点，也是社会的支柱。

我们说，家庭是社会的出发点，恐怕不会遭到别人的反对。对传统社会来说，家庭是社会的支柱，没错。可是对现代社会来说呢？第二次世界大战以来，目睹家庭规模缩小、家庭危机和家庭解体的现象，有人就不敢肯定了。这种保留态度还可以用统计数字，用耳闻或亲历的经验来佐证。可是，我们不要忘记这样的事实，即家庭也是文化的产物。文化自身在变化，家

---

① 转引自安德蕾·米歇：《家庭和婚姻社会学》，法国大学出版社，1978 年，第 99 页。

② 请参阅埃德加·莫兰：《社会学》，巴黎，法雅出版社，1984 年，第 132 页。

庭结构也在变化。诚然，在工业社会里，家庭的规模和功能都起了变化，人们在家庭里的行为方式不像以前了。后工业社会里家庭的现状应该用科学和技术的进步所造成的生产方式、消费方式和传播方式的变化来加以解释。社会的现代化衍生出家庭的新结构。或者说得更准确一点，现代文化使家庭形式呈现出多样性。家庭在演变，在适应新的生产方式、消费方式和传播方式。家庭的变化并不像某些西方学者所说的那样，预示了家庭的灭亡。[1] 在我们看来，家庭的变化仅仅表明家庭体制具有灵活的适应性。像今天这样的一夫一妻制的家庭，也许有朝一日会消亡。但在人类发展的现阶段，现有的家庭离消亡还很遥远。

　　从生产角度来看，城市里的家庭确实已经不再是生产的基本单位。但家庭并没有完全脱离生产活动[2]：家庭是生产人口在一天的劳作之后休息的场所，以便恢复体力和确保次日的工作效力。今天由于信息技术的进步和新的通讯工具的产生、发展和普及，人们足不出户便能在家里管理企业、指挥生产线上的生产活动、进行采购或销售、生产设计电子产品，等等。家

---

[1]　请参阅大卫·库珀：《家庭的灭亡》一书，法国瑟伊出版社，1972年。
[2]　加拿大哥伦比亚—不列颠大学社会学系教授多萝蒂·司密斯认为，家庭从未失去它的生产功能。现代家庭即使不直接为市场生产，但仍然生产大量的家庭服务，而这主要是由妇女来完成的。这种生产由于不进入货币交换体系，所以一直没有受到人们的重视。请参阅安德蕾·米歇：《家庭和婚姻社会学》，法国大学出版社，1978年，第90—91页。

庭完全有可能重新融入生产体系和市场流通体系。这一天的到来，只是时间问题而已。

从分配角度来看，在"大量生产，大众消费"的口号叫得震天响的后工业社会里，家庭被认为是消费的中心。最低工资，购买力，产品销售，生产的导向和计划，社会救助，家庭津贴，儿童免税额，养老金和老年津贴，所得税……一切的一切都是以家庭所负担的人口数量来计算的。目前在世界上，哪怕是在最发达的国家里，家庭仍然是最基本的参数。

从感情方面来看，根据伊夫·德·让迪-白希在法国调查的结果，绝大部分妇女认为她们在家庭生活中获得的成功是她们人生最美好的成就。对法国青年来说，家庭被看作是幸福的首选场所。四分之三的法国青年考虑结婚，而且家庭的成功是他们生存的主要理由之一。法国人甚至要求缩短工作时间，以便有更多的时间留在家里，跟妻子儿女在一起，更好地参与家庭生活。因此，家庭成为大量感情投资的对象。人们把一切期望都寄托在家庭上：期望它是一个平安的避风港，一个不受任何生活打击的安乐窝。在一个人际关系常常是抽象的、功能性的西方社会里，人们要求家庭来擦干一切眼泪，使人忘却失败。[①]

加拿大魁北克青年也是如此。根据一项在蒙特利尔市雅纳·芒斯中学和艾弥尔—奈利冈中学学生当中进行的调查，85.4%

---

[①] 伊夫·德·让蒂-白希：《生气盎然的家庭》，法国桑图里翁出版社，1981年，第19页。

的青年在问及家庭是"有意思"还是"没意思"时都选择了肯定的答案。85.6%的人表示将来要结婚并且要孩子。不管是男学生还是女学生，不论年龄大小，不论来自哪个族裔，他们当中有92.7%的人想要两个以上的孩子。分析该项调查结果的雷娜·若瓦雅女士说，青年人的这种愿景似乎是幸福和成功的同义词。大部分青年忠实于传统的家庭模式。他们的婚姻和"多子女"的生育计划证明，尽管有不同的价值观可以选择，传统的价值观念仍然根深蒂固。① 此外，许多研究家庭问题的社会学家也指出，在大城市里，家庭关系网正在重建之中。在需要的时候，人们打电话求亲戚来帮忙，只要亲戚有空，或住在不太远的街区。

因此，我们可以毫不夸大地说，家庭尽管形式多样，仍旧是现代社会的支柱。家庭作为社会制度，在现代社会的正常运转中继续起着不可忽视的作用。

最后，要了解一个社会及其文化身份，从研究该社会的家庭体制着手，不啻走了一条捷径。原因是，构成民族文化身份的各种成分都能在家庭中得到反映。支撑社会大厦的一切元素都能在家庭中找到：宗教信仰，政治信仰，支配人的行为和人际关系的价值观念，生活方式，社会地位，经济状况，把社会成员跟他们的家庭和祖国联系在一起的精神世界，还有在家庭

---

① 雷娜·若瓦雅：《家庭与男女角色，青少年的说法》，蒙特利尔，荟萃出版社，1986年。

里生根和传承的民族语言或地方方言。

把家庭体制当作研究一个民族文化身份的入门，还有另一个理由：在家庭内部，我们可以更好地观察成员之间在日常互动中所表现出来的社会关系。对大部分个人来说，最直接、最亲密、最日常的社会关系是夫妻、亲子、兄弟姐妹之间的关系。

总之，家庭体制的状况以及家庭内部成员之间的关系，大体上可以反映一个民族的形象，一个民族的文化身份。

## 二、家庭社会学与文化身份研究

研究文化身份不同于研究一般的文化。文化身份研究只是文化研究的一部分，重点在根据文化身份的"特征"来描述一个民族的形象。

把家庭体制作为研究文化身份的入门或瞄准点，这并不意味着我们从事的是家庭社会学。我们不会像摩根和马克思那样把家庭当作社会的一个细胞来研究，或者像杜汉姆和茅斯那样把家庭当作一个社会机构来研究，或者像帕森斯那样把家庭当作一个亚体系来研究。家庭社会学的任务，是在共时和历时的层次上研究家庭的形式和结构，以及家庭演变跟社会变化的关系。至于在家庭层面上着手研究一个民族的文化身份，那只限于研究在家庭内部的人际关系、人的行为、支配人际关系和行为的价值观念、人的思想面貌和有助于塑造民族形象的文化身份的表现。

在最后这一点上，我们可以举两个例子来加以说明。

笔者寄居在加拿大魁北克省。在魁北克人的家庭生活中，跟餐厅相连的厨房占据很大的空间。那是女主人的特有领地。家庭的重大活动都在厨房中进行：一家人聚在一起交流信息，讨论家庭事务，做出重要决定，等等。家庭成员间的亲密、亲昵、争吵、冲突，也都发生在厨房里。对魁北克人来说，特别是对农村中的魁北克人来说，厨房是母性权威的象征。可是，对其他社会来说，厨房并没有这样的重要性和象征意义。

在中国，厨房占据的面积就没有那么大。特别是在老式建筑的民居里，占据面积最大的地方是客堂间。客堂间是家庭成员聚会的地方。客堂间，顾名思义是会客的地方，但客堂间随时可以根据需要转换功能，变成宴请宾客的餐厅、举行婚丧喜庆的礼堂，逢年过节又是一家人祭祖、行礼、拜年的地方。接待来访者，举行家庭会议，讨论重大家庭事务的决策，也在客堂间进行。中国人家的客堂间常常由于尽头的"老爷柜"或条几上供奉着神主或祖先的牌位，令人肃然起敬。享有绝对权威的家长或族长在那里主持解决家庭或家族的一切纷争。中国人家的客堂间跟魁北克人家的厨房一样，是家庭生活的大舞台。

从宏观上看，人在家庭内的行为都是相似的，如出生、社会化、结婚、死亡等等。尽管如此，不同民族的行为方式并不完全相同，即使他们各自的社会处于大致相同的经济发展水平。在中国仍以农业为国民经济基础的旧时代，当家长去世之后，一家的长子在弟弟妹妹面前自动享有"长子为父"的绝对权威，今天在某些后进地区大概还是如此。当20世纪初法裔加拿大人还是以农业生产为主的时期，长子可能有机会多读一点书，或有可能继承祖上留下的田产，但当父母去世后，在弟弟妹妹面前不享有"长子为父"的威信。

我们对行为在宏观上的相似固然感兴趣，但行为在微观上的差异更使我们感兴趣，因为正是微观上的差异能使我们把一族人民和另一族人民区别开来。

在理解家庭现象和分析家庭成员行为的层面上，身份研究跟家庭社会学没有什么差别。家庭社会学对家庭的研究是全面的，而身份研究则是部分的、描述性的。

因此，在研究身份的过程中不可避免地会谈及家庭的结构和功能、价值观念和思想面貌、配偶的选择和婚姻、两代人的冲突、教会的影响、现代化对家庭演变和家庭成员行为的影响等等。但这是从文化身份的角度去探究这些问题。

## 三、艺术形象与文化身份研究

我们能通过一个民族所创造的艺术形象来研究一个民族的文化身份吗？我们认为，这样做不仅是可能的，而且可以确保文化身份的研究具有一定的客观性。理由是，作家创造的艺术形象是一个民族的自我形象，是一个民族的自我观察，是一种内视，或内在形象。作为跨文化研究者，在对他民族的艺术形象进行分析和认知的过程中，有意无意地带进了自己的观察和视角，使原来的内视与外视结合起来。这样获得的民族文化身份更符合载体的实际情况。

　　作为虚拟世界的小说是一个民族精神世界的一部分，而精神世界又是文化身份的重要组成部分。小说在多大程度上能为文化身份的研究提供帮助，这是需要加以论证的。我们因此而不得不论及文学创作的问题。我们无意在此大谈文学理论，只想重提几个一般性的问题。

### 1. 实际生活与文学创作的关系

　　小说作为艺术品是不能凭空创作出来的。作家跟所有平常人一样，生活在一定的社会里，生活在一定的历史时期。他有自己的社会地位，从属于一定的社会阶级或阶层。他个人的经验必然受到他所生活的那个社会和那个时代的限制。他只有从亲历的或想象的现实出发，从物质环境和社会环境受到启发而产生的思想出发，才能创作出一部小说。文学创作只有参照社会的历史进程才能完成。社会历史是随着生产方式和财富分配方式的变化而演变的，而生产方式的改变又是由科学技术的发现和发明引起的。科幻小说的创作也逃不脱这一原则。没有第二次世界大战以来人类在信息科学和信息技术方面取得的进步，阿西莫夫就不可能写出《机器人》，并想象出能以最合理的方式和根据人类多数人的利益来管理世界事务的第三代机器人。对19世纪下半叶的法国科幻小说家凡尔纳来说，也是一样的。至于现实主义小说，不论是什么流派，古典主义，现实主义，自然主义，超现实主义……统统都是一定时代现实生活在作家头脑中的反映。是生活决定意识，而不是相反。① 意识从属于上层建筑。小说是想象的产物，也属于上层建筑。正是在这个意义上，我们说，小说是现实的反映、社会的镜子或时代的见证。

然而生活是如此的丰富，作家在千变万化、光怪陆离的现实面前，难以选择。生活给作家提供了创作的素材，但作家要对素材进行艺术的加工，然后才能用来构筑一个想象的审美世界。这就是为什么小说不是经验现实的简单的拷贝。作家并不是被动地接受现实，作家个人的洞察力、个人的才华和想象力决定了他所构筑的审美世界是独一无二的，是他自己的创造物。西方文艺评论家对生活与创作关系的论述，我们并不陌生：

> 小说家创造出人物，使之经历人生的种种遭遇。小说家根据从自身经验获得的蛛丝马迹，将人物推至命运的极限；把自己隐约感受到的东西写得清晰明白；把自己预感到有可能发生的事情描写成跟真的发生了一样；把自己观察到的散乱的现象写得有条不紊。小说家眼中看到的抑制的情欲、片断的对话和生活的场景，像于勒·罗曼所说的那样，是"任何地方都不存在的"。小说家根据从现实生活中获得的这些分散零星的灵感，好似拥有了一定的主题，编写出一部交响结构的作品，使读者觉得它既反射了一个

---

① 马克思和恩格斯在《德意志意识形态》一书中说："不是意识决定生活，而是生活决定意识。"法国社会出版社，1972年，第51页。

似曾相识的经验，又披露了一个未曾相识的世界。①

作家这样创造出的小说世界，我们既熟悉又陌生。小说世界基于现实生活，而又不是现实生活。

一族人民在实际生活中的形象与其在文学作品中的形象的关系，也同此理。

反映论本身是无可厚非的。只有当人们把小说的内容与社会因素、政治因素或经济因素之间建立直接的依赖关系，以至不顾作家的创造性、想象力和审美趣味，反映论才有可能被戴上机械论的帽子。

## 2. 研究文学的几种社会学方法

在方法上，我们无需追随罗伯尔·埃斯加比。他研究的是文学现象，而不是文学作品。他运用社会学特有的方法——调查、统计等，来说明作为社会现象和经济现象的文学。他研究作家的出生、年龄、资源、读者的成分和生活方式。他借助图表和数字来分析书籍的生产、销售、消费和受欢迎的程度。这些对我们研究一个民族的文化身份显然是不适用的。

我们也不学吕西安·戈德曼。他提出衍生结构主义方法。他的基本论点是：一、一部文学作品之所以具有审美价值，是

---

① 让-沙勒·法拉多：《我们的社会及其小说》，蒙特利尔，HMH 出版社，1967 年，第 75 页。

因为它构成了一个想象的世界。而这个想象的世界，因其具象的描绘，超越了极端丰富与严格统一之间的对立；二、伟大艺术作品的统一不是个人的创造，而是根据特有社会群体的集体经验写成的。而特有社会群体的意识和行为在人际关系、人与大自然的关系和人的总体理想上是有倾向性的，这就是吕西安·戈德曼所谓的世界观。从这两个论点出发，他认为，若要对一部文学作品进行科学的研究，就要在阐释的层次上，找出产生世界观的种种因素，以及找出能使整个作品前后协调一致的种种因素。而在理解的层次上，则要弄清楚作品的思想结构和作品中跟这种结构相对立但又为作品所包容的种种因素。①

吕西安·戈德曼在研究中成功地证明了一部作品的思想结构跟作者所从属的那个社会群体的思想结构是一致的，也成功地证明了作者所从属的社会群体对这部作品在一定的历史时期是起了决定作用的。

在吕西安·戈德曼看来，拉辛在剧本中所表达的悲剧观，正是极端让森教派分子的世界观；阿兰·罗伯-格里叶在《窥伺者》中所表达的消极被动，跟在物化了的资本主义世界里垄断经济把个人变得消极被动是一致的。他的结论是："〔小说作品的思想〕结构跟产生作品的社会现实的基本结构是相似的。"②

---

① 请参阅吕西安·戈德曼：《文学社会学》，布鲁塞尔大学出版社，1973年，第二版，第225—226页。

② 吕西安·戈德曼：《试论小说社会学》，法国伽利玛出版社，1970年，第324页。

这就是著名的衍生结构主义。我们觉得这是文学创作的社会学，这是表达在文学作品中的思想渊源的社会学。

显然，用这种方法来研究文化身份也是不适宜的，哪怕身份研究不可避免地也要谈到文学作品中表达的思想。

### 3. 传统的文学社会学

为了符合跨文化研究的目的，我们觉得，研究作品内容的社会学是最佳选择。这种方法，魁北克文学批评家让-沙勒·法拉多在对魁北克文学的评论中使用过，但没有详细阐述。这也是所谓传统的文学社会学：试图在文学作品的内容和一个民族的集体意识之间建立联系，或者说，就是在文学作品的内容和一个民族的思想方式及日常行为之间建立联系，也可以说，是在文学作品的内容和一个民族的文化身份或一个民族的形象之间建立联系。

吕西安·戈德曼对传统的社会学方法曾多次加以评论。我们有必要在这里做点说明。

首先，他认为，传统的社会学方法只适用于那些作家缺乏想象力的平庸作品。如果传统的社会学方法能适用于平庸的作品，为什么就不能适用于伟大的作品呢？吕西安·戈德曼并没有对他的论点做进一步的发挥，而我们认为他的论点是站不住脚的。至于衍生结构主义，按吕西安·戈德曼的看法，主要适用于伟大的作品。鉴于许多作品都无法用他的方法进行分析，亨利·萨拉曼斯基不无道理地指出："人们确实不能理解，在我们这个物化了的社会里，为什么不是所有的小说都跟阿兰·罗伯-格里叶小说的思想结构一样。"①

其次，吕西安·戈德曼担心，传统的社会学方法"由于主要关心作品中只是重现经验现实和日常生活的内容，而会破坏作品的统一"②。请注意，他所说的统一是指作品思想上的统一。这种担心其实是多余的。小说中反映的经验现实和日常生活是作品的血和肉。没有血没有肉的作品就成了一副思想意识的枯髅，对研究者来说，思想层次上的抽象的统一就失去了基础。使用传统的社会学方法，是为了通过反映在想象世界中的社会现象更好地认识社会，并对文学现象、文学创作和作品内容，提出社会学的解说和理解。研究者运用传统的社会学方法，研究作品中所包含的社会现象时，理所当然要尊重作品思想上的统一，努力避免跌进庸俗社会学的泥潭。

最后，吕西安·戈德曼责难传统社会学在作品中寻觅的是文献，而不是文学。诚然，文学并不是文献。但小说本身就是个需要认识的现象。作家在作品中提供的信息可与记者和历史学家媲美。马克思曾经说过，他从巴尔扎克作品中获得的关于法国社会的知识，要比从当时历史学家、经济学家、社会学家……那里获得的多得多。这就是为什么洛特曼要说"艺术是

---

① 亨利·萨拉曼斯基：《内容的研究——当代文学社会学的根本步骤》，载罗伯尔·埃斯加比：《文学与社会》，法国弗拉马里翁出版社，1970年，第121页。
② 吕西安·戈德曼：《文学社会学：地位与方法问题》，载《马克思主义与人文科学》，法国伽利玛出版社，1970年，第56—57页。

保存信息和传递信息最经济、最密集的手段"①。其实,作家在作品中创造的鲜活的、有血有肉的形象,是历史学家冷静、平淡的客观叙述无法比拟的。

我们认为,不同的社会学方法并不是互相排斥的,而是相互补充的。再说,任何一项严肃的文学研究,如果不参照产生作品的社会经济语境和政治思想语境,是不可能对作品的内容做出解释的。在这一点上,我们跟吕西安·戈德曼的想法没有什么不同。只是,我们各自追求的目标不一样而已。我们同意他所说的,对作品的理解应停留"在纯粹内在的层次上,而且不越出文本一步"②。不过,我们要指出的是,对一部作品的理解跟评论人所采取的立场是必然相关的。当评论——主体对被分析的小说——客体提供的材料进行选择时,价值判断就已不可避免地介入进来。在这种情况下,小说内容分析的客观性是相对的。这样说,小说还能为我们的研究提供帮助吗?在多大程度上小说内容的分析具有科学性呢?下面是米海依·巴赫金的回答:

> 原则上是有可能达到高水平的科学价值的,特别是相关学科(哲学伦理学和社会科学)将达到它们能够达到的

---

① 转引自埃德蒙·克罗:《文学社会学》,载马克·安琪诺主编:《文学理论》法国大学出版社,1989年,第131页。
② 请参阅吕西安·戈德曼:《文学社会学》,布鲁塞尔大学出版社,1973年第二版,第226页。

科学水平。实际上,作品内容的分析是一件十分艰苦的工作。某种程度上的主观是难免的,这是审美客体的本质自身决定的。不过,研究人员的科学判断可以使他维持在适当的限度内,并导致他舍弃分析中的主观看法。①

我们无意否论研究者分析的主观性。但研究者可尽力减少主观成分,并将其维持在能够接受的界限内。

其次,研究者当然也不能像信任历史文献那样相信小说提供的信息。可是,历史是一条长河,不断把每天的生活推向过去,推向越来越遥远的过去,直至人类记忆的边缘。正是由于作家创造性的劳动,我们才得以重温历史事件,回顾过去的生活,知道我们从哪里来,我们是怎么变成现在这个样子的,以及将来我们可能会变成什么样子。加拿大魁北克法语文学评论家让-沙勒·法拉多就曾这样说过:"我们是通过[魁北克的文学作品]才开始知道我们从哪里来,过去我们是什么样子,即使还不知道我们正在变成什么样子。"②

作为虚拟世界的小说有助于一个民族认识自己和认识民族的历史。谁也不怀疑小说的这种认识作用。小说描绘的人物和事物是一个民族精神世界的一部分,也有助于塑造一个民族的

---

① 请参阅米海依·巴赫金:《美学与小说理论》,法国伽利玛出版社,1978年,第55—56页。

② 引自让-沙勒·法拉多:《我们的社会及其小说》,蒙特利尔,HMH出版社,1967年,第121页。

形象。读者在阅读小说时，跟小说产生互动，被潜移默化，可能接受某些行为规范和生活理想，并通过美学认同，学习虚拟人物的经验和榜样。因此，阅读物可以指导和改变读者的世界观和行为。汉斯·罗伯特·豪斯[①]在论及文学作品的效果和读者的接受时，所强调的就是这种社会功能。作品的效果与读者的接受，是豪斯建立接受美学的两个基本论点。马克思早就说过意思相同的话。他曾说，帕格尼尼的音乐创造了会欣赏他的音乐的耳朵。在《政治经济学批判导论》一书中，马克思写道："艺术客体——任何其他产品也一样——创造了一个接受艺术并能享受美的公众。"让·贝西埃尔的观点更接近文化身份研究的目标。他说："历史上的文学及其表现的内容，具有超越符合情境和交际情境的历史界限，传递文化身份和认同的功能。"[②] 跟小说主人公认同，以及向读者传递文化身份，不受时间和空间的限制，这也许说得有点过头了。但这一说法再次肯定，使用小说来研究文化身份是没有错的。

总而言之，就是为了这些理由和保留，我们认为，可以让作家在小说中塑造的艺术形象为社会学服务，也让社会学在发扬一个民族的文学成就的同时，为文学服务。

---

[①] 汉斯·罗伯特·豪斯（1922—1997），德国文学理论家，康斯坦斯大学教授，接受美学创始人，康斯坦斯学派主要代表人物之一。

[②] 让·贝西埃尔：《文学与表现》，载马克·安琪诺主编：《文学理论》，法国大学出版社，1989年，第321页。

## 4. 通过小说中表现的家庭，描述文化身份所应遵循的步骤

要选择合适的小说作品做文化身份的分析和研究，并非易事。研究者可参照以下三个标准：一是要得到文学批评家和读者公认的最优秀的文学作品；二是在出版时因其社会效应和审美价值而给时代留下烙印的作品；三是富含家庭和文化身份信息的作品。这三个选择标准既是文学的，也是非文学的。这三个标准并不能保证选择的客观性，因为优秀的小说作品常常多得叫人难以决择。在选择时，主观往往是难以避免的。鉴于要研究的是一个民族的来源、文化身份的形成和发展，而不是研究文学本身。因此，研究者最好有意识地避开心理小说、科幻小说、神怪小说、意识流小说、荒诞派小说，或用新小说手法创作的文学作品。

从选中的小说中摘取的资料要按不同的历史时期加以分类：对每一个时期，分析的重点放在支配人的行为和人际关系的价值观念上。对价值观念和人际关系演变的阐述要参照每个历史时期特有的语境，也就是说要参照产生作品的历史背景，每个时期的主要特征和占主导地位的集体理想和个人理想。

为了对虚构人物所产生的社会语境有总体的认识，为了显示民族的形象，即民族的文化身份，以及文化身份历时的演变，对作品的分析重点似可放在以下诸方面：

（1）家庭的规模：人口数量，年龄，性别，职业，婚姻状况，教育程度；

（2）家庭和每个成员主要操心什么；

（3）宗教、思想意识和政治立场对家庭每个成员行为的影响；

（4）婚姻：配偶的选择，结婚，同居，自由结合，离婚，再婚，等等；

（5）夫妻关系：爱情，分担家庭责任，权威和义务；

（6）拓展式家庭中已婚子女跟父母的关系：祖产、职业、价值观的传承，父母对子女的爱，子女对父母的爱，两代人之间的冲突；

（7）核心家庭中父母跟子女的关系：价值观的传承，一家人的团结互助，两代人之间的冲突；

（8）兄弟姐妹之间的关系：手足情谊，利益冲突；

（9）家人跟亲戚的关系：互不来往与互相帮助；

（10）家人与邻里或教区的关系：互不来往与互相帮助；

（11）其他可能遇到的问题。

这样做，我们在研究文化身份时，既跨越了文化，也跨越了学科。我们所获得的结果，对他民族形象的了解、描述和认知，可能会更加真切，更符合实际。

（原载《跨文化对话》，江苏人民出版社，2006年，第19辑）

## 为什么不把思维方式作为文化身份的组成成分？

1995年5月，上海外国语大学举办"中国文化与世界"国际学术讨论会。这是一次成功的关于跨文化研究的国际讨论会。笔者在会上做了有关文化身份构成的发言。一位青年朋友听后向我提了一个问题：我们跟西方人的思维方式不同，为什么不把思维方式作为文化身份的组成成分呢？我当时没有正面回答这个问题，而是建议把东西方思维方式的差别放到文化身份的另一个重要成分——语言文字中去研究。比如说，汉语的单词本身没有词形和时态的变化，单词在语句中随着位置的变化而改变词性和意义，语法规则简单而单词在语句中的流动性大。拉丁语言单词有词形、时态和单复数的变化，语法规则多而严谨。语言的结构和运行方式不同，会不会影响人的思维方式或思想方式呢？这是一个值得研究的问题。我没有正面回答这个问题，还有另一个原因，就是顾及青年人的热情和强烈的求知欲。因为，这个问题的提出，使我们想到有必要把文化、文化身份、思维方式这些基本概念,以及这些概念之间的关系说说清楚。

英国人类学家爱德华·泰勒于1871年给文化下了个定义。他说:文化是一个复杂的整体,其中包括知识、信仰、艺术、道德、法律、习俗,以及作为社会成员的人所养成的习惯和技能。这是第一个可以操作的定义,因而获得学界的公认。但这个定义只概括了人类非物质的生产活动,而排除了人类的物质生产活动。社会学家认为,人类为了自身的生存和繁衍所从事的一切物质生产活动和精神生产活动,以及这些活动所产生的成果,都是文化。所以社会学家给文化下的定义是:文化是一个民族或一个群体在一定的时间和空间里,所表现出来的思想方式和行为方式。心理学家又在社会学的定义上加上了感觉方式。这样,文化的定义就成了一个民族或一个群体的感觉方式、思想方式和行为方式。这是西方关于文化的最为简单的,也最为广义的定义。泰勒的定义是指狭义的文化,社会学的定义是指广义的文化。这两个定义,中国学者都认可。

这两个定义有三个基本的共同点:一是文化把人类从动物界区别了出来,因为动物是不能创造文化的;二是文化是民族成员或群体成员参与社会活动的集体产物,而非个人的产物;三是每个民族在自己的历史发展过程中,为了适应生存环境而创造了自己特有的文化。

一个民族的全体成员在参与共同的物质生产活动和精神生产活动的过程中,形成了大体相同的感觉方式、思想方式和行

### 为什么不把思维方式作为文化身份的组成成分?

为方式,也就是说大体相同的感觉、想法和做法,换句话说,形成了统一的文化。有了统一的文化,一个民族的全体成员才会意识到他们的集体存在。就这个意义而言,统一的文化使民族的全体成员产生共同的民族意识。台湾海峡两岸的中国人,以及已经回归祖国的港澳同胞,虽然由于种种历史原因而生活在不同的政治制度下,但都承认是华夏民族的子孙,认同中华文化,就是一个很好的证明。正是民族统一的文化,赋予民族及其成员文化身份,并使民族的成员在与他民族成员相比较的情况下认识到自己的形象。民族文化是文化身份的基础,文化身份是民族文化在民族及其成员身上的具体体现。为了使文化身份的概念变得可以操作,必须把文化身份的内涵加以细化,将众多成分加以归类、概括和具体化。[①]

思维方式,或者通俗地说,思想方式加上感觉方式和行为方式,是构成文化这个概念的基本内涵。举例来说,汶川地震灾难撼动了全中国。一位老人写道:"过去一个星期以来的报道所见,灾区同胞情况之惨重,感同身受,不禁怆然。"电视屏幕上的大标题写着:"汶川之恸,全国之恸。"这是整个中华民族的感觉。"目前的重中之重,是挽救生命。"这是温总理的想法,也是全国人民的想法。支持这个想法的价值观念是以人为本。一方有难,八方支援。捐款捐物,做自愿服务人员。这是行为

---

① 详细请参阅拙文《从何着手研究文化身份》,载耿龙明、何寅主编:《中国文化与世界》第四辑,上海外语教育出版社,1996年。

方式,是爱心行动。在这次灾难中,中华文化的优势得到了充分发挥。中华民族的仁爱之心、团结互助、共同与自然威力抗争的勇气和精神,以及民族的凝聚力,都得到了发扬光大。由于现代资讯发达,汶川灾难也感动了全世界。各国政府和人民也伸出了援手。

但是,在遇到其他社会问题和人文问题的时候,为什么不同文化背景的人有时会得出不同的结论呢?问题就出在文化背景上。因为对一件事情,不同文化背景的人掌握的材料可能不同;在价值观念的支配下,对材料的取舍和判断就可能不同。因此,具有不同价值观念的人就可能对同样的事件产生不同的想法。思想方式和价值体系是表与里的关系。我们如果深入价值体系里去探究为什么这样想或那样想,不是更有助于我们了解他民族或他人吗?所以我们建议把价值体系的研究,而不是思想方式的研究——虽说表里难以分开,当作文化身份的首要成分、核心要素。

价值体系(或价值观念)是一个民族在一定的时间和空间里,对宇宙、社会和人生的总体概念,是对宇宙、社会和人生的认识和解释。价值体系包含了一些什么内容呢?大体上可以归纳为以下几类:(1)民族的宗教信仰或伦理原则(包含我们通常所说的世界观和人生观);(2)民族的集体理想和个人的追求;(3)民族对其成员的行为所做的种种规范。对一个社会来说,或者对一个个人来说,除了物质的需求之外,这三条是不可缺少的。缺少了,社会就不能有序运转,而陷入混乱;个人

### 为什么不把思维方式作为文化身份的组成成分？

就可能因失去生存意义而变得消沉，成为行尸走肉。因此，把支撑一个社会或一个个人的这三条研究清楚了，我们就能懂得他人或他民族为什么会这样想或那样想，为什么跟我们的想法不一样。懂得他人或他民族的想法，不等于我们同意他人或他民族的想法。那是另外一回事。这是不言而喻的。

这是一份迟迟未能交出的答卷。借此机会，附在这里，以弥补一件未尽事宜。

# 文化多样性和文化融合的关系

1998年5月2日在加拿大法语科学促进会66届年会上的发言

在21世纪即将来临之际,我们注意到目前世界上出现了两大趋势。一是在经济上,市场走向世界化;一是在科技上,信息公路四通八达。

西欧国家经过四十多年的努力,在欧洲经济共同体的框架里逐步实现了经济一体化。欧洲经济共同体成立时只有6个成员国,现在已经发展到15个。而这些成员国并未因此而失去国家的独立、主权和文化身份。欧洲经济共同体的模式在世界上的影响逐步蔓延。美洲效法欧洲,建立了包括美国、加拿大、墨西哥和智利在内的自由贸易区。亚洲追随美洲,提出建立一个包括太平洋两岸大部分国家的自由贸易区。市场世界化的这种趋势有利于各大自由贸易区参加国之间的贸易往来,以至于参加国之间在经济上变得愈来愈互相依存。经济上的相互依存和渗透势必要对进入国际贸易流通渠道的国家在文化上产生巨大影响。因为贸易伙伴国家之间物资和服务的流通会引起人员的交流和众多的商务旅行。输入或输出的物资和服务一般总是伴随着原来国家的价值观和生活方式的。比如说,一座从西方引进到发展中国家的现代化工厂,如果不按资本主义思想进行合理的管理,就不能充分发挥效益。同样,西方人在练瑜伽和打太极拳时,如果不沉浸在东方哲学的理念之中,也是难以得益的。美国的公共机构和私人企业里,有许多外国雇员和移民劳工。同时,美国人也在世界各国的许多企业里工作。外国人,或者说,外国文化的载体,在本国的企业或机构里工作,会在人际关系和生产管理上带来一系列文化适应的新问题。美国和日本的社会科学工作者已开始研究不同文化相互接触对工作关系、企业生产和企业管理所产生的影响,并从事认真的调查研究工作。美国人和日本人都比较讲究实用,对解决具体问题总是兴味十足。而在魁北克,人们或多或少受法国文化的影响,比较偏爱思辨。所以,我提出的第一个问题是:

**市场世界化在多大程度上首先有利于区域性,然后是各大洲,最后是全球性的文化融合(或称文化一体化)呢?**

今天,在信息科学和技术领域里所取得的成就直接影响到我们每个人,在未来的岁月里,还要进一步影响到我们的生产方式和生活方式。请大家设想一下,当摩托罗拉公司在未来的20年内把66颗铱星送上天,把我们这颗小小的地球全部覆盖之后,我们将可以在地球的任何地方跟处在地球任何一个角落里的人进行对话和交流。那时,把人类居住的地球称为星球村的说法将不再是修辞的问题,而是地地道道的现实了。信息公

枫叶获花

路将延伸到非洲、东亚、西亚、南美最偏远的山区和腹地，以及汪洋大海中的小岛。信息从地球的四面八方传来，又传向地球的每个角落。由于有了越来越快、越来越智力化的传播工具，在世界范围内流通的信息量将成倍地增长。不论是天然的国界还是人为的国界，都不能阻止信息在国家或地区之间流通。然而，信息本身并不完全是中性的或无害的。信息一般带有原产地和原产家的烙印，大部分情况下还带有信息发送人的观点、判断、价值观，以至情感。大量信息在流向接受信息的一方时，也把生产信息者的观点、判断、价值观和感情带给了受方。所以我们说，信息的流通从某种意义上说也就是文化的流通。迄今为止，在人类发展史上，世界各地不同的文化从未有过这么多的机会在信息公路上相遇，相冲击，相摩擦，相排斥，相适应，相渗透。而作为文化载体的人则无需挪动地方，也无需见面。现在世界上有千千万万的因特网用户，有年轻的也有年长的。他们每天在小荧光屏前体验着这种不同寻常的经验。这些因特网用户跟那些还不曾通过因特网认识其他文化的人相比，其时间和空间的概念有很大差别。由于经常跟其他文化接触，他们对其他民族和其他文化的偏见相对来说就比较少。他们也不会冒丧失自己原有文化和文化身份的危险。所以，我提出的另一个问题是：

**不同文化怎样才能既保持各自特点，又能互相接近、互相渗透，以至最终融合成为一体呢？**

鉴于市场的世界化和信息公路的四通八达，我设想，不同文化在世界范围内大规模地融合是有可能的。而且，这不妨碍各国人民继续生产各具特色的自己的文化。如果这样的融合实现了，我们就达到了孔夫子的理想境界：大同世界。大同理想并不妨碍我们保留各自的文化特色。中国人是这样理解孔夫子的教导的：我们一方面在重大问题上寻求认识上和行为上的协调一致，一方面在次要的问题上保留自己小小的差异，即所谓求大同存小异是也。中国现在的领导人，无论是处理国家与国家之间的关系，还是处理国内56个民族之间的关系，都努力实践这一箴言。中国普通的老百姓在处理家庭内部或工作单位内部人与人之间的关系时，也是努力实践这一箴言的。

没有各国各族人民所创造的不同文化，文化融合问题也就无从谈起了。换句话说，文化的融合是从文化的多样性开始做起的。众多的、丰富多彩的民族文化是文化可能实现融合的基础。没有文化的多样性也就没有文化的融合可言。

近来，有些人认为经济和信息大国有可能迫使世界所有国家接受同样的文化模式，并为此感到担心。依我所见，在世界范围内只剩下一个模式的文化，这种可能性是不存在的。生物技术可用克隆方法复制无数个同样的动物或植物，但信息技术不能依据美国模式或欧洲模式在世界各洲、各地区或各国反复制造一模一样的文化。经济上的一体化可能促进文化上的融合，而文化上的融合反过来又可能加强世界范围内的经济一体化。然而，文化融合不是文化的清一式。这两者不是一回事。融合不是把文化的差别夷平，更不是多数人的强文化吃掉少数人的弱文化。

我们知道，一种文化的特性是受时间和空间制约的。人只要留在他的祖居地，参加那里的物质生产活动和精神生产活动，他就仍然是他们那个民族文化的创造者和载体。当人这个文化载体离开了祖居地，他所负载的文化就有可能一点一点地失去原有的特点。之所以如此，一方面是因为他所负载的文化脱离了根，另一方面是因为他所负载的文化不断受到接纳国文化的强大压力。外来文化努力适应新的环境，试图在接纳国里受人尊重和为人接受。外来文化在接纳国努力适应的过程，也是自己潜移默化的过程。接纳国文化对外来文化的努力并不是无动于衷的。接纳国文化也在努力适应外来文化，试图给外来文化让出地盘，自己也潜移默化，跟外来文化结合，生出个文化混血儿——文化融合的产物。

我认为，文化的多样性与文化融合之间的这种互相影响、互相作用的辩证关系，适用于所有多民族、多文化的国家。世界上许多大国，特别是摆脱了殖民主义思潮和民族沙文主义的大国，都是自觉或不自觉地采纳有利于各种文化互相接近、互相融合的政策。比如加拿大和中国。这两个由许多民族组成的国家，以各自的方式实行着多元文化政策。中国不像加拿大拥有多元文化法，而仅仅依靠宪法中的条文、政令和行政法规来确保国家的统一和保护各民族的文化。我提出的第三个问题是：

## 文化多样性和文化融合的关系

魁北克在加拿大联邦体制里既是一个文化实体也是一个政治实体，文化多样性和文化融合的辩证关系适用于魁北克吗？

答案似乎是肯定的。魁北克自称是加拿大联邦体制里的特殊社会，要求主权的呼声很高。在1995年举行的全省公民投票中，48%的人投了赞成票。这是一方面。另一方面，魁北克像加拿大的其他省分一样也不得不跟省内的少数族裔和有色人种和平相处、相互容纳。为此，我提出的第四个问题是：

**魁北克拥有旨在吸收省内少数族裔和有色人种的文化投入、建设自己文化身份的文化发展战略吗？**

我目前尚未找到有关这个问题的完满的答案。

我提出的最后一个问题，也是请大家一道思考的问题，是：

**文化融合的定义是什么？或者说，评估文化融合成功与否的标准是什么？**

这个问题我也没有现成的答案。但我可给大家提供一个实例。

你们喜欢吃中餐吗？你们去过魁北克市的谭记大饭店（Tomas Tam）和玉石楼（maison de jade）餐厅吗？你们在这类饭店里吃的，有点儿中餐味道，但又不是中餐，有点儿意大利餐的味道，但也不是意大利餐，有点儿法国餐的味道，但更不是法国餐。你们吃的是什么呢？是一种大众化的北美快餐。这种快餐符合北美人的生活节奏，符合北美人的胃口，且又经济实惠，人人吃得起。这是北美人的饮食文化，是北美人创造的融合文化的产物。这文化的精神是融各国美食于一体，供大众分而享之。这文化既不是中国人的，也不是意大利人的或法国人的，甚至也不是 20 年前的加拿大魁北克人的。

用中国人表示谦虚的成语来说，我谈出以上想法是抛砖引玉。不用说，没有什么价值的砖头是指我的想法。你们的想法才是珍贵的、有价值的。总之，我希望有越来越多的社会科学工作者研究多种文化互相接触、互相接受、互相改造所产生的文化融合现象。

谢谢大家！

（原载《中国比较文学》，上海外语教育出版社，1999 年，第 1 期。）

# 二辑 法国文学艺术篇

# 一段往事的追记

《德彪西论音乐艺术》译后记

1962年是德彪西诞辰一百周年。联合国教科文组织将他列为当年纪念的世界文化名人。中国文艺界决定发表德彪西的部分音乐作品和音乐评论，以示纪念。我的大学同窗和好友胡其鼎，当时在人民音乐出版社任职，写信给我，约我翻译德彪西的音乐评论集子《克罗士先生——一个反对"音乐行家"的人》。我当时还是个初出茅庐的青年教师，在上海外国语学院执教法语，大概也是不甘寂寞吧，便欣然接受了这个任务。谁知一百多页的小册子耗费了我所有的业余时间，深感自己不仅音乐知识不够用，语言知识也是捉襟见肘。德彪西从1901年起应邀为报章杂志写音乐评论专栏。他把听音乐会所获得的印象和音乐作品的内容，用文字表述出来，让当时的读者分享他的感受。音乐是抽象的，音乐语言所表达的喜怒哀乐，所描述的风花雪月，听众的理解差异很大，因为个人的教养和阅历很不相同。没有一定的音乐知识启蒙和一定水平的感受力，恐怕是很难听得懂纯音乐的。何况,他听的音乐会,译者没有听过,再加上他文笔犀利,妙语连珠,十分俏皮,时隔六十余年之后,译者要用汉语来传达德彪西当时对作品的描述和感受,实非易事!这是我在接受任务时没有料到的。

译者当时受到一位高人的点拨与帮助。她是我的前辈同事潘英生先生。她有法国血统,精通法、英、汉三种语言。她应外文出版社之约翻译的鲁迅短篇小说选,法国人读了之后都赞不绝口,称赞译本文字优美而传神。她当时在上外教高年级的法文精读课,我是她的助教,关系甚为融洽。她常常牺牲中午休息的时间,为我解答翻译中遇到的疑难问题。她给予的可贵帮助,确保了译文的信实可靠。本书的责任编辑买德颐女士收到我的译稿后,又请了一位忠厚长者陈冰先生,对译文进行了仔细的校阅和润色,使译文生色许多。

1963年初,此书面世,十分走俏。其鼎来信告知,出版社准备再版,如果译文有改动之处,请速告责任编辑。我当时教学很忙,还没有来得及抽出时间重新校阅译文,上海《文汇报》便发表了一篇姚文元署名的大块文章,对这本小册子进行批判。他的批判是从该书的出版说明开始的。该书的出版说明中有这样几句话:"克洛德·德彪西……通过假想人物克罗士先生……对音乐与生活、音乐与民族传统的关系、对音乐家的社会作用以及对听众的艺术趣味的培养等问题发表了一系列新颖而独到的见解。……"作为打手的姚文元,在这本书中发现了音乐界"阶级斗争"的新动向,要讨伐西方资产阶级音乐思想对中国音乐界的腐蚀。于是一篇望文生义、牵强附会的文章就这样出笼了。他在译文中寻章摘句，逐一反驳德彪西"新颖而独到的见解"，认为他是一个蔑视群众、傲慢自大、听不得任何意见的资产阶级音乐家，因为德彪西自视甚高，把自己比喻为"鹤"，把群众比喻为"鸡"。此说缘于书中假想人物克罗士先生的一句话，他建议艺术家"要保持鹤立鸡群……"这本是一个中国成语，是表示超凡脱俗、出类拔萃、独树一帜之类的意思。原文中既没有鹤也没有鸡，跟鹤与鸡没有任何关系。以此去批评半个多世纪之前的外国音乐家，实在叫人啼笑皆非。姚文元当时在上海文艺界是以大棒和无知而闻名的。他曾以一篇《照相馆里出美学》的文章而受到学界的耻笑，因为他对什么是美学一窍不通。朱光潜先生当时正在北大西语系给我们上美学课。他谈起姚文元，除了嗤之以鼻之外，还能说什么呢？但是，也有铁骨铮铮的上海音乐学院院长贺绿汀先生，对这种无理取闹的文章实在看不下去，奋笔疾书，批驳姚文元的种种谬论，并在文章最后规劝姚文元，作为一个已有一定知名度的"评论家"，不要好读书不求甚解云云（大意如此）。接着，初生牛犊不怕虎的沙叶新先生也撰文反驳，诘问姚文元，审美的鼻子应该如何伸向德彪西。随着这两篇文章的发表，上海《文汇报》几乎每周都刊登批判或研究德彪西的文章，历时达一年之久。其间，北京音乐界的人士也参与到这场讨论中来。一场原本想对德彪西进行大批判的运动，渐渐转变成一场如何正确对待西方音乐文化的学术讨论。这自然不符合当初挑起这场批判的真正意图，因而讨论叫停了。一年中发表的讨论文章，人民音乐出版社收集起来，竟有三四百页之多。

在这场论战之初，《文汇报》一位记者来上海外国语学院看我，向我了解翻译此书的始末，并听听我对姚文元文章的看法。我们谈起了 19 世纪末、20 世纪初西方科学技术的发展、文艺新潮的兴起和东方艺术的传入。东方艺术在日本明治维新之后大量传入西欧。东方艺术在绘画中注重神似，注重整体布局和整体印象，而忽略细节的准确性。当时西方照相术已经发明，并日臻完善，黑白电影已经呼之欲出。艺术家们正在寻找新的出路和新的表现方法。而追求艺术的不断创新，正是西方艺术家的一大优点。东方艺术的传入，给西方艺术界带来了一股清风，带来新的启迪。因而，绘画、音乐上的印象主义，诗歌、戏剧上的象征主义，便慢慢风行起来。现在中国介绍一位印象派音乐家（顺便说一句，中国第一代到法国留学的音乐家都曾受到印象派音乐的影响，包括著名的人民音乐家冼星海），我们批评人家，不是批评到我们老祖宗的头上来了吗？这位记者听了颇觉新奇，嘱我把这番话写成文章，他替我发表。我当然没把这些想法写成文章，否则，后果不堪设想。中国的这场批判运动，在国际上也产生了影响。当时的外国报刊惊呼：中国连德彪西和贝多芬都批判啦！

1966 年文化大革命一开始，批评过"批评家"的贺绿汀先生首当其冲，成了批斗对象，并被投入监狱。笔者当时已被划入"另类"，除了接受批斗之外，失去了参加任何政治活动的权利。一个周末，我去南京路看大字报，正好听到广播中转播批判贺绿汀大会的实况。张春桥在大会上说，"贺绿汀在1963年就开始反党"，指的就是撰文反驳姚文元对德彪西的批判一事。贺绿汀是一个极其爱党爱国的艺术家。在中国20世纪音乐史上，他是把西方音乐技巧用来表达中国思想感情做得最早、最出色的音乐家之一。他的钢琴独奏曲《牧童短笛》和抗战时期写的《游击队员之歌》都堪称中国20世纪音乐史上的经典作品，具有里程碑的意义。这样的音乐家因为一篇文章而在政治上蒙受冤屈，我感到心如刀割，心若死灰。后来听说，沙叶新先生也因他的反驳姚文元的文章，在"文革"中吃尽苦头。

译一本书，为一本书辩护，在60年代的中国，就可能被人罗织罪名，遭受批斗，甚至蒙受牢狱之灾，这对八九十年代出生的中国青年来说，已经很难想象是怎么回事了。

光阴荏苒，转瞬已进入21世纪。笔者蛰居北美一座小城里，过着平淡而清静的生活。2006年某日，家中电话铃突然响起。阔别42年的老友沈志明先生从巴黎打来长途。我们分手时都还是想干一番事业的热血青年，现在都已升级，当了爷爷。我们相约到上海见面。就这样，我们在当年的5、6月间在上海见了两次，畅叙别后种种。他告诉我，他现在是以商养文，正在编一套法国名家论文学艺术的丛书。第一辑五本已经出版。会见时，他带来一本两千三百多页的德彪西书信集，请我从中编译出一本德彪西论音乐艺术的小册子来。盛情难却，我便接受了下来。回加拿大后，我开始阅读厚厚的德彪西书信集。其中确有许多关于音乐作品和音乐家的评论,但编译起来颇费时日。这期间,我常常上网查阅关于德彪西的资料,为编译做些准备工作。

我在网上发现,《克罗士先生》一书,法国伽利玛出版社已于 1971 年出了新版,收集了德彪西发表过的所有音乐评论和记者对他进行采访的报道。而且 1987 年又出版了增订本。德彪西晚年曾有计划把他写的音乐评论结集出版,但当时正值第一次世界大战期间,加上病魔缠身,没有能力修订稿子。直到他身后的 1921 年才在比利时首次出版。当时只印了 500 册。1926 年,伽利玛出版社接手出版此书。1963 年的中文本,即根据该社 1926 年第 17 次印刷的本子译出。当时该书只收了 25 篇文章,而且经过大量删节,文章也没有按发表的时间顺序编排。这对了解德彪西的音乐思想和审美观点显然是不确当的和不全面的。随着时间的推移,德彪西的价值越来越被世界乐坛和听众认可。而且,半个世纪之后,德彪西的同时代人,几乎都已去上帝那里报到,需要忌讳的人和事早就不存在了。因而,我向沈志明先生建议,译《克罗士先生及其它》(完整版的书名)。沈志明先生欣然接受。

克罗士先生这个假想的人物,是作者为了让他说一些自己不便于坦率直言的话,也为了让刻板的评论文章变得活泼一些。但德彪西只运用了少数几次,后来就完全放弃了。该书的英译本就改为《德彪西论音乐艺术》。我觉得英文译者改得好。所以中译本也就采用了英译本的名字。

历时 8 个月的努力，比最初译本多出两倍的新译本终于告一段落。也算我身在海外、心系祖国的一点表示吧。

印象派音乐作为 20 世纪西方音乐发展史上一个重要的里程碑，是今天欧美各国的广播、电视、电影和音乐会上演奏得最多的音乐之一。德彪西是这一流派最杰出的代表。印象派音乐是人类共有的文化财富，中国人民有权分享。

改革开放三十年的中国，人们的音乐欣赏水平提高了，包容各种流派音乐艺术的能力也加强了。历史的悲剧再也不会重演，这是译者深感欣慰的事。

2007 年 9 月

# 德彪西,一个为后人开辟道路的音乐家
《德彪西论音乐艺术》序言

德彪西的出身,既非音乐世家也非书香门第。他的祖辈非农即工。1862年8月22日,他生于巴黎郊区风景如画的枫丹白露附近的一个平民家里。他父亲在那里开了一家专卖陶器、瓷器的铺子,由于生意不好,不久倒闭,于是举家迁入巴黎市区生活。他父亲先在印刷厂里工作,后在一家铁路公司找到一份记账员的工作,靠一份微薄的工资,维持一家六口的生计。

1870年7月19日,普法战争爆发。拿破仑第三在色当战败投降,当了普鲁士军队的俘虏。帝制被推翻,共和被恢复,国防政府成立。但由于国防政府无能,无法领导人民抵抗普鲁士军队的侵略,巴黎劳动人民成立了国民自卫军,并于次年3月18日成立了人类历史上第一个无产阶级政权——巴黎公社。德彪西的父亲不仅参加了国民自卫军,而且担任军官,参加起义。巴黎公社失败后,他父亲被捕入狱,并被判处4年徒刑。但服刑一年后,因改判为剥夺公民权四年而获释。他父亲的这种反叛精神是否曾对幼小的德彪西的性格形成产生过影响，我们今天已无从查考。但我们知道，他在成年后，对他父亲的这一段历史，讳莫如深，从不提及。战乱期间，德彪西跟他怀孕的母亲、一个弟弟和一个妹妹寄居在家境富裕的姑妈家。他姑妈居住在法国南方的戛纳。这座位于蓝色海岸上的小城，风光绮丽。在那儿，他爱上了令人遐想和陶醉的大海，并受到钢琴的启蒙。他姑妈发现他有音乐天赋，就出钱给他请了一位钢琴老师。

回到巴黎后，一天，街坊有位太太听他弹琴。孩子的天赋使这位太太大喜过望，自愿免费给他上钢琴课。这位太太就是后来著名象征派诗人魏伦的丈母娘。她自称认识肖邦，跟肖邦学过钢琴。德彪西最初的钢琴知识和对肖邦的了解就是从她那里得来的。也是在她的鼓励下，1873年，11岁的德彪西去报考法国著名的音乐学府——巴黎音乐学院。在报考的157位儿童中，33位有幸被录取，德彪西是其中之一。就这样，德彪西从11岁起便成了国立巴黎音乐学院的学生。研究德彪西的专家经过调查发现，德彪西从未读过正规的公立小学。他的母亲脾气急躁、管教严格。犟头倔脑的德彪西，小时候没有少挨母亲的巴掌。他会读书写字，全都是他母亲的功劳。他长大后知道自己受的教育不全面，所以读书非常勤奋，什么书都读，甚至读字典。他曾说："我非常喜欢读字典，我从中学到了许多有趣的东西。"

他在巴黎音乐学院陆陆续续读了12年。开始上钢琴课，同时上乐理和视听识谱课，然后是和声课、对位课、作曲课、即兴演奏课、管风琴课……这位小朋友在读书期间并不是个循规蹈矩的学生，而是个淘气、常迟到、丢三落四的学生。他对学院派的严格教育，颇不以为然，常常有出格的行为和言论。钢琴老师让他弹奏训练指法和速度的练习曲，他偏去弹奏巴赫的曲子，而且一弹就是数个小时。他虽然不听话，但他的钢琴老师对他还是赞赏有加。一年后，他的钢琴老师给他的评价是："可爱的孩子，真正的艺术家气质，将来是个杰出的音乐家，前途无量。"他最不喜欢的是和声课。他做和声练习时，常常出格，不按照老师教的和声规则去做，而是别出心裁，创造出一些巧妙、优美和动听的和声效果。为此，他常受到老师的责备。但他跟老师还是保持着良好的关系，尊重老师。有时老师在课后把他留下，当他的面修改他的和声作业，很客气地对他说："显然，这样不太正统，但很巧妙。"他在巴黎音乐学院的小同学中，由于机灵和睿智，说的话，有时会令人忍俊不禁，而在学校里传为笑谈或佳话。有一次在钢琴即兴课上，老师塞萨·弗朗克对正在即兴演奏的德彪西大声地说："转调！转调！"他却不急不忙地对老师说："为什么转调呀？我弹得正开心呐。"有一次，他的作曲课老师吉罗先生评论他的作曲练习时说："我不是说你写的东西不漂亮，不过从理论上来说，是荒谬的。"德彪西则回答说："理论是不存在的。您只要听就是了。悦耳就是法则。"他的独到的见解和与众不同的行为，显露出了挑战传统的锋芒。有一次，当着全班同学的面，他竟然坐到钢琴前，模仿公共马车在大街上驶过的吱吱嘎嘎声。同学们听得目瞪口呆。他对同学们说:"听和弦而不问和弦的来历和特征,你们做不到,是吗?和弦哪里来的?向哪里发展?非要知道不可吗?你们听着,这就够了。如果你们听不懂,你们就到院长那里去对他说,我糟蹋了你们的耳朵。"

服从耳朵,而不是服从规则。这就是德彪西做学生时对巴黎音乐学院的教学方法提出的挑战。这也是他审美的基础。

在他做学生的这些年里,他有时也被老师派出去参加演奏会,或演奏钢琴,或做钢琴伴奏,并得到不错的评价。但在钢琴课上,他由于行为出格,年终屡屡得不到奖项,因而失去做钢琴演奏家的机会。这使他的父母颇感失望。此后,德彪西便把自己的精力更多地放在作曲课上。

在他做学生的后期,有两件事对他的成长产生过重要的影响。

一是在18岁那年,暑假里他经学校推荐,去给德·梅克太太做家庭音乐教师。德·梅克太太是俄国人,50岁左右,去世的丈夫给她留下了巨额财富。她舍弃社交生活,把她的全部感情献给了未曾谋面的作曲家柴科夫斯基,成了柴科夫斯基事业的资助人和保护者。当时还不到十八足岁的德彪西,在德·梅克太太家除了给她的孩子上钢琴课,给她大女儿唱歌时伴奏,空闲时,还跟女主人四手联弹钢琴,或弹奏柴科夫斯基的曲子给女主人听,为她消遣。德·梅克太太对这位法国小青年呵护备至,十分欣赏,带着他和孩子们一起游览瑞士的山水风光、法国南方的海水浴场和意大利的名城那不勒斯、佛罗伦萨、罗马，并特意去威尼斯，把他介绍给住在那里的瓦格纳。毋庸说，他们所到之处都下榻豪华宾馆。做这样的家教和旅游，对年轻的德彪西来说，是既打开了眼界，又增长了阅历。他跟这一家人关系处得极好，简直乐而忘返。可是10月已到，开学在即，他向学校请求延长他的家教时间。可是音乐学院的老师没有答应他的请求。他不得不挥泪告别德·梅克太太和她的孩子们，从意大利直接回到巴黎继续读书。第二年春天，他主动给德·梅克太太写信，要求夏天再去给她的孩子教钢琴。虽然德·梅克太太已经请好了家教，还是接纳了他。他便到莫斯科去跟他们一家人相聚，并在他们家度过暑假。这次去俄国的旅行，不仅使他对柴科夫斯基的作品有了更多的了解，而且接触到了其他俄国音乐家的作品。从1880年到1882年，德彪西跟这家人一起度过了三个暑假。上流社会的生活对年轻的德彪西的个性和情趣的形成，无疑产生了很大影响。

二是1880年的秋天，德彪西离开德·梅克太太和她的孩子们回到巴黎后，一方面在音乐学院注册读书，一方面在一家私立音乐学校里兼职，给莫罗-圣蒂太太的唱歌班做钢琴伴奏。来这里学唱歌的都是上流社会的太太们。在那里，他结识了玛丽·瓦斯尼埃太太。瓦斯尼埃太太不仅年轻漂亮，而且天生一副好嗓子，当时已经35岁。十八九岁的德彪西暗暗爱上了这位少妇。少妇成了他的第一个缪斯，给了他创作的灵感和冲动。他根据当时的著名诗人戈蒂埃、班维尔、布尔杰、魏伦、马拉

## 德彪西，一个为后人开辟道路的音乐家

美等人的诗歌为她写过许多爱情歌曲。而瓦斯尼埃太太总会找到机会在社交晚会上，演唱他写的歌曲，并由他亲自伴奏。有一个时期，他在瓦斯尼埃家度过的时间比在学校还多。瓦斯尼埃太太在自家的公寓里给他提供了一个房间。他可把自己关在里面，埋头创作，不受打搅。他的房间有扇门直通楼梯过道，可以自由出入，不受管束。瓦斯尼埃先生很看重他的才华，跟他结成了忘年之交。他像慈父一般关心德彪西的前途，理解并宽容青年才子常有的孤傲和逆反心理。他知道，像德彪西这样一个出身平民的青年人，要想踏入上流社会有多么困难，而参加毕业竞赛，获得罗马奖学金，几乎是他获得社会承认、走向成功之路的唯一保证。在瓦斯尼埃先生的鼓励和关心下，德彪西从1882年开始参加罗马奖学金的竞赛。按照规定，报名参加竞赛的学生要提交一首赋格曲和一首合唱曲。第一年落选。第二年，作品虽有特色，但只获得二等奖，不能去设在罗马的法兰西学院进修。第三年，1984年，他不得不老老实实地按照学院派的风格创作了他的康塔塔《浪子》和根据儒勒·巴比埃的诗歌《春》谱写的合唱。他终于获得了罗马奖学金的一等奖，获得了去罗马进修的资格。

1885年，他成了设在罗马梅迪西别墅内的法兰西学院的进修生。能到这里来进修的，都是罗马奖学金一等奖的获得者，绘画、雕塑、建筑和作曲界的后起之秀。他们在罗马这个西方艺术的策源地可任意参观、访问、揣摩、切磋、研究、自办展览、自办演出，接受艺术的熏陶；有充分的时间，自由地进行

艺术创作。三年内不用为衣食担忧，一切费用均由国家负担。当初这一奖学金的设立，无非是为艺术的发展创造一种无拘无束的宽松环境，让艺术家们的想象长出翅膀，任意飞翔，以便创造出高超的艺术品来。没有教授来上课或指导。寄宿在梅迪西别墅内的罗马奖学金一等奖获得者，每年只要按规定向选送单位呈交一部艺术作品，由评审委员会对他们的进步做出评价，就算交差了。

然而，德彪西在这样的环境里却感到不自在，他怀念巴黎，怀念他的缪斯。浓浓的乡愁使他失去创作的灵感。他开始在给瓦斯尼埃先生的信中抱怨梅迪西别墅里的人和事，声称要放弃在罗马的进修回巴黎。在那里待了一年之后，他向法兰西学院院长苦苦哀求，终于获准回巴黎去住了几个星期。瓦斯尼埃先生以一个忠厚长者的身份，对这个任性孩子的轻率行为，进行了苦口婆心的劝说和责备。瓦斯尼埃先生对他说："你有让自己开心的一切：阳光，树木，艺术杰作。"一个人不能因为一时的冲动而牺牲官方颁发的一等奖所带来的好处，也不能因为一时的古怪想法而断送自己一生的前途。罗马的法兰西学院尽管有种种缺点，至少有一大好处，即创作的绝对自由，创作具有独特个性的作品的绝对自由。瓦斯尼埃先生的话没有错，但也不全对。哪来绝对的自由？第一年结束时，德彪西寄给巴黎音乐学院评审委员会的作品是根据海涅的一首诗写成的交响诗。评审委员会的评语是：古怪，难懂，无法演奏。评委们当然按自己固定的标准评价德彪西的作品，而德彪西对自己的作业也不满意，其中威尔第和梅耶贝尔的影响太过明显。他这时已下定决心要走自己的路。

在瓦尼埃先生的规劝下，德彪西又回到了罗马的法兰西学院，继续他的思考和创作。

1886年5月，他在给瓦斯尼埃先生的一封信中曾明确表示，他要孜孜以求，寻找表达内心感情的方式，哪怕牺牲情节也在所不惜。在他看来，这样写出来的音乐作品才更具有人情味，更符合人的体验。他后来在他的著名歌剧《佩列阿斯与梅丽桑德》中所表达的审美情趣，在罗马进修期间已初见端倪。

1887年2月，他在给巴黎一位书商的信中说，他要写一部题为《春天》的作品，但他不是用音乐来描述春天，而是要用音乐来表现大自然中生命万物的发生、成长、成熟、死亡和再生的缓慢而痛苦的过程。没有固定的写作计划，也不像通常创作音乐作品那样有一段文字做依据。这就是1887年年底他给巴黎音乐学院评委会寄去的第二份作业——合唱与交响乐《春天》。评委会对这次作业的评价比第一次好，但由于作品形式上的不确定性，而给作品做了个有印象主义倾向的批语。印象主义一词当时是指绘画界出现的一个新流派。这一流派强调即时获得的印象和捕捉光的效果，被传统的艺术家视为危险之途。"印象主义"当时是个贬义词。印象主义倾向，用来给德彪西第二次从罗马寄来的作业作批语，也是贬义。可是此语一出，立即在巴黎的艺术界传播开来。德彪西成了音乐界的革新者、音乐上的印象主义者。当时德彪西还在罗马，经过两年的煎熬和努力,他发现了新的音乐语言、新的音乐形式,初步冲破了古典主义和浪漫主义的束缚。

第三年的进修生活还没有到期,应该上交的第三篇作业也还没有完成,他便不顾一切,返回了巴黎,落脚在蒙玛特区,穿梭于艺术家聚会的小咖啡馆之间,过上了穷艺术家的流浪生涯。

这里要顺便说一说,19世纪80年代巴黎有一批年轻的画家、诗人、艺术家聚集在书商巴伊的周围。巴伊是书商,也是音乐家和通灵论者,有人说他跟魏伦一样,参加过巴黎公社起义。现在尘埃已经落定。他身边的文学艺术青年,只能在书斋里闹革命了。这是一些怎样的青年呢?普法战争失败,法国遭受割地的耻辱;巴黎公社失败,社会理想破灭。这一切,在血气方刚的青年心里,投下了浓重的阴影。他们有一种强烈的失落感和无以名状的哀愁。他们对外来的刺激十分敏感,热衷于阅读俄国的心理小说,研究德国的理想主义的宇宙观。黑格尔不是说,物质是感觉的错觉,唯有思想是"真实"的吗?一切主张逃避现实的哲学都有人热衷。佛学在法国作家中也有信徒。对这批青年文学艺术家,德彪西的传记作者斯特罗贝尔曾有这样的描述:

> 这些青年人是谁呢?……他们是艺术家,文学青年,诗人,游手好闲的纨绔子弟。他们举止文雅,衣着讲究,一只手上戴着手套,另一只手上戴着戒指。许多人都持手

杖，看上去精神萎靡、懒懒散散的样子。他们生活在遥远的梦境里，而做梦是很累人的。他们摆出寻欢作乐的样子，而他们当中的大部分人过的是很清贫的市民生活。①

这些人对艺术被商业化极为鄙视，他们也反对学院派的束缚。他们追求一种新的艺术，一种与现实无关、把人们带入虚无缥缈的理想境界的艺术。他们认为只有深入自我的内心深处探索秘密的人，才能领会艺术的奥秘。《恶之花》的作者、诗人波德莱尔被认为是进行这种探索的成功者，他为大家打开了超自然的新境界。波德莱尔欣赏美国作家爱伦·坡，并把他的神秘故事译成法文。他们都是德国音乐家瓦格纳的崇拜者，并在1885年出版了一本专门介绍瓦格纳艺术的杂志（到了90年代，这本杂志改名为《独立艺术杂志》）。瓦格纳认为，艺术应该超越世俗生活，净化人类的灵魂，并为人类打开理想境界的大门。瓦格纳表达了这些年轻的文学艺术家头脑中尚未成形和固定的思想。年轻的文学艺术家们认为瓦格纳的音乐摆脱了古典主义的模式，创造了音响和音乐语言的奇迹，表达了语言所不能表达的东西，打开了人类灵魂深处的奥秘，从而使剧院这个服从商业要求的娱乐场所，变成了艺术的殿堂，使戏剧艺术成了一种新的崇拜对象："艺术—宗教"。所以象征派的诗人们从瓦格纳

---

① 亨利希·斯特罗贝尔：《克洛德·德彪西》，巴黎：普龙出版社，1940年，第52页。

的音乐艺术中得到启发，要让诗歌摆脱格律的束缚，要重视诗歌语言的音乐性，从而开启了自由诗的先河。当时，这些年轻的文学艺术家虽然只听到过瓦格纳歌剧的一些片断，为什么就这么如痴如醉地热爱瓦格纳呢？理由很简单，就是他们在瓦格纳身上看到了他们所追求的理想主义。

德彪西从罗马回到巴黎的时候，这个年轻人的文艺圈子已经形成了。他也常去巴伊先生的书店里参加他们的聚会。可以想见，他在他们中间显得很稚嫩，大部分时间是听别人高谈阔论，而自己则很少说话。他也是瓦格纳的崇拜者。在罗马梅迪西别墅进修期间，每当他烦闷无聊的时候，弹奏得最多的是瓦格纳的作品。他在1888年和1889年两度去德国的拜鲁伊特参加瓦格纳的音乐节，这在当时几乎是欧洲音乐爱好者的"朝圣"行为。他赞赏瓦格纳的歌剧《特里斯坦与伊索尔德》，尤其是他的歌剧《帕西法尔》。在他逐渐走向成熟的过程中，瓦格纳对他的影响是不容否认的，在他当时以及后来的作品中，专家们都能找到瓦格纳的影子。在跟象征主义诗人和印象派画家的交往过程中，他的审美观自然受到他们的影响。在他回巴黎后完成的第三份作业《许身上帝的贞女》中，他的个人特色，已经十分明显了。这部作品，无论是松弛的和声连接，或是富有个性的旋律展开，都给人一种空灵和剔透的感觉。传统交响乐的技术不见了，合唱部分没有任何对位的痕迹。序曲中笛子的旋律好像是从非常纯净的世界里传来的，诗人和音乐家都躲藏在这样的世界里，以逃避令人厌恶的现实世界。这部作品在形式和意图上叫人难以捉摸,音乐学院的评审委员们对作者颇感伤心。而德彪西追求的正是这种捉摸不定和朦胧感。这是一部色彩并不强烈,但情感表达细腻的音乐作品,好似一个淡妆的美女。

1889年的巴黎世界博览会显然对他的审美观的形成也起了很大的作用。他在博览会期间,见识了中国、印度和爪哇的戏剧和舞蹈。丝弦乐、打击乐、舞蹈和戏剧的动作和程式、水墨画、手工艺品等这些东方的文化艺术,不仅以异国情调吸引了大量欧洲游客,而且给年轻的法国画家、诗人、音乐家和舞蹈家们带来了新的艺术表现手法,使他们从中得到启迪。德彪西为爪哇舞蹈和打击乐的伴奏所倾倒。他发现东方的打击乐变化多端,富于音乐节律,对位手法丰富无比,远不是意大利宗教音乐家帕列斯特里纳的对位所能比得上的;东方的打击乐表现细腻,层次分明,优美动听。欧洲乐队中的打击乐与之相比,只不过是集市上演杂耍、马戏发出的喧闹声。德彪西甚至觉得,在安南人的戏剧里已经包含了后来瓦格纳发展的四部连台本歌剧的雏形。在安南人的戏剧里,一把声音高亢的小唢呐,就能驾驭感情,一张謦鼓就会使人胆战心惊。德彪西所赞赏的,就是东方艺术的这种形式灵活的、自由的表达细腻的美。东方艺术不是把感觉直接袒露在观众面前,而是将感觉用纱巾包裹起来,向观众暗示,让观众陷入遐想。而借以表达暗示的形式又是经过精心挑选的,非常确当的。

19世纪90年代初,印象派绘画、象征主义诗歌和戏剧,在法国达到了高潮。青年文学艺术家把他们的聚会地点从巴伊

枫叶荻花

书店转移到诗人兼英语教师的马拉美的家里。这些新潮人物每周二的晚上聚集在马拉美的家里,听他们的领袖谈论艺术和他的审美观点。虽说他写的诗有两千行之多,可是能被人读懂的并不多。然而,他在这些晚会上的高谈阔论,无疑是清晰易懂的,否则他的听众就不会那么信服了。可惜,他在这些晚会上的言论没有记录下来,传之后世。德彪西是马拉美的艺术沙龙的常客,唯一的音乐家。

90年代也是德彪西在艺术上逐渐走向成熟、知名度年年见长的时期。这要归功于民族音乐社。民族音乐社以发扬民族音乐传统、介绍法国年轻音乐家、提高民族自尊心为己任。

1893年4月8日,民族音乐社演出了他第三次上交的作业《许身上帝的贞女》。这是一部根据英国诗人兼画家罗塞蒂的同名诗创作的合唱与交响曲康塔塔。年轻人为这部轻盈飘逸的作品所折服,而年长者以及大部分批评家则对作品暗示的技术和现代性很反感。但大家都明白,这是一部不同寻常的作品。这部作品的公开演出,使德彪西获得了一定的社会承认和知名度,正式走上了职业作曲家的道路。

1894年年底,民族音乐社上演了他的交响诗《牧神午后序曲》。这部作品是根据诗人马拉美的同名诗创作而成的,侧重表现了希腊神话中的牧神在窥视仙女们在水边沐浴时的心态和感受。作品充满了阳光。炎热的太阳晒得人懒洋洋的,感到乏力。音乐用暗示手法,使听众心里产生联想,使人沉醉于慵懒状态,从而产生一种疲乏的情欲,一种朦胧的快感。当乐队指挥结束最后一个音符时,全场响起了暴风雨般的掌声,经久不息。乐队指挥古斯塔夫·道雷不得不将曲子从头到尾又演奏了一遍。这年德彪西32岁,作品是他两年前开始写的,直到1894年的夏天方才定稿。这部作品标志了德彪西创作上的成熟,奠定了象征主义音乐在法国以至西方音乐史上的地位,对后世西方音乐的发展产生了巨大影响。

在90年代,他还为小提琴独奏家伊塞创作了一组小提琴协奏曲《夜曲》,这组小提琴协奏曲由三个独立的曲子构成:《云》《节日》《美人鱼》。最后一首带有女声合唱。这是三首典型的描绘大自然和梦境的交响曲。德彪西使用和声手段暗示蓝天中缓慢运动和变化的白云;人群涌动、欢声笑语的节日——突然阳光四射,出现梦幻境界,欢乐的人群队伍由远及近,由近及远;夜色笼罩的大海,无休无止的律动,月光洒在银白色的海浪上,远远传来美人鱼隐隐约约的欢笑和神秘的歌声。在这组曲子中,德彪西最终彻底抛弃了传统的交响乐的结构形式和主题冲突的原则,而代之以和声色彩的细微变化。音乐似乎披上了薄纱,呈现出最微妙的色彩变化。更重要的是,这些作品不再表现人,而是表现大自然,描绘梦境和只有艺术家才能进入的虚拟境界。90年代末,拉姆赫乐团演出了《云》和《节日》,至于《美人鱼》,到1901年10月才与观众见面。

20世纪的第一个10年,德彪西的名声达到了高峰,也是他收到的创作订单最多的10年,当然也是他创作丰收的10年。这要归功于他的歌剧《佩列阿斯与梅丽桑德》于1902年4月30

枫叶荻花

日在巴黎喜歌剧院的首演。这首歌剧是根据比利时象征主义剧作家梅特林克的同名剧本改编、创作的。德彪西在90年代初即发现了这个剧本，并产生了创作的冲动。但他想要创作一部与瓦格纳的风格截然不同的歌剧，以结束瓦格纳的浪漫主义歌剧长期占据欧洲戏剧舞台的统治地位。如何才能摆脱瓦格纳的影响呢？如何才能独树一帜，写出与众不同的新歌剧来呢？这并非易事。从产生创作冲动到完成作品的写作，前后花了12年时间。他思考的时间比他实际写作的时间要长得多。在喜歌剧院的乐队指挥梅萨杰先生的鼓励和支持下，德彪西终于完成了歌剧的创作。歌剧的配器尚未全部完成，排练已经开始了。在排练的过程中，乐队的演奏家们发现幕与幕之间的空隙太短，连换景也来不及。德彪西又不得不赶写幕间的间奏曲。加之在选择女主角的问题上，德彪西与梅克特林克发生了分歧。梅特林克希望让他的女友来演主角梅丽桑德，但经过试唱之后，德彪西、梅萨杰和剧院院长卡雷都认为不合适，而把这个角色给了年轻的美籍苏格兰女高音歌唱家玛丽·伽登小姐。梅特林克为此事跟德彪西反目成仇，公开写文章骂他，并在举行彩排的那天晚上煽动一些人来剧院捣乱。还有人在巴黎街头散发恶意歪曲和中伤的节目单。可以想见，4月27日彩排那天晚上，剧场里的秩序有多么混乱。亏了指挥家梅萨杰的魄力，压住了场子，坚持把演出进行到结束。德彪西并没有因为这样的破坏而消沉和气馁，而是显得若无其事。正式公演的次日，巴黎各大报纸对该剧是一片贬抑之声，认为作品深奥难懂，是对形式、旋律和节奏的否定，是虚无主义，是对艺术三一律的挑战，是一种破坏性的倾向，等等，不一而足。巴黎批评家和听众对现代音乐所表现出来的不理解、恶意和嫉妒，是完全有可能扼杀一部新作品的。但巴黎年轻的音乐家们，特别是德彪西在文学界的朋友们，则大力支持这部作品。当然，在艺术之都的巴黎，也有感觉敏锐的伯乐。在《费加罗报》和《时代报》上，有批评家站出来为这部不被理解的歌剧辩护。亨利·鲍峨在《费加罗报》上写道："德彪西的这部作品，在主题、启示和表达上，是如此具有个性，如此富于艺术性，如此清新，如此纯情，如此温馨，早晚是会被人接受的。"皮埃尔·拉罗在《时代报》上撰文强调，该剧的音乐节奏丰富，旋律的形式具有个性和能够引起听众的联想。

伽斯东·伽罗在《自由报》上以高瞻远瞩的睿智分析说："德彪西实际上是个古典作曲家，我这样说并不矛盾。狂热的浪漫主义在乐坛肆虐了这么多年之后，德彪西具有古典音乐家的清晰、分寸、节奏感和匀称感。他像古典音乐家那样能够驾驭感情，感情的表达具有诱惑力，而又不失端庄。他跟古典音乐家一样，厌恶夸张、过分和哗众取宠。"

《佩列阿斯与梅丽桑德》的意义，其实正在于这种对待艺术的态度之中。作家罗曼·罗兰，这位研究法国古典歌剧的专家，也认为这出新歌剧仍然具有古典歌剧的特征。他还说，古典歌剧的宣叙调在该剧中恢复了生命。这是用尽量少的手段而达到朗诵的戏剧效果的巅峰艺术。德彪西不是实现了卢梭的要求

### 枫叶荻花

了吗？

德彪西应歌剧院之约，在一篇介绍创作初衷的文章中是这样为自己辩护的：

……我也试图服从一条美的法则，奇怪得很，这条法则似乎在歌剧创作中被人遗忘了。由于因循过时的传统，现在歌剧人物的唱词都不自然。而该剧的人物歌唱时，要努力像自然人那样。这就是为什么有人责备我，所谓铁了心要写单调的朗诵，没有丝毫的旋律性……首先，这种指责是不对的。况且，一个人物的感情，不可能总是通过旋律来表达。再说，歌剧的曲调应该跟一般的曲调完全不同才是……到歌剧院去听音乐的人，总的来说，就跟我们看到的街上围着卖唱人的听众一样！在那儿，人们花两个子儿，就可以听到动人的旋律……我们甚至可以看到他们有很大的耐心，比起我们领国家津贴的剧院的许多常客来，更具有耐心，甚至可以说，他们具有"想听懂的愿望"，而在歌剧院的听众身上，这是完全不存在的。

特别具有嘲讽意味的是，这些听众要求作品有"新意"，可是，同样是他们，每当有人试图让他们改变欣赏习惯、离开习以为常的乐队的轰隆轰隆声时，又感到惊慌和不屑一顾……这也许看上去不可理解，但不要忘记，对许多人来说，一部艺术作品，一次美的尝试，似乎总是对他们个人的冒犯。

### 德彪西，一个为后人开辟道路的音乐家

> 通过《佩列阿斯与梅丽桑德》的创作，我并不自以为已经发现了一切。但是，我尝试了开辟一条其他人将来可以遵循的道路，拓宽个人的新发现，使戏剧音乐从成年累月的沉重的束缚中解脱出来。①

德彪西说得对，他为后来者开辟了一条新的道路。该剧首演时的吵吵嚷嚷很快便烟消云散了。而这时的德彪西的名声已经越出了国门，成了世界乐坛上一颗耀眼的新星。《佩列阿斯与梅丽桑德》被搬上了伦敦考文特花园广场的歌剧舞台、纽约百老汇的歌剧舞台。德彪西名声大作，应邀到维也纳、布达佩斯、彼得堡和莫斯科去指挥演奏他的作品。请他创作的订单也雪片似的飞来，使他应接不暇。他成了法兰西的骄傲，法国政府授予他骑士荣誉勋章。

这一时期的作品值得提及的，还有1903年创作的钢琴组曲《水墨画》。这首组曲由三首钢琴曲组成：《宝塔》《格拉纳达的夜晚》《雨中花园》。这部作品由于变化万千的和声色彩，以及钢琴踏板和音响结构的创造性的使用，产生了一种独特的钢琴音响效果，被专家视为自肖邦以来未曾见过的钢琴佳作。

1905年10月15日，拉姆赫乐团首演他的交响曲《大海》。这首交响曲由三个乐章组成：从黎明到中午的大海；翻腾的海浪；风与大海的对话。德彪西以罕见的配器手法和大胆的印象

---

① 请参阅本书第九节：我为什么写《佩列阿斯与梅丽桑德》。

派和声，把阳光照耀下碧波粼粼的大海以及风起浪翻的形态，做了淋漓尽致的描绘。这几乎是前无古人、后无来者的佳作。音乐史家誉之为 20 世纪最佳交响作品之一，也是当今世界上最受听众赞赏和各国乐队演奏得最多的音乐作品之一。

这期间，德彪西还为钢琴创作了两组《意境》，为管弦乐创作了一组《意境》。这组交响曲《意境》也由三支曲子组成：(1) 吉格舞曲；(2) 伊贝利亚 (a. 走过大街小巷；b. 夜晚的芬芳；c. 节日的早晨)；(3) 春天圆舞曲。这些作品都具有典型的印象派风格，其演奏的难度不是一般初学者所能做到的。

也正是在这个时期，多家杂志和报纸先后邀请他撰写音乐专栏。他作为专栏音乐评论家，前后陆陆续续写了十五六年。

他初写评论时，曾借用一位假想人物克罗士先生之口，来表达他不便于说的话。但不久他就放弃了这个虚构的人物，而以德彪西的名义报道巴黎的音乐活动、评论乐坛的新人新事了。这也是他从一个受争议的乐坛新星，到一个成熟的音乐大家的转变过程吧。他在文章中，批评享受国家津贴的巴黎国家歌剧院的无为与官僚主义，批评设置罗马奖学金的不当，嘲笑那些冒充风雅的贵族听众、那些打扮入时但对音乐一窍不通的贵妇人和少爷小姐们、那些自以为"音乐行家"的瓦格纳迷们。他抨击瓦格纳音乐的死板程式、主导主题的重复出现、浮夸的风格，等等。他自己承认，年轻时也曾经是瓦格纳迷。他是瓦格纳音乐的受惠者，怎么后来又反对瓦格纳的音乐呢？其实，德彪西并没有完全否定瓦格纳的艺术，他特别欣赏他的歌剧《帕西法尔》。他反对的,是法国那些不问青红皂白、一味追随瓦格纳的模仿者。当时,瓦格纳的歌剧不仅占据了法国的舞台和音乐会,而且成了评价法国乐坛新作的标准。法兰西高等音乐演奏协会,把瓦格纳的音乐可以净化人类心灵的伟大理想,变成供前朝贵族的遗老遗少们专享的玩物,把瓦格纳音乐的演奏会变成聊天的沙龙。他批评这种现象,并大声疾呼发扬民族音乐传统,抵制德国音乐对法国音乐的侵蚀。那么,他提倡的法国音乐的传统是什么呢?那就是明朗、优美、朴实自然的朗诵。他认为,法国音乐的传统,首先是讨人喜欢,法国音乐是幻想和感受力的结合。他反对音乐院校把法国古典大师们的作品当作圣典来奉读,而是要学习造就那些大师们的革新精神,即学习体现在前辈大师们作品中的自由精神、无拘无束的幻想、优美、自然等优点,而不是他们作品中的完美的技术。

他的文章,由于高屋建瓴、纵横捭阖、坦率直言、文笔犀利,可得罪了不少同行。当然,也由于他的爱国主义过了头,对外国音乐家的评价时而有失公允,如对挪威作曲家爱德华·格里格的评价即如此。他为了发扬法国民族音乐传统,使法国音乐摆脱瓦格纳音乐的影响,一有机会就对瓦格纳的音乐加以挖苦讽刺,也是做过了头的。

在第一次世界大战前夕的法国和欧洲,他的音乐评论显然具有一定的权威性。1914年1月,他应邀去俄国的圣彼得堡和莫斯科指挥演奏他的作品的专场音乐会。科洛纳乐团协会竟然发表声明，在德彪西缺席期间，不演奏任何新的音乐作品。由此可见，德彪西的音乐评论在当时有多大的影响。

在他生命的最后几年里，他一直在创作根据美国作家爱伦·坡的两篇短篇小说改编的歌剧：《钟楼幽魂》和《厄歇尔府第的坍塌》。但这两部歌剧在他生前都未曾有机会与听众见面。

他一生曾先后跟三个女人生活在一起。他刚从罗马回到巴黎时曾跟一位女子同居了 10 年。后来，他爱上了一位年轻漂亮的女裁缝师，并跟她正式结婚。但不久，两人因兴趣差别太大而分道扬镳。最后，他爱上了一位银行家的太太。他们为逃避流言蜚语——人言可畏嘛，躲到英国去生活了一段时期。1905 年，他们双方都获准办了正式离婚手续，然后正式结婚，并育有一女。但不幸得很，这个女儿十三四岁左右即因病早逝。别人都以为德彪西看上了这位太太的金钱。其实不然。这位太太并没有钱，他们的生活全靠德彪西创作音乐作品和写音乐评论得来的稿费维持。

1910 年，他得了直肠癌。虽经手术和镭射治疗，收效甚微，痛苦不堪，每每靠打吗啡针止痛度日。即使在这种情况下，他仍以顽强的毅力，闭门谢客，坚持创作。第一次世界大战的爆发，再次激起了他的爱国主义热情。他在自己的最后一部作品《钢琴与小提琴奏鸣曲》的扉页上自己的名字后面特意写下"法国音乐家"几个字。

1918 年 3 月 25 日，德彪西在德国轰炸巴黎的隆隆炮声中去世，享年 56 岁。他的去世消息在当时显然不会引起人们的注意。在行人稀少、两边房屋破烂的大街上，只有少数几位亲友默默无声地跟在灵车后面。谁也不知死者是谁。

2007 年 11 月

# 亨德尔，一个为大众写作的音乐家

《亨德尔传》译后记

艾珉兄来信告知，国内要出一部《罗曼·罗兰文集》，并邀笔者参与其事，承担《亨德尔传》的翻译工作。笔者喜欢听巴洛克音乐，由来已久，但从未做过深入研究，对亨德尔的生平和作品也不甚了了。为了对这位巴洛克音乐大师有些了解，笔者从图书馆借来几本当代作者写的亨德尔传记阅读。翻阅了几本之后，笔者发现亨德尔传记作者有两种不同的倾向：一是过于专业，考证繁琐，非一般初识巴洛克音乐的读者所能接受；二是作者的生花之笔常常使亨德尔的生平叙述过于小说化，成了一种"演义"。而罗曼·罗兰的《亨德尔传》则没有这两种缺点。罗曼·罗兰的《亨德尔传》有许多版本，现代出版的普及版多为删节版，省略了管弦乐作品分析中的举例说明。在征得艾珉兄的同意之后，笔者选择了1910年菲利克斯·阿尔康（Félix Alcan）出版社初版时的全文版，作为翻译的依据，并参照2005年法国阿克特南方出版社（Actes Sud）的删节版，以

## 亨德尔，一个为大众写作的音乐家

纠正初版中某些印刷上的错误。罗曼·罗兰不仅是"长河小说"的著名写手、诺贝尔文学奖的得主，而且是音乐学家，对17、18世纪的欧洲音乐史有专门的研究，出版过《吕利和斯卡拉蒂之前的欧洲歌剧史》和《贝多芬传》等音乐专著。他曾任巴黎大学艺术史课程的兼职教授。《亨德尔传》当是他给大学生授课的讲义，深入浅出，条理清晰，文字流畅，史料的选择和辨伪恰如其分，对亨德尔在欧洲音乐发展史上的地位，评价公允，至今仍为法国音乐史家称道和引证。

当笔者译完罗曼·罗兰的《亨德尔传》之后，眼前浮现的是一位身材魁梧、精力充沛、才思敏捷、能即兴演奏和作曲的巴洛克音乐家。他天资聪颖，精通德、法、意、英四国语言，出道前受过专家严格的训练，打下了扎实的和声与对位的理论基础，积累了丰富的创作经验。当他在汉堡歌剧院初试身手，赚了第一笔钱之后，便于1706年去意大利游学，在佛罗伦萨、威尼斯、罗马和那不勒斯等地结识了意大利乐坛的名流，如斯卡拉蒂父子、柯雷利、帕斯奎尼、马尔切罗等巴洛克音乐的前辈，同时争取当地贵族和宗教界人士的支持和赞助。他游学三年后，回到汉诺威，在宗教界名人兼音乐家司黛伐尼的推荐下，获得汉诺威宫廷音乐总监的职位。但他没有久留，1710年去英国闯荡。从此，伦敦便成了他音乐创作活动的主要舞台。他在那里曾经得到英国王后安娜的支持，安娜死后受到与国王对立的英国贵族的抵制，数次破产，被逼得走投无路。他在英国生活了几乎半个世纪，他的职业生涯主要是在伦敦实现的。他努力融入英国社会,与英国人民同命运、共呼吸,努力使自己的作品反映英国人民的心声,甚至加入了英国国籍。这位德裔英国音乐家,以其坚持不懈的努力,终于被广大的英国群众接受和赞赏。他活着的时候,伦敦著名的富克索游乐园就为他在游乐园里塑了一尊大理石雕像,供游客瞻仰。伦敦众多的公园音乐会上都演奏他的作品。我们不知道世界上还有哪位音乐家生前就享受到这样的殊荣。

英国给他提供了从事音乐创作的空间,成就了他个人的音乐事业,而他也把他的爱心回馈给了接纳他的英国社会。他不仅活跃了当时的英国戏剧舞台,而且也为英国留下了丰富的音乐遗产。他为孤儿院创作的《弥赛亚》成了旷世经典,270年来久唱不衰;他为皇家盛典创作的《戴廷格胜利颂》、宣扬爱国主义的《庆典清唱剧》和《犹大·马加比》成为英国人的骄傲;他为国王漫游泰晤士河编写的《水上音乐》和为庆祝战争结束、和平来临而写的《烟火音乐》,远远超出了写作的初衷,开创了音乐作品的新品种——露天音乐。亨德尔的各种音乐作品,至今仍受西方大众的喜爱,在现代传媒手段帮助下传播得更广、更远。他的所有重要作品都能在网络上找到、听到。他在欧洲音乐发展史上,有两点是值得一提的:

一、在18世纪上半叶,欧洲音乐逐步从宗教祭祀活动走向世俗。亨德尔为此做出了积极贡献。只要拿他的作品跟他的同龄人、另一位巴洛克音乐大师巴赫的作品做一比较就能知晓。他没有巴赫的严谨,但也没有巴赫那种宗教的沉重、虔敬的沉

## 亨德尔，一个为大众写作的音乐家

思和内省。亨德尔虽然也为宫廷的小教堂写过作品，虽然他的许多作品题材来自《圣经》故事，但他认为，他写的不是宗教作品，而是为"自由的戏剧"创作的戏剧作品，所以他不同意在教堂里演出他的清唱剧，宁愿在剧院举行"有剧情的音乐会"。说他是标题音乐或交响诗的先驱之一，是不算夸张的。

二、亨德尔从早期依赖王公贵族的赞助从事音乐创作和演出，逐渐走向自主经营剧团和演出，以商业化的模式来运作音乐艺术活动，用票房收入来养活自己和剧团，逐步摆脱王公贵族的庇护，使音乐艺术走出高雅的殿堂和神圣的庙宇，走向商业性的戏剧舞台，走向广场，走向人民大众。毋庸说，处于资本主义上升时期、商业繁荣的伦敦，为亨德尔提供了有利的社会条件，使他为音乐艺术平民化的努力有了实现的可能。

罗曼·罗兰欣赏亨德尔，称他的作品积极向上、阳光快乐、催人奋进、鼓舞人心，军人听了会打胜仗。罗曼·罗兰认为，亨德尔是个真正为大众写作的音乐家，用作品和大众交谈的音乐家；是个不囿于一家一派、善于吸纳百家之长来丰富自己创作的音乐家。他不介意塑造个人的特色，但在他所涉猎的音乐样式里，他都达到了那个时代的高峰。在音乐上，他是个世界公民，所以他的作品能为欧洲各国的听众接受，受到欧洲各国听众的欢迎。他的作品生前就被出版商和其他音乐家或改编、或盗印，在欧洲各国广为流传。他一方面向前辈和同辈学习，另一方面向民间学习，甚至从市井的叫卖声中获得灵感和启发。他始终走自己的路，最终成了一位为欧洲乐坛巨擘贝多芬、柏辽兹、李斯特和马勒等人开辟了道路的音乐家。

亨德尔终身未娶，把一生献给了音乐事业，经过数次经营的失败、破产，但他从不怨天尤人，直到晚年他的经济状况才有些好转。由于没有子嗣，他在遗嘱里把自己的积蓄或捐赠给孤儿院，或为伦敦音乐家协会设立基金，资助年老贫困的音乐家，或馈赠给许多曾经帮助过他的友人。

这位德艺双馨的艺术家生前就享誉欧洲，可是在他的祖国曾一度被人淡忘。直到19世纪下半叶，在"德国亨德尔学社"的倡议下，特别是在音乐史家克里桑德的努力下，收集、整理和出版亨德尔作品全集，先后经历数十年，共出版了105卷，终使人类这笔宝贵的音乐财富得以传承至今。本书附录的亨德尔主要作品目录就是罗曼·罗兰根据克里桑德先生编辑出版的全集标注卷数的。

罗曼·罗兰于1910年出版这部著作，离亨德尔出生已经225年，离他去世已经151年。20世纪初的法国青年读者对亨德尔生活的那个时代已经相当陌生，许多人与事，已经不再熟悉。为方便青年人的阅读和理解，罗曼·罗兰在书中做了许多注释。笔者在开始翻译此书时，对注释之多之详细，颇不以为然。但随着译事的进展，译者对罗曼·罗兰治学之认真和严谨，越来越感到钦佩。本来还打算对注释做些删繁就简的工作，结果，发现那些注释有助于扩大读者的眼界，了解历史背景，以致被删去的注释寥寥无几，反而受作者治学精神的感染，增加了不少注释，以方便21世纪中国青年读者的阅读和理解。

亨德尔，一个为大众写作的音乐家

为了译好本书的正文和注释，笔者没有少查资料，也没有少向朋友们请教。注释中，罗曼·罗兰引用了许多例证来支持自己的论点，而这些例证常常是德文、意大利文或英文，一本书名，或一首曲名，或一个古地名。笔者在这里要特别感谢《浮士德》《格林童话》和《海涅诗集》的译者、笔者的好友天津大学外文系的潘子立教授，北京外国语大学意大利语言文学专家、翻译家沈萼梅教授，以及笔者的北大校友许世敏和郑培蒂夫妇。没有这些朋友的热心帮助，笔者就不能完成这本小册子的翻译工作。

近二三十年欧洲乐坛的复古浪潮已经波及东方的中国乐坛。2010年，英国当今最著名的古乐大师、巴洛克音乐研究专家克里斯托弗·霍格伍德（Christopher Hogwood，1941—　）先生应邀到北京参加中国国际音乐节，首次把原汁原味的巴洛克音乐介绍给中国听众。这是近十年来，中国音乐界的一件盛事。笔者相信，罗曼·罗兰的《亨德尔传》的重新发表一定会对巴洛克音乐在中国的普及起到推动作用。

2013年4月

# 西方画家的"艺术革新"与"社会反抗"

艺术家最为敏感，最富有想象力，最贪新求奇，最讨厌因循守旧。希腊神话尽管迷人，哥特式建筑尽管巍峨，米开朗琪罗的绘画尽管壮观，拜占庭的艺术尽管精细得使人眼花缭乱……世界艺术并没有因此而停滞在已经达到的水平上。有出息的艺术家总是不断努力，以便超过前人和超过自己。这种超越前人和超越自己的精神是推动艺术发展的极其重要的心理因素。没有这种革新精神，没有这种追求，艺术就会被老一套窒息而死。艺术大师之所以是大师，他们的伟大之处，正在于能够创造出崭新的想象世界，以取代或丰富早已为大家熟悉的想象世界。以法国印象派为例，印象派画家热心表现日常生活场景：家庭野餐、塞纳河上的游艇、巴黎的街市、咖啡馆等等。他们直接临摹自然，使艺术终于走出了画室。他们摈弃学院派准确的摹写和灰暗的忧郁色调，而代之以喷薄明亮的色彩，再现光的效果，以及日光随着季节、天气和时辰的变化。克罗德·莫奈的《卡普辛林荫大道》在大师细腻的笔触下，隆冬的巴黎给人一种朦胧的美感。那飘洒的片片白雪，好似美人头上顶着的一片纱巾。莫奈、塞尚以及其他印象派画家，把表现色彩和气氛放在首要地位。他们的画没有古典派、现实主义派和浪漫派的那种准确的形体——形体和线条消融在朦胧的光线里了。印象派画家们喜欢表现他们对现实的直观感觉。他们根据自己的感觉运用色彩，而不是根据客体的实际颜色运用色彩。他们在创作时把内心的感情调动起来，用感情的冲动代替冷静的分析。印象派在艺术上的革新结束了古典艺术，开辟了西方现代艺术的先河，而西方现代艺术的发展又把印象派赶进了古典的行列。

显然，艺术的革新在很大程度上取决于艺术家个人的才华和气质。但是，在西方，艺术革新常常表现为一种对荒谬现实的反抗行为，自达达运动和超现实主义运动以来，尤其如此。达达运动的造反尝试，同俄国的十月革命在时间上大致吻合，这并不是偶然的。当西方文明在普遍使用机器的压力下日趋颓败之时，当西欧人在实用主义、追求物质享受和机械文明面前感情受到压抑之时，欧洲东部的地平线上出现了希望之星。在一个时期里它确曾使西欧的艺术家们深受鼓舞。他们立即喊出了"改变生活"（韩波语）、"改造世界"（马克思语）的口号。此外，弗洛伊德关于无意识的解说，一时间成了艺术家们热衷的话题。他们积极实践，努力开发丰富的心理资源。以造反姿态出现的超现实主义演变成一场真正的艺术革命。

枫叶荻花

　　这场革命使艺术家摆脱了现代生活强加给他们的狭隘的自信、令人窒息的限制和思想感情上的束缚。在 20 世纪 20 年代和 30 年代，像狂飙一样席卷西欧，也席卷了美洲。而且一旦同商品拜物主义盛行的美国现实相遇，这火烧得更加旺盛。西班牙超现实主义画家萨尔瓦多·达利在自传中说："我的目的是想把绘画从现代艺术的虚无中拯救出来，而此举正好发生在一个灾难的时代，发生在我们活着感到痛苦和耻辱的时代里，发生在平庸的机器世界里。"

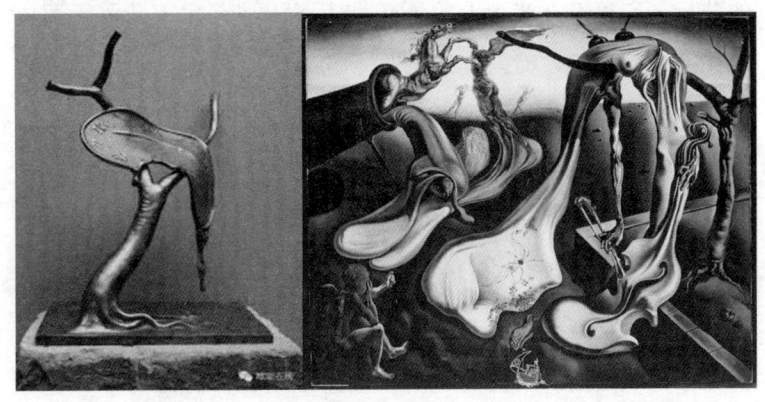

萨瓦多尔·达利的作品：《时间的轮廓》与《战后》

　　他故意运用一切可以运用的艺术手法，用那些荒诞不经的画面，使观众感到不快，感到震惊。当他 1934 年第一次到达纽约时，以其怪诞的绘画掀起了一阵超现实主义的旋风。他干劲十足地使超现实主义商业化。他为时装设计公司设计服装，为百货公司装潢橱窗，为报纸画古怪的插图。一时间，超现实主

## 西方画家的"艺术革新"与"社会反抗"

义成了时髦。入时的太太们、小姐们穿起超现实主义的裙子，戴超现实主义的帽子，用超现实主义的绘画装饰她们的客厅和闺房。凡是荒谬的和滑稽可笑的，都变成了"超现实主义"。艺术家对荒谬现实的反抗就这样蔓延到社会中了。

19世纪以后，西方艺术家在经济上摆脱了对贵族和教会的依赖。但他们所获得的自主地位并不牢固。资本主义把艺术（文学也一样）逐步制度化了。艺术的制度化从三个方面对艺术创作施加强大的压力：（1）作品的销售；（2）行家的承认；（3）公众的接受。

艺术家为了出售他们的作品，或者为了使作品卖得出去，不得不对艺术商人俯首帖耳。在许多情况下，给创作定向的是艺术商人。他们从商业观点出发，对作品的内容、形式以及尺寸的大小都有一定的要求。在西方，卖画为生实非易事。许多画家穷困潦倒，直到死后才在市场上获得成功和荣誉。西班牙画家胡安·米罗（1893—1983）早年的厄运并不是罕见的例子。艺术评论家卡尔文·托姆金说，米罗"经常挨着饿，在创作狂热的支配下作画。尽

保尔·塞尚（1839—1906）：
《穿红坎肩的男孩》

# 枫叶荻花

管他得到先锋派的赞赏，可是他的作品卖不出去，他难得一天能吃上两顿饭"。塞尚的命运也不比米罗好多少。他活着的时候如果要靠作品来维持生计，可能早就饿死了。有人估计，他的名画《穿红坎肩的男孩》，在20世纪初卖出去的时候，只拿到120法朗左右。可是1958年在伦敦拍卖会上，美国金融家兼收藏家波尔·梅伦用350万法朗买下这幅画。

西方艺术家遇到的另一个困难，是行家的承认。谁是行家呢？画廊的经理？是的。但主要是艺术批评家。他们有自己的趣味、标准、理论。批评家对作品审美价值的评价直接影响作品的销路和画家的声誉。至于赏画的公众，常常受到批评家的操纵。批评家说好，怕被人认为没有艺术修养的某些艺术爱好者也会跟着起哄。冒充高雅，赶时髦，也是一种诱惑。一般人是很难抵抗得住的。在消费社会里尤其如此。我们可以想象西方艺术家们做人之难。他们既要服从艺术商人的要求，又要遵循批评家的指示，还要迎合公众的趣味。他们摆脱对贵族和教会的依赖之后所获得的自由，在市场经济的压迫下，又重新失去了。所以西方当代艺术家比以往任何时候都迫切渴求创作自由。他们反抗，他们挣扎，试图摆脱市场体制的束缚，争取无约束地从事艺术上的探索。可是在金钱万能的社会里，艺术家怎能摆脱体制的束缚呢？

鲁迅先生在30年代曾经批评那些没有现实感的人，说他们是想提着自己的耳朵离开地球。这话是讥讽，也是真理。西方的艺术家，特别是青年艺术家，当他们在打天下、争地盘的时候，常常同时升起"艺术革新"和"社会反抗"的旗帜。一旦他们的作品被行家承认、被公众接受，两面旗帜便剩下一面了。卡尔文·托姆金在评论超现实主义运动时，曾这样写道："当超现实主义画家们得到少许尊重和少许物质利益之后，对运动的目的——其中之一，也是最主要的，即'改变生活'——就不再有浓厚兴趣了。他们这种倾向是不可避免的。"托姆金这些话是针对超现实主义画家们说的，我看对西方所有先锋派的画家大体上也是适用的。

(原载 1987 年 5 月 9 日《文艺报》"求索"专栏)

## 试说法国新小说

第二次世界大战后的头十年，以萨特为代表的存在主义文学风靡法国文坛。到50年代中期，存在主义逐渐衰弱，法国又出现了一股新的潮流，批评家称之为"新小说"。1958年，法国《精神》杂志把阿兰·罗伯-格里耶、马格丽特·杜拉斯、米歇尔·布托尔、纳塔丽·萨罗特、克洛德·西蒙等10位作家列入这一流派。这些作家情况各不相同，观点差异很大，其中甚至有些人不承认自己是什么新小说家。他们既无组织，又无共同宣言，但都试图更新小说的内容和写作方法，都认为19世纪巴尔扎克式的传统写作方法已经过时，已不能用来反映迅速变化着的现代生活。

新小说由于伽利玛出版社，特别是午夜出版社的支持，到60年代便逐渐形成了一支相对稳定的作家队伍。新小说家们不仅出版了相当数量的作品，而且有了自己的理论著作。从1954年到1967年间，先后有11部新小说的优秀作品获得了各种不同的文学奖，只有龚古尔文学奖和法兰西学院文学奖的评审委员会对新小说持保留态度，至今未给新小说发过奖。尽管如此，新小说在法国和世界上的影响仍然很大，1970年和1971年，法国文学界曾两次举行国际性的讨论会，来探讨、研究这一文学运动，并试图评价新小说的得失。法国以及欧美许多国家的大学，都把新小说作为一门课程，并列为硕士论文或博士论文的研究课题。

新小说的影响虽然很大，但至今未能征服广大的读者群众。习惯了传统小说的读者因新小说难懂而对它不感兴趣，所以新小说的销路不广，能够有幸被印成普及版的为数甚少。尽管如此，新小说发展的势头并没有减弱。60年代出现的一批青年作家，已经形成了新小说的第二代。他们以《原样》杂志为中心，形成"新新小说派"。其中的骨干分子为菲立普·索莱尔、让·蒂波多和让·里加尔杜。他们的立场比罗伯-格里耶等第一代小说家更加激进，彻底抛弃了现实主义的概念，不承认小说是世界或思想的反映，认为小说既不能表现也不可能表达小说以外的东西。对他们来说，重要的是语言，语言是小说的材料，故事、情节和内容来自写作本身。新新小说的理论家让·里加尔杜有一句名言："小说不是惊险故事的写作，而是写作的惊险故事。"新小说运动从50年代开始，发展到70年代，已经走向了自己的反面，对小说形式的探索变成了语言文字的游戏。目前许多法国人认为，新小说作为一个新流派已经过时了。

文学史上任何一个文学运动，都有自己的产生、发展和衰落的过程。对后人来说,一个流派的作家曾经说了些什么固然重要,但最重要的恐怕还是作品本身。对颇有争议的新小说来说也一样。罗伯-格里耶等人在他们的理论著作中说了些什么固然值得研究,但最重要的还是得到公认的新小说的代表作品。遗憾的是,这些作品的绝大部分尚未译成中文,只有罗伯-格里耶的《橡皮》和布托尔的《改变》有中文译本。对于想知道新小说家们在小说内容和形式上做了哪些探索和革新的我国读者来说,这无疑是个障碍。笔者只能根据外文资料在这里做些简单的介绍。

## 一、新小说的结构

传统小说一般总是按照逻辑和时间的顺序,给读者讲述一个戏剧性的故事。在讲故事的过程中,虽然也有倒叙、插叙,但故事基本上是直线向前发展的。新小说家拒绝用这种传统的方式来写作。他们借用诗歌、音乐、绘画、建筑和编织艺术的手法,大大丰富了小说的表现力,增强了小说的立体感,但同时也使小说失去了传统的连贯性和故事性。新小说家们有时还故意将故事的线索弄得模糊不清,造成一种扑朔迷离、模棱两可的效果。他们认为,生活本身就是极其复杂而又捉摸不定的,并引证巴尔扎克的话说:"在这个世界上,没有一样东西是一个单一的整体,一切都是像马赛克图案一样拼凑起来的。"

新小说家常用的结构手法大致可以分为以下几种:

**复调结构** 新小说中所叙述的故事常常历时很短,只有几小时、几天或几个月。作者只截取主人公生活中很小的一个片断，作为整个故事的框架，而把主人公心理活动的历时延长，有计划地安排在故事的发展过程中。主人公每一次心理活动都由眼前所发生的事件引起，眼前的时间是叙述的出发点，引起的回想和联想汇拢到一起。这样，叙述不再是直线推进，而是向面上展开。用这种方法写出来的小说，好似一部复调音乐作品，主人公眼前经历的时间是乐曲的主导主题，回忆和联想是丰富和扩大主题内涵的手段。布托尔的《改变》是运用这种结构比较成功的例子。《改变》的主人公从巴黎去罗马，只有24小时的行程。他原想把情人从罗马接到巴黎来，可是一路回忆起以往同妻子或情人在同一条铁路线上的数次旅行，回忆起巴黎和罗马的生活。一路上的观察、思考、回忆以及对未来生活的设想，使他觉得还是让情人留在罗马好。当火车到达罗马时，他已改变了主意，决定乘下班车返回巴黎。作者通过内心活动来表现主人公所遇到的家庭、感情、宗教上的种种问题，成功地反映了一个生活在资本主义社会中的中年人精神上和道德上的危机。

**多声部结构** 新小说的另一种结构手法是以一个事件为中心，进行多头平行叙述。布托尔在他的第一部小说《大雕飞过》里，首次尝试了这种结构。事件发生在巴黎米兰胡同15号的一座六层楼房里，历时12小时。小说虽然按时序展开，但作者像摄影师那样，不停地把镜头从一层楼移向另一层楼，努力使读者看到代表了不同社会阶层、同住在六层楼里的六户人家在同一时间里的活动和思想。最后，用一户人家的女儿举行生日晚会并遭凶杀的事件，把六户人家串连起来，使整个作品形成一种时空结构。作者有意借用音乐创作手法，使《大雕飞过》好似一部由六个声部组成的音乐作品，各声部既独立，又互有联系。

**螺旋结构** 罗伯-格里耶的成名作《橡皮》使用的就是这种结构。小说从 10 月 27 日的早晨 6 点钟开始，然后倒叙前一天晚上 7 点半钟杜邦教授遭人暗杀前后所发生的事。杜邦教授幸免于难，躲藏了起来。但警察机关不知道这一点，以为他已遇害，便派侦缉人员调查案情，试图破案。故事结束在 28 日早晨 6 时，又一次倒叙前一天晚上 7 点半钟杜邦教授回自己办公室取重要文件时被侦缉人员当作凶手误杀的经过。故事以喜剧开始，以悲剧结束，时间以螺旋的方式前进了 24 小时，谋杀案弄假成真。这 24 小时好像不存在一样，被"橡皮"给擦掉了。小说题名为《橡皮》的用意也就在此。

**复调和雷同** 这种手法纳塔丽·萨罗特和罗伯-格里耶用得比较多。他们常常重复故事的某些场景，重复描写某样物体或人物的某一行为，有时略作微小的变化之后再重复。这些场景、物体或人的行为，就像乐曲的主题一样反复出现在小说的进程中，以表现人物的精神状态或加深读者的印象。

**非逻辑的连接** 新小说家们常常从一个场景跳到另一个场景，没有过渡，没有因果关系，也没有逻辑关系。例如罗伯-格里耶的《嫉妒》。女主人公在房间里正要把酒杯放到桌上去，突然想起有一次在阳台上把酒杯放到桌上去的情景。在另一处，男主人公在阳台上"一小口一小口地呷着酒"，谈着从城里回来时路上汽车抛锚的事。新小说家试图用这种非逻辑的联结方式来表现人物记忆和联想的偶然性。

**嵌入法或故事中的故事** 嵌入法原是纹章设计和绘画技法的术语。纪德1893年在日记中谈论他的小说《伪币制造者》的结构技巧时，第一次借用了这个术语。这一手法并不是新小说家们的独创，但新小说家们用得很普遍，并有所发展，使之成为新小说的一大特征。所谓嵌入法，就是在故事的某一部分插入一个细节或一个小故事，用以暗示故事的结局，隐喻某个重大事件，或者作为整个故事的缩影，或者起一种对比、映衬的作用。很类似中国文艺创作中的伏笔。司汤达在《红与黑》中使用过这种手法，曹雪芹在《红楼梦》中也使用过这种手法。

**摊牌术** 新小说的作者常常中断叙述，自言自语，或直接诉诸读者，说明回忆往事所遇到的困难，对已经讲的故事加以评论，对自己叙述的可靠性提出疑问，对结局提出设想，以至写作自身成了写作的主题。他们故意在读者面前揭穿写作的秘密，向读者证明文学创作并非出于"灵感"，而是出于写作本身。这是新小说家们一个很重要的主张。这种向读者摊牌的写作手法，也非新小说家们的独创。让读者参与创作过程、与作者一起思考，布莱希特在他的戏剧理论中早已提出。这种摊牌术也是50年代与新小说同时兴起的新浪潮电影和先锋派戏剧的重要表现手法之一。我国1981年上映的电影《小街》使用的就是这种手法。

## 二、新小说的描写

在传统小说里，作者是个无所不知的观察家。他通过人物的眼睛来观察世界和再现世界。作者运用描写来调节情节发展的速度，为故事提供时间、空间和社会背景。通过人的外貌、衣着、生活用具、举止、谈吐等的描写，来表现人物的身份、地位、思想、情趣、心态、性格等等。总之，传统小说的描写是现实主义，是为塑造典型环境中的典型人物服务的。新小说家们打破了传统小说中描写与叙述之间的平衡关系，改变了描写的方法，更新了描写在传统小说中所具有的作用。

新小说的描写大体可分为三种：

**客观描写** 新小说喜欢对物进行微观的描述，准确而细致地说明其形状、色彩、质地。描写时不使用任何带感情色彩的形容词，也不赋予物任何寓意，使描述尽量显得客观冷静。用这种态度来描写物，读者觉得与物之间似乎存在距离，好像是站在远处观察；或者觉得离物太近，看到的是一个特写镜头，物处于静止不动的状态。新小说不仅对物的描写如此，对人的描写也一样。新小说家常常把人的动作速度减慢，分解开来进行描述。这显然是受到电影的影响，好像一个正常速度的动作用慢镜头再现一样，以至人体正常的活动看上去成了机械活动，有生命的人成了机器人。批评家们常说，新小说把人"物"化了。

**现象学的描写**　现象学是当代西方十分流行的一种主观唯心主义哲学。现象学认为，人有意识地面对客体的方式有多少，客体呈现的方式就会有多少。新小说家们认为，小说是绝妙的现象学领域。人们可以通过小说来研究现实以什么方式或者可能以什么方式，呈现在我们面前；可以通过小说来说明人与现实的关系，透过外表去寻求未知的现实。所以他们努力表现人怎样感知和认识空间、时间、世界，用主观的语言，用感觉和感觉思维的语言加以阐述。

新小说家们特别注重描写人物的感觉现象，包括人物的视觉、听觉、嗅觉、触觉，甚至幻觉和梦境中的各种感受。在这一点上，西蒙在小说《风》中有一段对痛感的描写是具有代表性的：

> ……这个耳光对他还是有好处的，使他清醒了过来：他觉得（一面用手捂着火辣辣的脸，极尽全力想弄明白警察冲着他吼叫什么）他还能够感觉，还能够感到点儿疼，还能够有所反映，哪怕是最起码的条件反射，就像孩子抬起胳臂，以防再挨打一样。他本能地注视着警察的双手，看到警察手上留得太长、形似小铲、围着一圈黑的指甲，看到指甲上的长浓毛，看到戒指，心里想："那么，他是结过婚的人，他对人是爱的，或者至少他曾经爱过，或者至少他自以为曾经爱过。也许他还有孩子呢……"接着，警察的手又动了。这次是打在他的肚皮上。他一个踉跄撞到

墙上，好像要钻到墙里、嵌进墙里、消失在墙里一样。他的整个身子缩成一团，准备再挨打……

**衍生性描写** 里加尔杜认为，小说的素材完全是由描写产生的，对一个整体的各个不同部分的描写本身，就足以构成一个情节甚至一个故事。新小说经常有许多对照片、明信片、绘画、广告招贴等冗长而详尽的描写，不仅描写人物在这些画面上所看到的一切，而且描写人物在看到画面时对类似事物的联想。有时作者把静的画面转变成动的画面，直至成为某个情节的空间背景。新小说家们运用这种从一个画面衍生出另一个画面的描写手法，把人物和情节排挤到次要的位置上去了。这使惯于追求生动情节的读者颇感失望；但有时也能使读者产生一种诗的幻觉，把读者引入卡夫卡式的魔幻境界。在有些作品中，作者对自己的无休止的描写也感到厌烦了，于是干脆把一系列可能用得上的形容词开列出来，还在最后加上"等等"，让读者自己去选择、去想象。罗伯-格里耶在《纽约革命方案》中甚至直接对读者说："这样的描写够了，你们可以继续描写下去了。"作者运用这种俏皮的方式，把读者的想象力调动起来，去补充作者的言而未尽之意。

## 三、新小说的人物

在传统小说中，人物是中心。主人公的名字常常被用作书名，并在书中有其家史、身世、职业、性格和外貌特征。纳塔丽·萨罗特曾挖苦巴尔扎克的老葛朗台说："他什么都不缺少，从短裤上的银扣到鼻尖上的筋络暴露的肉瘤。"然而在新小说里，人物却失去了一切：祖宗、地位、衣着、容貌甚至个性，而变成了无名无姓的"我"，没有轮廓，难以形容，无从捉摸，形象模糊。他周围的人物不过是这个万能的"我"的幻想、梦想、反照，"我"的存在方式或"我"的附属品。因此，读者在阅读新小说时，不能用巴尔扎克的小说标准去衡量新小说中的人物。

新小说塑造人物的方式可以归纳为两大类：

**分散零碎地描写人物**　新小说中的人物，读者常常只闻其声，不见其人；或者见到了头，而看不到身子；见到了手，而看不到脚。因为作者对人物的描写分散而又零碎，使读者得不到足够的细节来想象人物的形象。若是请画家给新小说做人物插图，画家一定会感到十分为难。有人说，新小说中没有完整的人物形象，只有一些活动着的影子，这种说法一点也不过分。

**故意破坏人物形象**　新小说在塑造了一个人物之后，有时又故意把形象弄模糊，有步骤地把人物"揩掉"。最常见的手法是改变人物的外貌特征、年龄、职业、国籍。一个名字，一会儿指一个男人，一会儿又指一个女人。或者，人物的名字极其相近，使读者弄不清究竟指的是谁。尤有甚者，人物干脆没有名字，只有一个代名词"我"或"他"。新小说家之所以这样做，是因为他们认为谁也不一定就是他自己，每个人都总有点儿像大家。

新小说家对人的这种看法，是与第二次世界大战之后资本主义社会出现的个人价值危机密切相关的。在巴尔扎克时代，人们对个人的力量、价值充满了信心，但在今天，人们失去了这种信心，不再感到人是世界的中心了。法国研究小说社会学的批评家则认为，新小说中之所以出现人物消失的现象，是因为资本主义社会物质财富的畸形增长淹没了人的个性，商品崇拜导致人的物化的结果。

新小说在法国文坛上出现之后，最引人注目的是创作手法上的探索与革新。至于新小说所反映的社会内容，也不是没有一点社会意义的。新小说中的人物形象虽然支离破碎、有影无形，但读者仍然可以看出，他们都是生活在资本主义社会边缘的失败的、物化的、失去常态的、走入歧途的小人物。新小说着重描写他们的烦恼、忧虑、迷惘，表现资本主义社会中的种种丑态、暴力、人与人之间的互不理解和冷漠无情，社会道德、宗教、文明观念的瓦解。也是在这个意义上，吕西安·戈德曼在《新小说与现实》一文中对新小说家做了肯定的评价。他认为：如果说现实主义一词的意义，是指创造一个其结构与产生作品的社会现实的基本结构相类似的世界，那么罗伯-格里耶和萨罗特可算当代法国文坛最彻底的现实主义作家。

新小说作为一个文学运动，从产生到现在只有三十年不到的历史。对于它在文学发展史上的功过，现在做出结论看来还为时过早。至于新小说在多大程度上会影响西方作家的创作，会不会如新小说家们所期望的那样，改变西方读者的阅读习惯，这都是难以预料的。新小说家们在现代空前发达的视听技术的挑战面前,力图革新小说的写作方法,以求适应新的现实,这种探索精神至少是难能可贵的。我们的作家在探索新的创作方法以适应我国现实的需要时,如果能够对法国新小说家们探索做些分析研究,善于去其糟粕,取其精华,那对于我们的文学创作,也可能有所裨益。

(原载 1982 年 6—7 月《文学报》第 65—66 期)

# 法国的"新小说"与中国的《红楼梦》

第二次世界大战以后，法国经过十年的经济恢复和建设，物质生活水平有了迅速提高。科学技术的突飞猛进使人们的时空观念发生了根本的变化。在战后相对安定的环境里，作家、艺术家有了更多的时间去琢磨艺术本身，探索新的写作技巧和新的艺术表现形式。到了50年代中期，巴黎的文学艺术界逐渐形成了一个"三反运动"，出现反小说，即新小说；反戏剧，即荒诞派戏剧；反电影，即新浪潮电影。这"三反运动"互相影响，彼此促进。其中反小说即新小说，历时最长，影响也最深远。

"二战"结束后的头十年里，法国文坛上风行的是存在主义。存在主义作家主张文学要"介入生活"，要对重大的社会问题表态。新小说家们与存在主义作家不同，他们大都不是很活跃的社会活动家。他们潜心追求艺术，把注意力集中在小说写作技巧和小说形式的革新上。法国的文学批评家把新小说称作

## 法国的"新小说"与中国的《红楼梦》

"解脱"文学是不无道理的,因为他们把新小说同存在主义作家的作品进行比较之后,发现新小说家们不再正面接触重大的社会问题,使文学从"介入"的状态中解脱了出来。所以,新小说的出现实际上是对存在主义文学主张的一种反动。这里"反动"一词不是我们通常所理解的政治概念,而是事物运动过程中所产生的反作用。如果从严格的社会学的观点去考察新小说的内容,我们也难以得出新小说没有政治倾向性这样简单的结论。新小说着重描写小人物或失败者的烦恼、忧虑、迷惘,揭示资本主义的种种丑恶和暴力,表现人与人之间的互不理解或冷漠无情,反映社会道德、宗教、文明观念的瓦解。应当承认,新小说在揭露资本主义这一点上确实不及以传统手法写作的现实主义作家。但是,新小说对文学发展的贡献,并不在于揭露现实的深刻性,而在于写作技巧和小说形式上的大胆探索与创新。当新小说的代表作家罗伯-格里耶的《窥视者》于1955年问世时,连法国保守的文学批评家也为作者的技巧而"高兴得发狂",而结构主义文学批评家则"从该书的艺术美获得武器来攻击传统的小说"[①]。

《窥视者》获得了当年的批评家文学奖。据不完全的统计,1954—1967年间,曾有11部新小说先后获得法国各种不同的文学奖。在文学批评界和大学生中间,新小说激起了巨大的反

---

[①] 引自布瓦代弗:《法国当代文学史》,法文版,第175页,译文见《外国文学报道》1982年第6期。

响。1970 年，法国一家报刊报道说，连那些保守的文学教师也不得不去阅读新小说，唯恐在学生面前显得"落伍"或"背时"。这则报道说明，新小说家们经过长期的奋斗，取得了一定的成果，得到了文学批评家和读者的承认，在法国当代文学史上争得了不可忽视的一席地位。

值得注意的是，新小说家在进行探索和创新时，并没有离开法国文学的传统。他们继承和发展法国以至欧美前辈作家早已使用过的某些技巧，同时借鉴音乐、绘画、电影等其他艺术的表现手法，从而丰富了小说的表现力，使小说的叙述方法发生了重大变化。我们在这里想用新小说使用较多、较为成功的"秘藏纳笔墨"手法作为例子，来说明我们的观点。

"秘藏纳笔墨"是法文 mise en abyme 的音译，原是深藏其中的意思。

"秘藏纳笔墨"原是纹章设计上的一种手法，即把徽章本身的形状经过缩小，作为图案的一部分，放在徽章的中间或徽章上方的一个角上，作为回应（réplique）。后来画家们把这种手法运用到绘画上去，使整个画面反映在画中的一个小镜子里，构成一种画中画的趣味。当这种手法运用到小说创作中去的时候，就成了故事中还藏着故事。所以这种创作手法有个简单的说法，即画中画、戏中戏、故事中的故事手法。这个词的概念比我们中国人通常所说的"伏笔"涵义要广得多。笔者曾译为"嵌入法"，也有同志译为"转移隐喻法"，但都欠妥帖。所以，

## 法国的"新小说"与中国的《红楼梦》

这里干脆音译。这样既有音似,又有神似,可能比较贴切。新小说家们研究和总结了前人的经验,将"秘藏纳笔墨"手法加以发展,并在创作中广泛应用,使其成为新小说的显著特点之一。

在文艺复兴时代,佛拉芒的著名画家扬·范·艾克(Yan Van Eyck, 1390—1441)就熟练地掌握了此种艺术手法。

在新小说中,"秘藏纳笔墨"呈现的形式是多种多样的。它可能是小说中描写的一个具有象征意义的物体,或是书中提及的一幅绘画,或是一个很容易被读者忽视的细节,或是一个小故事。就作用来说,"秘藏纳笔墨"可能是整个小说的梗概或缩影,也可能提示小说故意避而不提的重要情节,也可能暗示故事的结局,也可能与主要故事形成反衬或对比,也可能就是整个故事的主题本身,即故事中的故事。

《阿尔诺菲尼夫妇新婚画像》

《阿尔诺菲尼夫妇新婚画像》的细节

枫叶荻花

　　新小说家罗伯-格里耶在《窥视者》中对这一手法的运用是比较有特色的。《窥视者》的故事情节很简单。手表推销员马蒂雅斯到一个小岛上去推销手表。这期间，岛上一位 13 岁的牧羊女被人奸杀后抛入大海。乡亲们认为这个早熟的女孩子平时作风不太正派，所以她死了，大家并不以为然，也没有人去认真地追查原因。可是手表推销员做贼心虚、惶惶不安，为自己在岛上的活动准备了周密的证词，并消灭了一切可能牵连到自己的罪证。罪犯没有受到当地居民的怀疑，第二天便匆匆忙忙离开了小岛。作者没有正面描写手表推销员奸杀牧羊女的场面，故意留下了一个空白。但作者在小说的第一部分写下了以下两个重要的细节。

　　一是手表推销员身上带了一张从《西方灯塔》报上剪下来的新闻。这段新闻报道一个女孩被残害的案件：

　　　　他从皮夹里拿出那张剪报……再一次把那段新闻从头到尾仔细读了一遍。

　　　　其实新闻的内容并不多。文章的长度并不比一般次要的新闻长。其中一大段篇幅描写的仅仅是发现尸体时的一些毫无用处的情况，而整个结尾则用来评论警察当局准备从哪些方面着手侦查。剩下来描写尸体本身的篇幅便只有寥寥几行了。根本没有提及被害人受到的是何种暴行……①

---

① 引自《窥视者》，郑永慧译，上海译文出版社，1979 年，第 69—71 页。

二是手表推销员在二楼看到的一个场面：

他在二楼狭窄的穿堂里，站在半开着的房门前面，房间里铺着黑白瓷砖。那姑娘坐在凌乱的床边，她的赤裸的脚踏着毯子上的羊毛。她旁边红色的床单凌乱得一直拖到地上。

那是夜晚。只有床头小桌上面的那盏小灯亮着。好一会儿，整个场面是静寂而没有动作的。然后听见了那一句话："你睡了吗？"说话的声音严肃而深沉，有点像唱歌似的，仿佛藏着一种威胁。这时候马蒂亚斯从梳妆桌上那面椭圆形镜子里看见了一个男人站在房间的左边。他站着，眼睛盯着什么东西，可是他和马蒂亚斯之间隔着镜子，无法确定他的视线到底朝向哪方。始终低垂着眼睛的姑娘站了起来，用畏畏缩缩的步子开始向刚才说话的人走去。她离开了房间的可以望见的部分，过了几秒钟才在椭圆的镜子里出现。走到他的东家身边时——不到一步的距离，伸手就可摸到，她停了下来。

那个巨人的手慢慢地挪近来，搁在她的脆弱的颈背上。那只手捏着颈背，按下去，表面上似乎毫不用力，但是，却有一种强大的压力，使得那个脆弱的躯体慢慢地屈下去。那姑娘弯了腿，一只脚后退，又退下另一只，终于主动跪在地砖上……①

---

① 引自《窥视者》，郑永慧译，上海译文出版社，1979年，第69—71页。

上面举的第一个细节如果说是作者故意暗示小岛上将发生一场凶杀案，那么，第二个细节则悄悄地补上了作者故意留下的一个空白。作者巧妙地用即将成为罪犯的手表推销员所窥视到的别人的隐私（注意，是在镜子里看到的），向读者泄露了或提示了罪行的性质。这两个"秘藏纳笔墨"的例子，前一个比较普通，后一个则比较有特色，起到了影射和画龙点睛的作用。

　　第三个值得一提的"秘藏纳笔墨"的例子，是作者在书中先后十多次提到横的和竖的 8 字形状。作者告诉我们，手表推销员从小就有收集小绳头的习惯，而小绳头卷起来的时候呈 8 字形螺旋状。手表推销员对 8 字形状特别敏感，到处看到 8 字的形状。海堤壁上留下的两个系绳索的铁环印子，是横的 8 字；水手说话时，做手势的手，在空中划来划去，划出来的是 8 字；门上仿木纹油漆，漆出来的是 8 字螺旋形；两只海鸥在空中兜圈子，反向飞行时形成两个并排的圆圈，交叉飞行时构成一个完整的 8 字形；连推销员在小岛上走过的路线也大体上是个 8 字形。书中反复出现的这个 8 字，一方面说明手表推销员有偏执狂，另一方面反映了他作为罪犯的惶恐不安的心理，因为 8 字也是给罪犯带的手铐的形象。

　　法国诗人波德莱尔在评论美国作家爱伦·坡的写作方法时，认为爱伦·坡的写作信条是作品中的一切都应该有助于结局，一个好的作者在写第一行的时候就已经看到了最后一行。波德莱尔进一步发挥说，作家可以先写结局，也可以先写他所喜欢的任何一部分。波德莱尔虽然有言过其实之嫌，但作家在写作时对作品的整体结构和细节安排都应事先就胸有成竹，那是没有错的。新小说家们正因为在作品的整体结构和细节安排上用心周密，才能运用"秘藏纳笔墨"的手法，使作品达到含蓄而耐人寻味的艺术效果。

新小说译成中文的不多[①]，我国读者还不太熟悉。我们不妨再从我国读者熟悉的作品中举些例子来说明这种手法。

《红与黑》的主人公于连·索黑尔在去德·瑞那市长家就任家庭教师之前，司汤达安排了下面一个情节：让于连先到教堂去做一次祷告。作者写道：

>……他孤单一人在礼拜堂里，走去坐在一张长凳上，这是一张最华美的凳子，雕着德·瑞那家的族徽。
>
>在祈祷的小凳上，于连注意到一张印有字迹的纸，端正地展现在他的面前，好像专为要他来念的样子。他的眼光投落纸上，他看到："路易·约黑尔的处决和最后的顷刻的详情，在贝尚松省处以死刑，在……"
>
>这张纸是撕破了的。以下的文章他看不清楚了。反面，有一行的起首两个字还看得明白，写着："第一步。"
>
>于连暗自说道："谁把这张纸摆在这儿呢？可怜的不幸者呀！"他深深地叹了一口气，往下又说道："他的名字的

---

[①] 本文写于20世纪80年代初，现在新小说的翻译情况跟当年已不可同日而语。特别是阿兰·罗伯-格里耶的作品绝大部分都已译成了中文。

末尾恰恰跟我的相同……"他随即把纸片撕成碎片。

从礼拜堂走出来的时候,于连恍惚看见圣水钵旁边有许多鲜血。其实这正是圣水,被人溅泼在地上了。因为窗子上遮着的红色布帘映成的反光,使地上的水看起来像鲜红的血一般。①

读者知道,后来于连由于在教堂里开枪暗杀他原来的情妇德·瑞那夫人而被送上了断头台。可是这时候于连尚未进德·瑞那市长的家门,他同德·瑞那夫人的恋爱故事还没有开场,于连对自己的前途和命运还一无所知,可是司汤达"秘藏纳笔墨"的手法和象征性的描写,向读者暗示了于连的悲惨结局。

这个例子说明,新小说的技巧并非无根之木、无源之水,更不是小说家们凭空臆想的产物。相反,新小说的技巧是深深地根植于法国传统小说的土壤之中的。

在我国古典名著《红楼梦》里,我们可以找到很多例子来说明"秘藏纳笔墨"手法的存在和多姿多彩的运用。

从宏观角度来看《红楼梦》,其结构就好似一块石头投入水中,在水面上激起层层水圈。宝玉的故事在圈子的最里层。最外面一层是,一僧一道在大荒山无稽崖边青埂峰下觅得一块清莹明洁的石头,知道是件奇物,将它携入红尘。第二层是,不

---

① 引自《红与黑》,罗玉君译,上海译文出版社,1979年,第32—33页。

## 法国的"新小说"与中国的《红楼梦》

知过了几世几劫，空空道人路过青埂峰下，发现了这块上面镌刻了尘世经历的灵石，将石上所记抄录下来，遂成《石头记》或《情僧录》。第三层是，甄士隐与贾雨村相识。甄士隐梦中得仙人点化，看破红尘，遁入空门；贾雨村顽而不敏，追逐名利，混迹官场，从而引出第四层：逐次交待《红楼梦》中的主要人物。这外三层正是今天法国新小说家们所追求的"秘藏纳笔墨"的功能之一，即把故事本身当作故事的主题来写。曹雪芹对这一手法的运用，不仅比新小说家们要早，并且较之美国作家爱伦·坡在《厄歇尔府第的坍塌》中和法国作家纪德在《伪币制造者》中对此手法的运用，还要早一百到一百七十五年，而且运用得更具有幻想色彩。

在《红楼梦》中，曹雪芹写了许多梦。众所周知，对梦的研究是现代心理学的一个重要课题。生活在二百年前的曹雪芹当然不懂得现代心理学，但他通过梦所揭示的人物的潜意识是那样准确，我们不能不为曹雪芹这种惊人的洞察力而拍案叫绝。这篇短文不允许我们就这个问题做深入的探讨。这里主要想说明，梦在曹雪芹的笔下，是"秘藏纳笔墨"的重要表现形式之一。

我国读者最为熟悉的例子，要算《红楼梦》第五回了。贾宝玉梦游太虚幻境，在"薄命司"里翻阅了金陵十二钗的"正册""副册"和"又副册"。贾宝玉虽然聪明灵慧，面对这一幅幅古怪的画面和谜一样的诗句，也无法理解其中的奥妙。接着，警幻仙姑又让贾宝玉聆听十二支《红楼梦》新曲。贾宝玉听了依旧不解其中滋味。作为太虚幻境的游客，贾宝玉在曹雪芹的笔下显得十分愚顽，虽经仙姑点化，仍然不能醒悟。贾宝玉如此，随着贾宝玉同游太虚幻境的读者，也一样如堕五里雾中。读者必须将《红楼梦》全书看完，回过头来重读第五回，经过细细品尝，才能明白曹雪芹的创作思想和意图。《红楼梦》主要人物的命运和结局，以及整个贾氏家族的兴盛和衰落，在这一章里都用图画、诗歌和乐曲一一交待了。这不正是二百年后的法国新小说家们所刻意追求的"秘藏纳笔墨"的暗示作用吗？曹雪芹将这一手法运用得如此富于诗情画意，在外国古今小说中是没有先例的。

"秘藏纳笔墨"的反衬或对比功能，在《红楼梦》中也有例证。大观园里有个贾宝玉，南京甄府上有个甄宝玉。这两个宝玉，不仅性格志趣相同，而且长得模样儿也一式一样。这两个人物的安排，从思想角度来看，体现了曹雪芹"假作真时真亦假，无为有处有还无"的哲学观念和道家思想；就艺术手法而言，则是"秘藏纳笔墨"。这两个人物一真一假，一实一虚，既可合二而一，又可一分为二。甄宝玉在《红楼梦》中一共出现过三次。第一次是在第二回，由贾雨村转述。第二次是第五十六回，贾宝玉和甄宝玉在梦中相会。第三次是在第一百十五回，甄宝玉同贾宝玉在荣国府相会。这一回是高鹗的续笔，甄宝玉已经成了禄蠹，成了贾宝玉真正的对立面，可能离开了曹雪芹的创作意图，这里且不去说它。重要的是第五十六回。江南甄府的家眷到京，派了四位上等女佣来贾府送礼请安。四位女佣

## 法国的"新小说"与中国的《红楼梦》

同贾母闲话家常,谈起了甄府上的宝玉。众人都觉得惊奇:天下竟有名字相同、模样无异、淘气也一样的人!贾宝玉先以为甄家女佣的话是承悦贾母之词,后经史湘云点破,才疑惑起来。史湘云说:"你放心闹罢,先还'单线不成丝,独树不成林',如今有了个对子了。闹厉害了,再打急了,你好逃到南京去找那个去。"曹雪芹通过史湘云的口,交待了甄宝玉这个人物作为贾宝玉的"对子"的用意。贾宝玉听了史湘云的话,心中闷闷不解,回到房中榻上,默默盘算,不觉昏昏睡去,做起梦来。在梦中,贾宝玉会见了甄宝玉。曹雪芹又巧妙地让贾宝玉知道,甄宝玉刚刚也做了个梦,在梦中见到他正在睡觉。这种梦中相会、梦中说梦的手法,真是匠心独运,妙笔生花,不仅揭示了贾宝玉当时的潜意识,而且也让贾宝玉借助甄宝玉的存在肯定了自己的形象,增强了生活的信念。当贾宝玉从梦中惊醒之后,曹雪芹通过袭人的口,再次把甄宝玉这个人物的作用交代清楚。袭人说:"你揉眼细看,是镜子里照的你的影儿。"甄宝玉作为贾宝玉的对子和影儿,起一种真假反衬、虚实对比的作用。曹雪芹的这种意图是极其明白易懂的。在这一场梦的描写里,还有一件值得注意的事,即曹雪芹运用了对他那个时代来说极为"现代化"的玻璃大镜子,作为宝玉出入梦境的道具。法国新小说的代表作家罗伯-格里耶在《窥视者》中,也让镜子作为"秘藏纳笔墨"手法发挥作用,但比曹雪芹要晚了二百年。

可是有人认为,甄宝玉这个人物塑造得不成功,是曹雪芹的败笔。① 这样的判断不能说不是对曹雪芹的误解。在艺术手法上，虚实对照所产生的美感效果，是众所周知的。譬如有一处"长堤春柳"的景色。画家们除了画岸上的柳外，必定也会将水中的倒影画出。一实一虚，相映成趣。岸上的柳画得逼真，水中的柳形象模糊，我们能说这是画家的败笔吗？当然不能这么说。当作家把这种艺术手法移植到小说创作中去的时候，为什么我们会觉得作者失败了呢？这是一个发人深思的问题。

我们把法国的"新小说"和中国的《红楼梦》这两个乍看起来风马牛不相及的问题扯在一起，主要想说明以下两点意思：

一、历史经验告诉我们，每个时代有每个时代的艺术高峰。历史上只有一个莎士比亚，不可能有第二个。历史上只有一个巴尔扎克，也不可能有第二个。他们的作品同希腊艺术一样，也是人类社会在某个发展阶段上的产物，具有不朽的魅力，继续给我们以美的享受。"而且就某方面说还是一种规范和高不可攀的范本。"②法国的新小说家们不是满足于前辈大师们已经取得的成就，而是另辟蹊径，进行新的探索，这种精神是难能可贵的。我们不能因为他们没有写出可以与大师们的作品相媲美的小说，就认为新小说是小说的悲剧，是失败的尝试。新小说

---

① 请参阅陈昭：《甄宝玉——曹雪芹的败笔》，载《光明日报》副刊《文学遗产》第571期，1983年1月25日。

② 《马克思恩格斯选集》第二卷，第114页。

的一些写作技巧，在我国的古典小说中本来早就存在。因此，对外国现代小说技巧的盲目捧场，或排他性地贬抑，都是不妥当的。外国现代小说的写作技巧和结构形式，凡可以帮助我们反映现实生活、使我们的文艺百花园变得更加绚丽多彩的，仍然要借鉴和学习。中国文化光辉灿烂，源远流长。任何外来文化，经过中国人民的咀嚼与消化，最后都成了中国文化的一部分。中国文化的这种强大的同化力，不仅为过去的历史所证明，也必将为未来的历史所证明。所以，我们应当鼓励作家们从我国的文化传统和群众的欣赏习惯出发，大胆创新，写出无论在思想上或艺术上都无愧于我们伟大时代的作品，创造我们时代的艺术高峰。然而，我们在学习外国的时候，如果只知道外国的一些皮毛，对祖国的文化遗产又不甚了了，离开中国的国情，生搬硬套外国现代派的创作经验，恐怕难免要重蹈"东施效颦"的覆辙而贻笑大方。

二、《红楼梦》是我国一座光辉灿烂的艺术宝库。多年来，我们对这座宝库做了大量的研究工作，成绩卓著。但这座宝库所蕴藏的艺术珍宝，还远远没有发掘出来。1980年，我国著名红学家周汝昌先生从美国参加国际《红楼梦》研讨会归来，曾在一篇文章中写道："……艺业道术，往往有内外之分，如武术有'内家拳'、'外家拳'，医学有内科外科，连《庄子》等古书也分内篇外篇……循此以立名，则红学亦有'内学'与'外学'：内学是对《红楼梦》这部作品本身的研究、分析、鉴赏、评论……而所谓'外学'，则是对作品产生的历史时代背景，文学史上的源流演变,作者的家世生平,版本的分合同异等等所作的考证研究,此两者看似分门别户,实则殊途同归;外而忘内,则泛滥无归,内而昧外,则识解欠确。所以切忌轻重之分,门户之见;必须唇齿相依,和衷共济,外详而内始明,内确而外愈切。"① 周汝昌先生鉴于数十年来《红楼梦》研究的实际状况,提出"外学"与"内学"并重的主张,因而得到了与会者的热烈响应。近年来这方面已有很大进步。但由于我们研究内学的工具很不完善,有时会用研究外学的工具去研究内学,这就难免造成判断上的失误。对于《红楼梦》这样一部古典名著,我们既要用社会学家的眼光去研究和赞赏,也要以艺术家的眼光去研究和赞赏。对于这部作品的价值,推而广之,对于所有文学作品的价值,我们既要用社会学的尺子去衡量,也要用美学的尺子去衡量。此外,我们还需要用马克思主义的观点,研究和分析国外其他社会科学的研究成果,如心理学、性格学、叙述学等的研究成果,借鉴其合理的、有用的部分,以丰富我们的批评手段,使我们的研究工具逐渐完善起来。

(原载上海外国语学院学报《外国语》,1984年第4期,总第32期)

---

① 引自周汝昌:《陌地红情——国际红楼梦研讨会诗话》,载《艺术世界》1980年第5期。

# 梅特林克及其象征主义戏剧

《梅特林克戏剧选》序言

比利时作家、诗人、象征主义的代表莫里斯·梅特林克①最早是由茅盾先生主持的文学研究会介绍到中国来的。作为文学研究会的丛书，1923年商务印书馆出版了汤澄波译的《梅脱灵戏曲集》，内收《闯入者》《群盲》《七公主》《丁太琪之死》。同年，文艺研究会丛书也收了傅东华从英文重译的《青鸟》。30年代和40年代陆续有人介绍梅特林克的戏剧。仅《青鸟》一剧，解放前就先后出版过三种不同的译本。梅特林克的剧本解放前有没有搬上过中国的舞台，笔者手头缺少资料，不敢断言。但对老一代的中国话剧界人士和话剧爱好者来说，梅特林克的名字并不陌生，这是可以肯定的。梅特林克的戏剧解放前虽然出版过多种，但当时的印量很少，今天已成稀有之物，一般读

---

① 梅特林克曾亲口对人说过，他的姓氏的正确读法应是"马代尔兰克"。解放前他的姓氏按英文读音译成"梅脱灵"或"梅特林克"，而以梅特林克的译法比较通行，且为《辞海》所接受。笔者只好以讹传讹，沿用这个译名。

者很难读到,因此知道这位象征主义戏剧代表作家的中国读者也不多了。

　　1862年8月29日,莫里斯·梅特林克出生于比利时根特的一个世家。12岁进入耶稣会举办的圣特-巴勃中学读书。这是一座著名的中学,许多比利时作家曾在这里受到过良好的教育,因而享有比利时作家摇篮的美誉。1886年,年轻的梅特林克遵从父亲的意旨去巴黎学习法律,并在那里加入律师公会。他在巴黎住了7个月,结识了巴那斯诗派的诗人。他早期的诗歌就是在他们的杂志上发表的。回到根特后,他做起挂牌律师,曾为一些小案件辩护过。在这同时,他写些小诗,发表在当地的报纸上。1889年,他出版了第一个诗集《暖房》和第一个剧本《马莱娜公主》。《马莱娜公主》的发表引起了法国批评界的注意。1890年8月24日,法国作家兼文艺批评家奥克达夫·米尔波在《费加罗报》上撰文,热情称赞这位不知名的作家。他在文章中写道:"我与莫里斯·梅特林克先生素昧平生,不知他是何处人士、何许人也;也不知他年长抑或年轻、富有还是清贫。我只知道,他比任何人都要默默无闻;我也知道,他写了一部杰作,不是一部事先就贴上杰作标签的杰作……而是一部令人赞叹的、真正的、不朽的杰作。这部杰作足以使作者的名字流芳百世,足以使所有渴望美与伟大的读者为作者祝福……莫里斯·梅特林克先生为我们创作了一部当今最有才气、最不同凡响、也最朴实的作品。这部作品,就美的角度而言,堪与莎士比亚最优秀的剧本相匹敌,我敢妄言,与莎士比亚最优秀的剧本相比,有过之而无不及。这部作品就是《马莱娜公主》。"①

无疑,米尔波做了法国的伯乐。前辈的溢美之词给年轻的梅特林克以巨大的鼓励,对他的戏剧创作起了重大影响。这个五幕剧第一次在比利时出版时只印了30本。一个初露锋芒的青年剧作者对自己的作品未必有足够的信心,而评论界的冷淡和沉默可能把一个也许很有前途的作家扼杀掉。幸好,米尔波发现了梅特林克,将他介绍给法国文学界,使这位青年在文坛上站住了脚,并与之结成了莫逆之交。1889至1896年间,梅特林克先后创作了8部剧本,其中以1892年发表的《佩列阿斯与梅丽桑德》为上乘。次年,法国的著名导演吕涅·波即将此剧搬上了舞台。1896年,梅特林克移居法国。这时他已誉满法国剧坛,成为当时风行的象征主义文学在剧坛上最杰出的代表。1911年,梅特林克获诺贝尔文学奖。从1896年到1914年第一次世界大战爆发,他一方面从事戏剧创作,一方面就人生、命运、物质生活与精神生活等问题写了许多哲理性的散论,其中较著名的有《卑贱者的宝库》《明智与命运》等集子。第一次世界大战爆发以后,他站在民族主义的立场上发表演说和文章,反对侵略,并在战争期间创作了以爱国主义为主题的反对德国

---

① 奥克达夫·米尔波(Octave Mirbeau,1848—1917),法国著名作家,报人,文学艺术评论家,先锋文学和艺术的热情支持者。曾是保王党,在德雷福斯事件中站在反犹太主义一边,后又站在无政府主义立场上猛烈抨击资本主义制度。老托尔斯泰称他是法国当时最伟大的作家,最能代表法兰西历久弥新的才华。

占领的剧本《斯蒂蒙德市长》（发表于 1919 年）。两次世界大战期间，他在法国南方置了产业，长期居住在那里从事写作和园艺活动，写过许多饶有趣味的研究花草和昆虫的著作。第二次世界大战期间，他隐居在美国的佛罗里达州，直到 1947 年回到法国。1949 年 5 月 5 日至 6 日夜间病逝，享年 87 岁。

莫里斯·梅特林克在漫长的一生中，虽然经历了两次世界大战的动乱，但就他个人的身世来说，似乎没有什么惊人的遭遇。他一生的发展非常顺利。他以其特有的才华轻而易举地征服了欧洲文坛，并受到世界各国的欢迎。他登上文坛的时候，正是印象派绘画、印象派音乐和象征主义诗歌在欧洲文化的中心——法国巴黎蓬勃发展的时期。当时的法国舞台上充斥着蹩脚的自然主义戏剧，观众渴望有新的戏剧出现；象征主义诗人们希望在戏剧界找到他们的同好。甚至自然主义大师左拉对舞台上的自然主义戏剧也感到厌恶，盼望戏剧界出现新人，革新戏剧。他曾写道："我们的戏剧多么需要一位新人，来使堕落的舞台面目一新，使舞台艺术得以新生啊。蹩脚的剧作家已经使一门艺术降格去迎合观众的简单需要。"这位新人正是隐居在比利时的梅特林克，远离大城市的繁华和喧闹，躲在小楼上从事写作的 28 岁的青年。他的戏剧写得那么富有寓意，那么清丽、委婉，那么哀怨、动人，犹如从原野上吹来了一股清风，赶走了剧场界自然主义的污浊之气，使观众耳目一新。如果说，小说中的自然主义还只是诉诸想象，而舞台上的自然主义则是直接诉诸观众的视觉和听觉了。在舞台上庸俗地再现生活，使舞台失去了诗意，剥夺了观众想象的权利，自然会使观众感到厌恶，甚至左拉也不例外。正是在这种情况下，梅特林克应运而生，把象征主义领上舞台，给观众留下更多的想象的余地，使观众在剧场里不仅看戏和听戏，而且有更多用心灵去感受的机会，从而革新了舞台，推动了当时戏剧艺术的发展。

在古典主义或浪漫主义戏剧中，主人公对自己充满了信心，激励自己也鼓励别人去跟命中注定的敌对势力进行斗争，即使被敌对势力压垮了，也要维护和保持心灵的纯洁。主人公总是主动地、热情地、头脑清醒地去迎接和应付突如其来的事变。而梅特林克的象征主义戏剧与古典主义戏剧不同，没有什么奇特的遭遇；也与浪漫主义的戏剧迥异，主人公没有奔放的激情。梅特林克在表现主人公与命运发生冲突时，不是描写主人公如何战胜命运，而是描写主人公被动地接受命运，描绘主人公胆怯而徒劳的挣扎。因此，梅特林克的戏剧里没有什么高大的英雄形象，主人公在恶势力面前显得十分软弱，无抗争能力，听任命运的摆布。所以有人评论说，梅特林克的戏剧是一种"忧伤的象征主义"[1]。

这种忧伤的象征主义是与梅特林克对人和世界及其相互关系的理解分不开的。梅特林克有一种唯心主义的哲学观。他认为宇宙是由四大物质的和精神的经验主体维系的。这四大经验

---

[1] 请参阅昂利·格鲁阿：《法国文学史》，阿尔班·米歇尔版，第128页。

主体是：(1) 看得见的世界；(2) 看不见的世界；(3) 看得见的人；(4) 看不见的人即心灵。只有看不见的世界和看不见的人是实在的。看得见的世界和看得见的人，只有同看不见的世界和看不见的人合为一体，象征他们，预示他们，才具有实在性。在看得见的世界里，看得见的人的每个行为仅具有一般的意义，只有这个行为表达了心灵的活动和预感才获得真正的意义。同样，重要的并不是我们言辞的平庸的含义，而是我们的言辞要能像谦虚的伴奏那样烘托我们心灵的旋律。至于看得见的世界，其表露在外的现象可用各种各样的方式影响我们，但是，引起我们注意的，甚至促使我们加以研究的，仅仅是那些看不见的世界试图借以将其忠告传递给我们的现象。因此，梅特林克认为，是生活在一个"象征—预兆"的迷宫里。心灵不断将其预见的结果，而且有时是错误的结果，通过看得见的人传递给人；看不见的世界也把大量的征兆通过看得见的世界传递给人。可是，人接到心灵的信息而不理解，看到了宇宙的征兆而不能加以解释。当两个情人命中注定有缘相爱的时候，心灵向他们传递无数的信息，发出无数的警告。如果他们有幸能够了解自己，他们就可能身心获得完满的幸福。然而，心灵通过语言和行为传递信息的努力是白费的，因为人的悟性十分可怜，理解不了看不见的智慧的信息。如果这种爱的追求超过了善与恶的界限，必然要受到社会的忌恨，受到伪装成道德制裁力量的死神的惩罚。如果这种爱的追求一旦被死神发现，死神就像为罪人准备死刑一样,为情人准备死亡。①

这种象征主义的不可知论和宿命论显然是十分荒谬的,但有助于我们理解为什么梅特林克的戏剧常常带有一种神秘的色彩,为什么剧中的爱情常常以悲剧结局。

梅特林克虽然一生写了许多哲理性的文章,但并不是一个有自己体系的哲学家。他的象征主义戏剧诞生在19世纪的最后10年里,这是欧洲资本主义相对稳定和发展的时期。法国史学家们称这个时期为"美好时代"。但伴随着这个"美好时代"的,是人性的进一步的毁灭,人对自己的命运更加失去控制,善与恶颠倒,普遍地颓唐与失望。在19世纪最后四分之一时期里,欧洲流行的颓废主义和悲观主义正是当时资本主义社会现实在文学艺术上的反映。这就是人们常说的世纪末的思想。梅特林克关于人与命运的哲理性的思考,当然也跳不出这种世纪末的思想范畴。所以,他感到世界荒谬而不可知,命运注定而不可战胜。世界上有一股看不见的强大的恶势力,"注视着我们的每一个行动,与微笑、生命、安宁、幸福为敌"。看不见的死神一直在暗中伴随着生者,无情地、盲目地夺走孱弱的、年轻的生命,夺走热恋的情人的生命。

在《马莱娜公主》里,象征恶势力的是安娜王后;在《丹达吉勒之死》里,是始终未出场的擅权的王后;在《佩列阿斯

---

① 请参阅阿尔贝·施密特:《象征主义文学》,法国大学出版社,第104—106页。

与梅丽桑德》里，是嫉妒的高洛亲王。而这三个剧本中的主人公则都是善良、纯洁、青春、美和爱的化身。他们一出场就如此，性格并不随着剧情的发展而发展，好像生来就是为了应付恶势力的挑战，听任命运的摆布，接受死神的召唤。佩列阿斯预感到灾难将要来临，决心出海远游，一去不返。但当他最后跟梅丽桑德告别时，眼见高洛持剑而来，却不逃跑也不反抗，任凭嫉妒的兄长将他杀死。马莱娜公主长途跋涉来到夏勒玛尔王国境内，终于找到了她心爱的夏勒玛尔王子。可是想把自己女儿嫁给夏勒玛尔王子的安娜王后，在马莱娜公主生病之际，借口看望她，虚情假意地帮她整理头发，趁其不备，将她活活勒死。马莱娜公主自己虽有许多不祥的预感，但不明白为什么安娜王后要害死她。所以说，她是糊里糊涂地死了，当然也谈不上反抗。至于丹达吉勒，那是一个毫无反抗能力的幼儿。他的姐姐和保护他的老师曾试图反抗，但看不见的恶势力是如此强大，他们的反抗犹如以卵击石，无济于事。总之，在梅特林克的笔下，一切真的、善的、美的，在黑白颠倒的现实世界里，都命中注定要归于毁灭。

　　为了表现看不见的世界和心灵向主人公不断发出的警告，为了表现命运的不可抗拒，梅特林克运用了许多象征手法。生病的马莱娜公主被关在阴森森的房间里，孤立无援；身边的大黑狗不停地发抖；房间外的过道里人们窃窃私语；暴风雨突然大作，像千万只手指在敲击马莱娜公主房间的窗户。梅丽桑德在盲人泉边玩弄结婚戒指，失手让戒指落入泉底。在这同时，高洛在森林里从马上摔下跌伤。梅丽桑德在阳台上一面梳理美丽的长发，一面跟站在阳台下面的佩列阿斯嬉戏。她的长发突然缠住佩列阿斯的头颈松不开了，梅丽桑德养的鸽子也突然受惊全部飞走。佩列阿斯陪同梅丽桑德在小山上散步时，看到海上有艘大船像幻影一样驶过。丹达吉勒的姐姐去寻找失去的弟弟时，发现一扇大铁门把她跟弟弟隔开了，好像这是生与死之间不可逾越的障碍。加之舞台上带有传奇色彩的布景设计、夸张的声光效果、具有弦外之音的台词、吞吞吐吐的对白，所有这些手法常常使观众产生一种不祥的预感，为主人公的命运担忧，使舞台笼罩上一种神秘的气氛。

象征主义戏剧最根本的特点也许就在于它不是现实生活在舞台上忠实的再现，而是作者个人哲学思想的一种表达手段。因此，梅特林克笔下的人物总是定型的，概念化的。正面人物是美与善的化身，反面人物是丑与恶的体现。与古典主义戏剧相比，象征主义戏剧中的人物显得比较单薄；与浪漫主义相比，象征主义戏剧中的人物也显得相当盲目。

由于梅特林克的哲学思想后来有了变化，他的戏剧也逐渐明朗和乐观起来。在1901年发表的《阿里亚娜与蓝胡子》这部迷人的童话剧里，主人公一反软弱、怯懦的常态，成了战胜恶魔的英雄。蓝胡子是童话中的一个恶魔形象，传说他杀死了五个妻子。阿里亚娜为了揭穿这个秘密，决定嫁给蓝胡子，来到他的山庄。阿里亚娜冒着被处死的危险，打开一座座宝库的门，不为财宝所诱惑，最后终于发现秘密，从地牢里救出被囚的五位前妻。蓝胡子被造反的农民打败擒获，但阿里亚娜没有将蓝胡子处死，而是释放了他。最后，阿里亚娜以胜利的英雄姿态，抛弃蓝胡子和甘愿同蓝胡子待在一起的五位前妻，奔向在远方等待着她的情人。为什么阿里亚娜不处死蓝胡子为民除害呢？为什么得救的五位前妻不愿意跟随阿里亚娜奔向自由、光明呢？六座宝库打开之后，里面五彩缤纷、光芒四射的宝石使人看了眼花缭乱，如入幻境。这些价值连城的奇珍异宝又象征了什么呢？这些问题作者没有回答，给观众留下了充分的想象空间和思考的余地。在1908年发表的梦幻剧《青鸟》一剧里，主人公更加积极。他们不畏艰险，披荆斩棘，去追求光明、幸福和生的欢乐。这部寓意深刻的梦幻剧不仅能使儿童入迷，而且也能给成人以美的享受和德的教育。至于1902年发表的《莫娜·瓦娜》，则完全是一部现实主义的古典戏剧。15世纪的意大利，城邦之间互相倾扎。比萨城被佛罗伦萨的雇佣军围困，处于弹尽粮绝的境地。敌军司令普林齐瓦勒要求比萨城交出守军司令基多的美丽的妻子莫娜·瓦娜，以换取粮秣、弹药的供应，并避免生灵涂炭之灾。于是个人的荣誉同城邦的生存发生了矛盾。莫娜·瓦娜决定牺牲个人，拯救城邦。原来普林齐瓦勒自幼爱上了莫娜·瓦娜，要求她到他的营帐去只是为了能见一面，了却一段情缘。而这同时，佛罗伦萨则指控普林齐瓦勒迟迟不攻城，有通敌嫌疑，召他回去受审。莫娜·瓦娜决定带他回比萨，同谋抗敌大计。可是莫娜·瓦娜的丈夫觉得受了奇耻大辱，不肯相信妻子未曾失身的真话。于是，莫娜·瓦娜被迫说谎，承认失身，但同时也下了决心，抛弃自私、嫉妒的丈夫，同真诚爱她的普林齐瓦勒逃走。梅特林克终于让个人利益服从了国家利益，让真诚的爱战胜了自私的爱，让善战胜了恶，美战胜了丑。这说明，梅特林克作为象征主义戏剧的代表作家，在创作中也不是完全忠实于自己的象征主义理论的。

总而言之，尽管梅特林克的戏剧带有忧伤的情调、悲观的色彩和显而易见的宿命观点，但这些缺点并不能否定它们在文学史上的地位。梅特林克通过艺术形象表现出来的对弱者的同情，对美的歌颂，对幸福的渴望，对光明的追求，对读者仍然具有一定的启发意义。梅特林克戏剧的主人公常常由于弱小和软弱而被死亡吞没，但他们的善良纯洁和美的形象仍然活在读者的心里，激起他们对丑与恶的憎恨，甚至引导他们去战胜黑暗的恶势力。梅特林克戏剧的魅力还在于那种舞台上的似真非真、似梦非梦的画境，诗一般的语言，富于寓意的对白，以及发人深省的结局。

他的戏剧是那样地充满诗情画意，激发起许多音乐家的创作灵感。许多著名音乐家根据他的剧本创作交响诗、钢琴曲和歌剧。其中最著名的是三部同名歌剧：克罗德·德彪西花了10年时间写成的《佩列阿斯与梅丽桑德》，保尔·杜卡斯的《阿里亚娜与蓝胡子》，昂利·费弗里埃的《莫娜·瓦娜》。这三部歌剧在音乐上的成功，也为梅特林克获得广泛的世界声誉起了烘云托月的作用。

今年是梅特林克诞生120周年。虽然他的象征主义戏剧今

**枫叶荻花**

天已经很少有人演出了，但音乐家们根据他的剧本创作的音乐作品仍然不断地从舞台上和广播中传到听众的耳朵里，使人们记起这位象征主义戏剧的代表作家。作为一位诗人、剧作家、散文家和昆虫学家，梅特林克在漫长的一生中，像希腊神话中的西绪福斯向山坡上推巨石一样，怀着绝望的心情，怀着顽强的生的欲望，在黑暗中追求幸福与光明。在19世纪末和20世纪初，他所表现出来的对人类命运的忧虑，对世界与人生的荒谬感，在第二次世界大战后法国兴起的荒诞派戏剧中，仍然可以找到回响。

为了纪念这位至今仍有影响的作家，我们把他的几部著名的剧作翻译出来，便于读者对他有较为全面的认识。本书在付印前承蒙魏纪中同志对译文做了仔细的校阅，谨此致谢。

1982年1月

# 20 世纪法国主要文学流派

20 世纪过去了 80 个年头。在这 80 年里，人类社会发生了深刻的变化。资本主义由于科学技术的突飞猛进而保持着活力，但在善于思考的作家眼里，现存秩序从来也不是完美无缺的。本世纪初的第一代法国作家，大部分是以反对传统理性、反对理性主义、反对资本主义现存秩序为其特点的。对资本主义现实不满的作家们并不都是暴力革命的拥护者，但他们都以自己的方式寻找着"改造世界"和"改变生活"的道路。

本世纪初，奥地利心理学家弗洛伊德在心理学研究上的发现，引起了法国作家，特别是诗人们的巨大兴趣。以安德烈·布勒东为首的一批诗人，把超现实主义作为一种认识手段，对潜意识、梦境和幻觉进行探索。他们试图在半睡半醒的状态进行下意识的写作，试图通过对非逻辑语言的研究、对人的内心世界的研究，达到人类精神上的解放，以至"完全解放"。用当时以超现实主义诗人闻名的阿拉贡的话来说：超现实主义的

"最终目的是导致一项新的人权宣言"。超现实主义诗人都以积极拥护社会革命而自居,他们中的许多人,如布勒东、阿拉贡、艾吕雅、佩雷、于尼克等人,都参加了法国共产党。超现实主义的代表作品虽然不多,但在 20 年代风靡一时,其影响不仅仅限于诗歌创作,而且涉及绘画、电影、戏剧,以至人们的思想意识和艺术欣赏习惯。这种影响一直延续到今天。作为文学流派,超现实主义从 30 年代起即开始分裂。当第二次世界大战的乌云笼罩欧洲上空时,政治上的分歧使这一运动进一步瓦解。布勒东横渡大西洋来到美国,把超现实主义的影响带到了美洲。而阿拉贡和艾吕雅在抗德战争期间则成了伟大的爱国诗人。

在 20 世纪的两次世界大战期间,除了以普鲁斯特、克洛代尔、纪德、罗曼·罗兰为代表的文学大师们的作品,在继续放射着耀眼的光芒之外,在法国文坛上还出现了沙尔杜纳、莫洛瓦和阿朗的幸福小说,贝纳诺斯、莫利亚克、儒连·格林和约瑟夫·马莱格的基督教小说,以及德里欧·拉罗歇勒、蒙代朗、马尔罗、圣-埃克絮佩里等人的处于惊险小说与思想对话录边缘的体验文学 \*。①

第二次世界大战结束后,法国失去了强国的地位。帝国主义战争的不合理性、战争给人类带来的痛苦和灾难,促使法兰西民族在舔着伤口的同时,思考着世界和人生的意义。萨特和

---

① 本文凡有 \* 号的段落均参照彼埃尔·布瓦代弗著《法国当代文学史》提供的资料。

加缪不约而同地得出"人生荒谬"的结论。因此他们要揭露荒谬的人生,改变荒谬的人生。萨特在哲学著作《存在与虚无》中系统地阐述了他的观点。他是无神论者,认为"存在先于本质",世界本身是没有意义的,世界的意义是人赋予的;人的存在也是没有意义的,人生的意义是人在一生中"自由选择"行为的总和。因此他主张文学家、艺术家要积极地干预生活,并提出"倾向性文学"的口号。从1945年到1955年的战后10年里,存在主义的发展达到了顶峰。萨特的剧本成了那个时期法国思想动态的一面镜子。50年代后期,萨特和加缪由于在思想上和政治上产生了分歧而分道扬镳。加缪转向传统的人道主义,支持法国政府进行反对阿尔及利亚的独立战争。而萨特,虽然思想上经历过数次的变化,仍始终维护着存在主义的旗帜,一生坚持实践自己的哲学主张。他曾从德国人的牢里逃出来参加抗德斗争,现在又支持阿尔及利亚的民族解放运动,支持妇女解放运动,反对种族歧视;1964年他拒绝接受诺贝尔文学奖奖金;在1968年"5月风暴"中,他支持工人和学生的斗争;1968年又抗议苏军出兵捷克斯洛伐克……他自始至终以资本主义制度批判者的身份出现,自称是共产党的同路人。曾经风靡一时的存在主义,与其说是一场文学运动,不如说是一场思想运动。存在主义作家的作品常常是为实践自己的哲学主张服务的。从艺术的角度来说,存在主义的手法是传统的,没有什么新的建树。

50年代后期,存在主义开始衰落,"新小说"开始引起评论界的重视。还在1953年,法国图书馆俱乐部发表了无名作家阿兰·罗伯-格里耶的第一部小说《橡皮》。由于该小说抛弃了传统的写作方法，而受到喜欢猎奇的评论界的大肆吹捧。两年后，他的小说《窥视者》问世。不少评论家更加强调该书的艺术美，借以攻讦传统小说。1954 年，米歇尔·布托尔发表的第一部小说《大雕飞过》并没有引起人们的注意。可是他在 1957 年发表的《变》里，采用作者与小说主人公交谈的形式，评论界却大为欣赏，并获得代奥弗拉斯特-雷诺多文学奖。后来，萨特为纳塔丽·萨罗特的小说《陌生人的肖像》撰写再版序言，使"反小说"这个含义不清的词风行了起来＊。

当代著名的法国文学史家彼埃尔·波瓦代弗认为："所谓的'新小说'根本不是严格地具有明确目标的统一运动。"但是，20 世纪 50 年代涌现出来的一批青年作家有个共同的特点，即摈弃传统的"巴尔扎克式的"小说概念。新小说家们称自己的小说为"试验小说"。他们试着通过小说来说明人与现实的关系，解开现实之谜；他们抛开观察现实的传统的现实主义方法，对社会进行"现象学"的研究。米歇尔·布托尔说："小说是绝妙的现象学领地，人们可以通过小说来研究现实是以什么方式呈现在我们面前的。"就这个意义而言，批评家又称新小说为"新现实主义"。其次，新小说家们又把小说作为探索人类心理活动和想象世界的手段。他们着力描写幻觉、梦境、萦念、幻想，试图揭示人和社会的潜意识。在这一点上，新小说跟超现实主义有雷同之处。最后，新小说家们致力于小说形式的革新，把小说当作"小说实验室"，力求小说具有新的语言、风格、技巧、布局和结构，以达到小说形式与新的现实相适应的目的。纳塔丽·萨罗特曾断言，小说不应该再描写人，而应该对存在提出疑问。她在《怀疑时代》一书中，对巴尔扎克塑造人物的传统手法进行了猛烈的抨击，因此成了新小说派最早的宣言之一。所以，新小说家不再像传统的现实主义作家那样注意人物形象的塑造。人物即使有，也总是社会的畸形儿。有时人物干脆从小说中消失了。而他们对物的微观描述有时达到使人不堪卒读的程度。故事叙述常常不具有时间上的连贯性，故事套故事，或者一个故事被分割成了几段；一个场景会略加变化又重新出现，就好像作曲家把一个主题用模进或变奏的方式加以发展一样。这种手法引起文学批评和大学文学教师们的巨大兴趣。报刊和大学讲堂上的议论，使新小说在60年代声势大作。评论有毁有誉。然而，广大读者对新小说始终态度冷淡，因为新小说实在太难懂了。作为社会的精神消费品，小说的销路实在可怜，能够有幸被印成普及版的新小说寥寥无几。所以布瓦代弗说，"新小说主要是宣言获得了成功"。正因为新小说成功的作品不多，所以英美的翻译小说在法国风行了起来。

尽管如此，新小说的发展势头并没有减弱。60年代出现的一批青年作家，以《原样》杂志为中心，形成"原样派"或新"新小说派"。骨干分子是菲立普·索莱尔、让·蒂波多和让·里加尔杜。他们的立场比罗伯-格里耶、米歇尔·布托尔、纳塔丽·萨罗特更加激进。他们彻底抛弃现实主义的概念，不承认小说是世界或思想的反映，认为小说既不能表现也不能表达小说以外的东西；重要的是语言本身，语言是小说的材料；故事情节和内容来自写作本身。让·里加尔杜有一句名言，他说："小说不是惊险故事的写作，而是写作的惊险故事。"直到 70 年代，原样派或新新小说派仍是法国文坛上一支十分活跃的力量。他们不仅写作晦涩难懂的作品，而且还抛出令人莫测高深的系统的小说理论。

差不多在新小说兴起的同时，法国舞台上出现了一种新的戏剧，人们称作先锋派戏剧或荒诞派戏剧。先锋派戏剧在艺术思想上与新小说有雷同之处，即反对传统的现实主义，探索新的舞台表现形式和舞台语言。先锋派戏剧的代表作家伊约内斯库认为，"一部艺术作品、一部戏剧作品也一样，应该是一种真正的原始的直觉，其深度与广度，视艺术家的才能或才华而有所区别"，先锋派剧作的"目的在于重新找到或说出被遗忘的真理，并以非现实的手段使之重新回到现实中去"。在舞台上，现锋派剧作家运用灯光、色彩、机关、布景、手势、表情、歌声、叫声、噱头、滑稽表演、支离破碎的语言、道白的怪声调或即兴台词等手段，来表现人物的内心世界：忧虑，欲望，怀念，生的痛苦，死的恐惧，对绝对的渴求，等等。先锋派戏剧常常把可恶与滑稽可笑二者紧密地结合在一起，使舞台浸沉在一种世界末日的灾难气氛中。

新小说也好，先锋派戏剧也好，这些新流派的出现，是社会物质财富的畸形增长淹没了人的个性的一种反映，是商品崇拜导致人转化为物的一种反映，或者像吕西安·戈德曼在他的

《新小说与现实》一文中所说的那样,是人的"非政治化,非神圣化,非人性化,物化"的一种反映。也是在这个意义上,戈德曼认为:"现实主义一词的意义,如果是指创造一个其结构与产生作品的社会现实的基本结构相类似的世界,那么,纳塔丽·萨罗特和罗伯-格里耶可算在当代法国文坛最彻底的现实主义作家之列。"①

以上几个法国文学流派并不能包括八十年来法国文学的全部内容,也不一定是法国文学的精华所在。特别是战后的作品还需要时间的考验。法国以传统的现实主义手法从事创作的作家可以列出一长串来,他们与这些流派的作家们和平共处,各展其长。这些以传统手法创作的作家及其作品同样值得我们重视和研究。

(原载《译林》杂志 1980 年第 4 期)

---

① 请参阅《新小说与现实》,张裕禾译,载上海《外国文艺》1987 年第 1 期,第 88 页。

## 辑三 魁北克篇

## 试说偏见、歧视及其他

今天,种族主义作为理论或信仰,追随的门徒已寥若晨星。然而,在现实生活中,各种各样的偏见和歧视,特别是种族歧视和具有种族主义性质的暴力行为仍然不断在世界各地发生。

怎么做才能使人与人之间互相尊重、互相容纳、互不歧视并和谐地生活在一起呢?

我说说自己的看法。

### (一)

我先从我们自己说起,从作为社会人的我们自己说起。

我们都不是不朽的神仙,而是总归要死的凡人,我们有优点也有缺点。我们每个人都需要对自己有点儿偏爱,不管是为了有自信心,还是为了得到别人的尊重,还是为了让别人接受自己。其实,有谁不爱自己呢?我们大家都有点儿自我欣赏嘛。

能不能说自恋是人类的一种天性呢？我看是的。只要自恋倾向不恶性发展，人还是正常的、可跟别人交往的。但在一些人身上，自恋倾向可能发展成为病态。

自恋者因为内向，自我封闭，只想到自己惬意，只考虑自己的利益，常常是自我中心主义者。如果自我中心主义传染给整个民族，民族中心论就会在民族成员的意识中落户。而民族中心论则是个难以医治的慢性病。让我们来看一看居住在我们地球上的所有民族。有哪一个不是民族中心论者呢？且不说法国人、英国人或德国人，我只以中国人为例。中国人作为民族中心论的例子是很典型的。在古代，中国人相信他们的国家处在世界的中心。生活在他们国土周围的游牧民族是南蛮、北佬、东夷、西羌，一句话，都是野蛮落后的民族。中国这个名字就是很说明问题的。中国者，中央之国也，世界中心之谓也。中国是个有五千年文明史的泱泱大国，礼仪之邦，中国人为之骄傲。外国人都是魑魅魍魉。谁来自海外，就不是人，而是洋鬼子。不是西洋鬼子，就是东洋鬼子。19世纪中叶，西方殖民大国视中国为落后国家、中国人为东亚病夫。德国皇帝威廉二世视中国人为黄祸。在这种情况下，中国人鄙视所有试图到中国来发财的外国冒险家，不把他们当人看，而视作鬼魅，这是可以理解的。你看不起我，我也看不起你。以牙还牙，以眼还眼嘛！至少，口头上不能吃亏。尽管有这样的民族骄傲感，中国人受东西方列强的欺侮、剥削，受他们的杀人武器——鸦片的毒害，苦苦煎熬，反复斗争，长达百年之久。中国人民在长达

## 试说偏见、歧视及其他

两千多年的封建制度下,由于贫穷、病弱、无知,在殖民列强面前,只有遭受鄙视、歧视、虐待、侵略和剥削。美国和加拿大甚至禁止中国移民入境。禁止的理由完全出于种族偏见、种族歧视和纯粹的诬蔑。当时的加拿大卡尔加里《先声报》曾发表过如下的言论:

> 国家不当迁入任何一个劣等民族……让蒙古人的狗仔子居住。

蒙特利尔市的《新闻报》也毫不逊色。1899年该报曾刊载这样的言论:

> 支那人是多余的,不仅在蒙特利尔,而且在所有魁北克省和安大略省的城市里都是多余的。支那人使基督教徒劳工失去工作,无论从什么角度来说都不是我们想要的人口。

1980年,安德森和福雷德斯在研究加拿大的民族问题时还发现了更加恶毒的言论:

> 中国人大批来到卑诗省,数量超过其他任何一个族裔;并且在数量上很快就要超过我们白人;他们是不听我们法律管理的;他们的习惯和职业跟我们人民有别;他们逃避

> 缴纳应向政府缴纳的税；他们因循野蛮的风习；他们掘墓取尸，亵渎祖坟；管白人的法律一般是用不到中国人身上的；他们具有损害大家的舒适和福利的习惯；有鉴于此……①

在自己国家里和在侨居国，中国人受到白人如此对待，完全有理由骂街和诅咒他们。尽管现在中国实行了开放政策，有些中国人在私下谈起外国旅游者和外国投资者时，仍会从口中漏出洋鬼子这个词儿。内心的羡慕和忌妒转化成了蔑视的言辞。有些北美华人在谈起白人时，也经常会使用鬼子这个词。"伊格因嫁把拉鬼佬来！"中国移民倾向于族内婚。谁若是跟族外人结婚，得有很大的耐心说服父母。而这族外婚常常是得不到族内人好评的。外族的女婿或媳妇也就成了鬼佬。这说话人的用词，你能说没有反映他内心深深的蔑视吗？这举的是中国人的例子。

过去，说法语的加拿大人也有类似的情况。你听到过他们谈起他们家的蛮子奶奶或蛮子外婆吗？当他们把美洲的印第安人称为野蛮人的时候，无疑，他们是自视为文明人了。可是当年这些文明人毫不犹豫地使用武力夺取属于野蛮人的土地，并唆使他们部落之间互相残杀。这些都是众所周知的事实。我不

---

① 请参阅约斯兰·多罗：《学会一起生活：移民，社会和教育》，魁北克教育出版社，1990年，第11—12页。

需要用历史材料来加以证明。20世纪七八十年代，在魁北克人的口里，我们仍可听到"该死的法国佬"或"该死的英国佬"这样的咒语。

## （二）

毋庸说，我们每个人都热爱自己出生和成长的土地，依恋我们生活的国家和天天摩肩接踵的同胞。我们很自然地把我们对父母的爱扩展到对故乡的爱。就如法国社会学家埃德加·莫兰所说的："民族感情是儿童对家庭感情的延伸。"[①]我们都是爱自己的国家的。从理性上来说，一个爱国者未必是民族中心论者。但从感情上来说，在一个民族构成一个国家的情况下，爱国者如果把民族主义推向极端，就可能变成民族中心论者，而且很难避免这种嫌疑。

在今天的世界上，没有一个国家不向自己的公民宣传爱国主义。公民们都知道，为祖国的经济和文化发展而劳动是崇高的义务；国家的繁荣和高质量的生活，是一国公民的骄傲。谁若是为另一个国家或另一族人民的利益服务，就可能被视为不好的公民，如果在战争期间，就可能被视为叛国——那几乎是个得不到同胞原谅的罪行。一个国家的民族英雄通常是公民们道德上和行为上的典范。可是，哪个国家的民族英雄不是产生于国家之间或民族之间的战争呢？在中国历史上全国著名的民

---

① 埃德加·莫兰：《社会学》，法国巴黎：法耶出版社，1994年，131页。

族英雄，如花木兰、薛仁贵、穆桂英、岳飞等等，毫无例外都是民族战争中的英雄。不是征服战争中的英雄，就是反征服战争中的英雄。其他国家的情况也是一样的。1760年，在加拿大魁北克市，英国军队和法国军队曾发生过一场争夺新法兰西的战争。新法兰西当时是法国在北美的殖民地。指挥这两支军队打仗的指挥官都在加拿大的历史上留下了英名。他们的名字今天被用来命名街道、街区或建筑物，以纪念这一历史事件。虽说在这场战争中，法国败北，英国得胜。今天的魁北克人似乎并不特别重视这两位指挥官。可是在他们的民族记忆里又不能没有民族英雄。怎么办呢？那就到法国老表那里去借嘛！所以，我们在阿布拉汉大草坪的北面，看到圣女贞德骑着战马的青铜雕像，以及在协和宾馆前面蒙卡莫广场南侧，看到争议颇大的戴高乐将军的铜像。

  个人需要自我肯定，民族也需要自我肯定。爱国主义教育正是为了满足一国人民自我肯定和自信的需要。一个政府如果感到有必要培养老百姓的爱国感情，那是为了使老百姓在精神上有所准备，以对付可能发生的、威胁到民族生存的，来自外国的经济、文化或军事上的侵略。无论就个人来说还是就民族来说，要自我肯定而又不排斥他人或他民族，是很难做到的。

（三）

  从社会学的观点来说，人是社会性的。人习惯于群居和互助。但自从社会成员按照物质财富和精神财富的多寡，按照家庭环境或地域环境，按照宗教信仰或政治信仰，按照教育水平，按照使用的语言和操持的职业等等分化成许多重叠和并列的社会阶层，人与人之间就逐渐产生了差别。这不是生理上和外貌上的差别——那是天生的，改变不了的，而是社会文化或社会经济层次上的差别。这差别是人后天获得的，因此是可以改变的。

  人与人之间社会文化和社会经济上的差别使人产生距离、隔阂、误解和偏见。而使我们社会化并影响我们思想方式和行为方式的家庭、学校、工作单位以及笼统而言的社会，都分别向我们灌输了种种有关种族、宗教、政治、职业、性别和两性关系等方面的偏见。在偏见问题上，谁都没有免疫力。相反，我们对他人都或多或少有些偏见。对他人的偏见使我们对他人另眼相看、另外对待，从而出现行为上的歧视。歧视是生活中极其常见的现象。不仅白人可能歧视黑人、亚洲人和美洲印第安人，白人也可能歧视白人，黑人也可能歧视黑人，黄种人也可能歧视黄种人。这是后天受的教育使我们传染上了偏见、歧视和种族主义。要摆脱偏见、歧视和种族主义并防止重新产生，还得依靠教育。有人说，美国曾经有过教育计划，但未曾达到预期效果。对，教育不是万能的，但仍不失为基本的手段。种种偏见存在于人们的意识中，是思想上的问题。只要思想不转化成损害他人的行为，转化成心理上或口头上的暴力行为，转化成侵犯性的或犯法的行为，是不能用行政或司法的手段加以禁止的。

　　为了规范和管辖我们的行为，为了威慑或惩罚，强制性的法律措施是必要的。比如说，在加拿大劳动市场上，歧视是家常便饭。妇女、残疾人、土著印第安人和有色人种被私人企业和国家机构雇佣的机会较少。要使这四种人融入社会，就必须给他们工作做。工作是保障个人生存和福利的基本权利。没有工作，人就只能被排斥在社会之外，做社会的"边缘人"。在第二次世界大战期间，罗斯福总统曾签署命令，规定跟美国联邦政府签有合同的私人企业必须取消在雇工问题上所采取的歧视政策。肯尼迪上台后又签署了一项总统命令，旨在消除就业问题上的歧视现象。仅仅在 20 年后的 1986 年，加拿大联邦政府才通过一项法律，规定国有企业、银行、航空公司、铁路公司、电话公司、广播电台等对妇女、残疾人、土著印第安人和有色人种必须执行就业公平的政策。1995 年加拿大联邦政府又通过了一项新的法律取代旧的法律。新法律把就业公平政策扩大到全部政府机构，并把监督执行就业公平政策和违章罚款的责任交给加拿大人权委员会。这一切都很好，都是不可否认的进步。但是，不要忘记，写在纸上的东西跟现实是不完全相符的。行政的和法律的措施既不会自动消除偏见和歧视，也不会自动消除种族暴力，因为这不是治根的办法。

## （四）

　　根在哪里？依笔者所见，就一国内部来说，社会重叠和并列的分层现象是产生差别、偏见、歧视和种族主义的根源。就世界范围来说，主要是国家与国家之间经济发展的不平衡。在当今世界上，在一国内部或在国家与国家之间，社会财富分配不均，穷人与富人、穷国与富国之间的悬殊巨大。只要这些衍生差别的现象存在，那就不可能消除偏见和各种各样的歧视。此外，当一个民族感到需要捍卫自己的文化身份和确保民族生存的时候，当世界上的经济大国试图把自己的经济模式和文化模式强加给发展中国家的时候，产生偏见、歧视和种族主义的温床就存在。

（五）

从政治角度来说，作为口号，作为追求的目标，消除种族歧视的提法是正确的。因为，这有助于动员社会舆论和世界舆论，反映歧视和种族主义受害者和第三世界国家的愿望。但在实践中，最好还是要讲求实际。

这样说，我丝毫没有意思低估反种族歧视、反种族暴力斗争的重要性和多年来各国所做的努力。确实，各国在这场斗争中已取得了很大的进步，不管是在美国、加拿大，还是在法国、南非，我们确实看到了这些进步。我的意思是说，在反对种族歧视和种族主义的斗争中，我们应该具有耐性。现实强加给我们的限制太多。我们不能指望达到立竿见影的效果。国际社会谴责和抵制南非花了多少年才迫使南非政府释放黑人领袖纳尔逊·曼德拉？中国人等了几乎一个世纪，加拿大才热情接纳中国移民，而且仅仅是有钱和有知识的中国人，而不是随便哪一个"支那人"。尽管有公平就业政策，在魁北克省或在加拿大的其他省份，有色人种，特别是黑人，就业的困难远远大于白人。众所周知，蒙特利尔黑人青年的失业率大大高于白人青年。南非黑人虽然在自己的国家里争得了跟白人平等的政治权利，但在经济上尚未获得改善，由于缺少确当的专业训练而不能获得报酬好的工作。他们仍然一如既往生活在社会底层，生活在贫穷之中。

总之，我们在精神上要做好准备，进行长期不懈的斗争。首先，这场斗争是跟国家和世界的经济文化发展紧密联系在一起的。无论在一国内部，还是在世界范围，最重要的是要逐渐缩小贫富差别，帮助穷人富裕起来，帮助穷国发展经济，以便消灭产生歧视的物质基础。其次，在国家范围内和世界范围内制订一项好的教育计划，从幼儿园贯彻起，使每个人从儿童时代起就知道，人不管肤色、性别、年龄、职业、宗教信仰、政治信仰等等的差别，都一律是平等的，没有贵贱之分，使每个人从小就学会接受差别和尊重差别。而且，这样的教育要在中学、大学、企业、事业单位，通过继续教育，伴随人的终身。最后，再采取必要的行政和法律措施。

人之初，性本善。人后天获得的偏见是可以改变的，人的思想是可以改造的，人是可以自己超越自己的。但愿我们在种族问题上，在宗教信仰问题上，在性别和年龄问题上，在职业选择和性取向等问题上为反对偏见和歧视所做的努力,能尽量缩小受害者的范围和人数,缓和消极影响,减少和阻止暴力事件发生。如能做到这些,那就是很大的成绩了。

(这是1998年10月在加拿大魁北克举行的一个有关种族问题的科学讨论会上的发言。法文文本发表于魁北克跨文化研习所出版的论文集,第4卷第2期,2000年)

# 魁北克文化身份的演变

在 20 世纪初，魁北克社会基本上是一个农业社会。大部分说法语的加拿大人生活在农村。我们从农民开始研究魁北克的文化身份，是顺理成章的。

## 一、集体意识的形成

到 20 世纪初，法国垦民在新法兰西落户已经有三百年了。这些垦民为了征服新大陆，适应新的生活环境，融入多民族的群体，经过数代人的不懈努力，终于变成了法语加拿大人。1763 年，法国由于战败，过早地把这批垦民投入英国女王的治下。他们在英国征服者的统治下，感觉好似被抛弃了的孤儿。他们从征服者、垦民，变成了被征服者、殖民地人民。他们感到蒙受了奇耻大辱，奋起反对征服者任何同化的企图。这些被抛弃的孤儿，跟祖国断了联系，早早地当家作主，独当一面了。

这些勇敢而顽强的法国垦民，在加拿大共同从事物质的和非物质的生产活动，逐渐形成他们集体存在的意识。而这种意识跟爱国主义紧密联系在一起，以保存文化身份为其中心内容。这里说的是法语加拿大人的文化身份，有别于法国人的文化身份和英语加拿大人的文化身份。博施曼一家的历史就是一家六代人在同一个教区里跟同教区的乡民们一起坚持不懈、共同奋斗的历史。小说讲述了这个家庭的部分历史，重现了法语加拿大人集体意识的形成过程。

## 二、复杂的民族个性

当时的魁北克社会基本以农业生产为主，经济上处在所谓自由的资本主义制度下，政治上处在所谓民主的代议制制度下。魁北克社会未曾经历过法国大革命及伴随而来的反教会的运动，也没有封建的传统：短暂的领主制度在人们思想上没有留下很深的印记。诚然，农业社会并不一定蕴含民主，封建也跟以农为主的魁北克无缘。因此，自发地倾向民主与恭顺地服从教会，是法语加拿大农民身上的一对矛盾。

法国最早的移民不仅是为了逃离旧大陆的贫困，也是因为讨厌封建约束、渴望自由和寻求新的天地。行为自由和思想自由的愿望，在一定程度上，也包含着冒险精神。这种冒险精神跟农民对土地的眷念、目光短浅、满意自己和满足已有成就，形成强烈对比。因此，法语加拿大人既有思想对外开放的一面，也有思想自我封闭的一面。一方面，一家一户的农庄好似"人的孤岛",老死不相往来;另一方面,乡土观念又使种田人生活在堂区的大家庭里,精神受制于本堂神父,世俗受管于村长。这一切有点不合常情,似乎也互不兼容。不过,一切皆视情况而定,两者都是魁北克文化身份的组成部分。

文化身份内涵中是可以具有某些矛盾的。法语加拿大人既为自己是勇敢的法国垦民后裔而感到骄傲,同时在英国征服者面前又有自卑感;既有冒险精神,又有保守倾向。魁北克民族个性的复杂性,一方面来自首批垦民的精神遗产:在新大陆建设一个国家的勇气和探索一个未知世界的好奇心;另一方面是出于一家一户经营土地的生产方式和自我保护、抵制同化的需要。这种民族个性在每个魁北克人身上根据各自的个性而有不同的表现。欧加里斯特·穆瓦桑和皮尔·科姆·普罗旺萨体现的是保守主义,不速之客和埃福来姆表现的是冒险精神。穆瓦桑家的农庄四周围着木桩栅栏,好似把一家人与外界隔离了开来,而博施曼一家人则总是感到与堂区融成了一体。冒险精神也可能转化成鲁莽行为,例如埃福来姆去闯美国,也可能转化成首创精神或竞争意识,例如不速之客总是向未知的世界迈进,他和法国大力士比武,并自告奋勇给狄达思老大爷造一条新船。保守的倾向可以变成谨小慎微,也可以是必要的谨慎:穆瓦桑老大爷宁可把自己节约下来的钱存放在公证人那里,而不放在银行里。穆瓦桑一家人和普罗旺萨村长对外乡人总是抱有猜疑。穆瓦桑老大爷,他的儿子埃福来姆,或不速之客,都是不折不扣的法语加拿大人。我们不能偏爱张三,或偏爱李四。

文化身份在不同的民族成员身上会有不同的表现。每个成员的个性不一样，所处的社会地位不一样，认同的程度也会不一样。法语加拿大农民在日常生活中，一方面表现得勤劳、勇敢、俭省、实际、乐天、慷慨、守规矩、性格温和；另一方面又表现得懒懒散散、意志不坚、多疑、固执、嫉妒、爱争吵、保守、笃信天主教。这就是魁北克作家兰盖和洁曼·盖弗梦笔下所塑造的并经我们据以演绎的法语加拿大农民的形象。

## 三、20世纪初的魁北克文化身份

我们分析了《三十阿尔邦土地》《不速之客》及其续集《玛丽·狄达思》之后得知，这些法语加拿大农民对他们原来的国家只有模糊的记忆。在这些来自欧洲的美洲人跟旧大陆之间，只因文化上的亲近才维持着感情上的联系。他们的文化身份因信仰天主教、具备堂区精神、热爱土地、依念法语、看重人口众多的家庭以及风俗习惯而独树一帜。北国严寒地带的生活方式，水道纵横的广大田野，丰富的矿藏和森林，滋生了他们的风俗习惯。所以，农民们沿路边或河边建造住房，排列成"行"；在漫长的冬天晚上举行聚会；把村里的百货店当作交流信息的场所；妇女们互相帮助，一起缝扎拼花的床罩和做洗衣服用的肥皂；年轻人在冬天地里没有活儿干了就上山去伐木；祖上的土地不能分割，只能传给一个儿子……拒服兵役的法国人阿勒贝意外地来到穆瓦桑家，不速之客意外地来到博施曼家，穆瓦桑大爷暂时住到美国的儿子家，这都使开荒、种田和留在自己土地上的"住民们"的文化身份立即显现了出来。

## 四、魁北克的文化身份在价值观念和家庭层次上的演变

我们刚刚说明的魁北克文化身份并不是一成不变的。如同我们以其虚构形象为根据指出的那样,魁北克的文化身份是不断变化的。我们试图从以下几方面来总结魁北克文化身份随着时间的演变:(1)天主教信仰;(2)思想状态和民族主义;(3)人生观:个人主义和享乐主义;(4)家庭:规模和形式;(5)夫妻关系;(6)父母和子女的关系;(7)亲戚、邻居和朋友的关系。

### 1. 天主教信仰

天主教会为保存魁北克法语加拿大人的文化身份,保护他们不受盎格鲁-萨克逊文化的侵蚀,起了决定性的作用。法语加拿大人在文化上躲进了教会。他们从天主教教义里吸取精神力量,跟恶劣的气候做斗争,开垦处女地,在艰苦的生活中寻找心灵上的平静和安宁,把美国—盎格鲁-萨克逊的文化包围造成的压力降到最低限度。

法语加拿大农民对天主教深信不疑。遵守教规教义是他们的日常习俗。他们的寝室里都挂着圣像。在他们的心目中,教会就是母亲,本堂神父就是父亲。尽管他们有些自私的打算,尽管他们眼前的利益有时受到威胁,他们还是深深地热爱天主教,对教会俯首帖耳。

直到20世纪40年代，虽然他们大部分人改变了职业，从在自家土地上种田的小生产者变成了单纯依靠出卖体力求生存的城市里的无产者，他们的宗教信仰尚未受到工业化和城市化的影响。他们依旧笃信宗教，让自己的孩子到不同教派团体去做修士或修女，并参加天主教工会。然而，他们的虔诚出现了微妙的变化。30年代经济危机期间，失业工人遭受的痛苦动摇了他们对上帝的信仰。不论是父母还是孩子，抱怨声此起彼伏。仁慈的上帝不能改善穷人的命运，穷人对上帝产生了怀疑。人们在还愿问题上跟上帝讨价还价，对本堂神父讲道的内容说三道四，按自己的方式理解政治事务，并批评教会要信徒有10个孩子就要送一个孩子出家的规定。教会越来越难以指导和控制信徒的思想。在罗杰·勒默兰的笔下，本堂神父受到堂区信徒的抢白和嘲弄。虽然本堂神父佛尔贝施还监控他们的行为，介入他们的私人事务和家庭事务，介入他们在民族问题上或反共问题上跟老板的冲突，可是不管他怎么努力，他的影响还是每况愈下。

平静的革命[①]给了教会一记致命的打击。教育、医疗卫生和社会服务的国有化使教会在这些社会机构中的影响霎时间一落千丈。这些社会机构由非神职人员来掌管，让魁北克人好似经历了一场解放运动。特别是青年人迫不及待地将教会的约束

---

① 指魁北克省于20世纪60年代初由执政的自由党发动的现代化运动。史称平静的革命。

及其传播的价值观念抛到九霄云外。人们目睹青年人在性关系上少有的放浪不羁和传统家庭的破裂。教会影响在魁北克青年男女中一落千丈,使仍然遵守传统价值观的父母受到很大冲击而怒不可遏。

古老的宗教习俗,如果不是为了嘲笑,像在《玛丽丝》中那样,小说家们在小说中已不屑再去表现了,而 50 年前,如果缺了这些,魁北克人的形象就会失去文学的真实性。在《弥丽亚姆一世》里人物的日常生活中,读者已看不到教会的痕迹。该小说作者的注意力已被其他的社会和政治问题所吸引。小说作品中不反映这方面的社会生活并不意味教会影响在魁北克日常生活中的消失。

## 2. 思想状态和民族主义

在北美,说法语的魁北克是在盎格鲁-萨克逊文化和美国文化包围下的一座文化孤岛。在文化上被潜移默化对法语加拿大人来说一直是个威胁,他们对此有着十分清醒的认识。因此,文化上的继续存活,是魁北克各政党反复出现的命题。在相当长的岁月里,保存天主教信仰和法兰西语言,提倡农业和人口众多的家庭,是防守型的魁北克民族主义的内容。独立,是法语加拿大人的一个古老的梦想。他们对 1837 年爱国者尝试独立的失败深感遗憾,并对英国人抱有仇视态度;他们生很多的孩子,以便传宗接代,绵延姓氏,继承祖产;他们过高地估计土地养活人口的能力,把离开土地视作孽种和背叛行为;他们团结在教会的周围，试图闭关自守。这就是魁北克农民的思想面貌，兰盖和洁曼·盖弗梦在小说中给我们做了精彩的描写。

20世纪的30年代和40年代，魁北克的主要人口移向城市和工业中心。这些来自农村的新人，像拉嘎斯一家人那样，住在蒙特利尔的圣亨利穷人区，或像普鲁夫一家人那样住在魁北克市的圣索福区，跟他们的街坊一起构成城市里的村庄。取得生存手段的新方式要求这些人做出艰难的适应。不能适应的原因是多种多样的。这些来自农村的城里人不能获得高工资的工作，因为那样的工作需要具有专业技能，而他们一般没有足够的教育水平。他们对英国人既反感又嫉妒，他们也分不清民族压迫和阶级压迫。他们是30年代经济危机的最大受害者。尽管失业造成了巨大的贫困，他们还是生很多的孩子，以至孩子营养不良，穿戴不齐。可是他们对资本主义的民主仍盲目地抱着希望。所以，在小说家的笔下，阿扎里禹斯·拉嘎斯和戴奥菲勒·普鲁夫这两位工人被描写为理想主义者和幻想家。

但在《普鲁夫一家》里，我们发现了一些新东西。堂区精神在圣索福区有了新的表现形式：体育活动。体育精神就是竞争精神。这反映了魁北克人要摆脱闭关自守、不为人知状态的集体愿望。一个有自卑感的民族，在体育比赛中，现在敢于公开显示自己的雄心壮志。这是在走向自我解放的道路上迈出了一大步。

可是，还要等到1959年迪布来西①死后，魁北克的知识精英和政治精英才着手从制度上纠正经济发展的落后状况。一直以农业和天主教来为魁北克定位的保守主义，已经与工业化和商业化的现实不相适应了。60年代初，魁北克自由党发动的平静的革命终于结束了这种过时的保守主义，并提倡一种积极进取的民族主义。魁北克自由党政府采取了一系列的改革措施。这场在制度上和立法上进行的改革——学者们概括为国家干预——终于在70年代末改变了魁北克的落后面貌。

这场被称之为平静的革命，其实并不平静。社会机构由非神职人员主管，给渗入魁北克的种种政治倾向和思想流派开了方便之门。这些不同倾向的政治思想流派在魁北克产生了程度不等的影响，并争取到一部分群众。迄今支配法语加拿大人行为的天主教狭隘的民族主义，为多元主义所取代。强调个性、自由选择和自我实现的价值观取代了传统的价值观。这些新的价值观念主要反映在推动社会变革的先锋——受过教育的青年身上。青年人对现存秩序和资本主义制度产生了怀疑，要求社会正义和魁北克独立等等。安东尼·布拉蒙东对社会的不公、人剥削人的制度和两眼只看到堂区的狭隘思想，进行了猛烈的抨击。面对父亲的权威，他造反了。他离家出走，离开蒙特利尔，去寻找自由和独立。玛丽丝的男女同学们的政治立场变得

---

① 迪布来西是保守的民族联盟党的党魁，执政多年，使魁北克的政治、经济和文化的发展处于停滞状态。他死后，自由党执政，推动平静的革命，才使魁北克省走上现代化的道路。

非常激进。他们在餐馆的饭桌旁高谈阔论，要改变"腐朽的"制度。他们闹革命了：参加政治集会，给政府的某些部门打电话，给银行、电台和英国人开的大百货公司打电话，抱怨没有法语服务、种族主义和表达其他的种种不满。他们当中有些人甚至参与恐怖主义活动。不过，他们当中的大部分人只是"口头"革命派、"沙龙革命家"。他们在政治上表现得很不成熟，在思想上方向不明。他们是理想主义者、"幻想家"。从这个意义上来说，他们跟其前辈阿扎里禹斯·拉嘎斯和戴奥菲勒·普鲁夫没有什么两样。到平静革命的末期，魁北克在政治上和思想上走向了成熟，走上了自己的发展道路，摆脱了数百年来的仇英情绪，采取了向世界开放的态度。

80年代，魁北克进入后工业发展阶段。1980年5月，全民公决的失败[①]给"沙龙革命家"的政治热情泼了冷水。他们这时已届中年，是平静革命成果的主要受益者。他们这批人受过良好的教育，构成魁北克当今社会的精英和中产阶级。正是在这个社会阶层里，我们观察到魁北克人思想上的变化。《弥丽亚姆一世》里的主要人物都属于这个上升的阶级。除了玛丽黛积极参加魁北克党的活动之外，他们当中的大部分人都对政治漠不关心。但他们的民族意识始终保持着高度的觉醒。作为魁北克人，他们感到骄傲。他们是北美法语文化最强有力的捍卫者。

---

[①] 1980年5月主张独立的执政党——魁北克党，举行全民公决，要求全省公民就是否授权政府就"主权—联合"（souveraineté et association）问题与联邦政府进行谈判，进行投票。结果以失败告终。

如果说戴奥菲勒·普鲁夫表达了魁北克要名扬国外的欲望,那么玛丽-莉尔·福卢埃则肯定了魁北克的文化,不想也不屑要求欧洲著名大导演的承认。这种自信在魁北克的历史上是前所未有的。这种自信反映了魁北克新兴中产阶级的精神面貌。由于国家的干预政策,魁北克的新兴资产阶级也成长起来,他们积极向外拓展,气势咄咄逼人,随时准备去征服美国市场和世界市场。玛丽-莉尔·福卢埃和她的朋友们对弥奇湖宪法会议和对美加自由贸易条约的态度,在小说中我们看不到有什么反映。但我们知道,魁北克的新兴资产阶级大都是支持这项宪法协议和自由贸易协定的。魁北克的国际合作人员——参加各种国际合作计划的工程师、专家、技术员、教授和科研工作者(罗朗和玛丽丝正是以国际合作人员身份去尼加拉瓜的)——出现在第三世界国家,正是这种扩张型的新民族主义的反映。魁北克人终于摆脱了自卑心理。

80年代,魁北克人紧跟西方的思想潮流,改变了关注的方向。从这时起,保护生态环境、污染、城市暴力和家庭暴力、吸毒、社会正义、男女同工同酬、建设公民社会……所有可能影响或损害生活质量的问题,都成了公众讨论的议题。人们大声疾呼,付诸行动。面临美国文化大规模的入侵,有觉悟的魁北克人抗议声讨。玛丽丝就属于这种有觉悟的魁北克人,她以自己的方式采取行动。她选择向玛丽黛的孩子及孩子们的街坊小朋友们讲家史,目的在寄教于乐,向孩子们灌输家庭意识和民族意识。因为,一个没有记忆的民族有可能在潜移默化的过程中完全失去自己的文化，失去自己的文化身份。这就是为什么魁北克在汽车牌照上印着这样的格言——我铭记在心（JE ME SOUVIENS）的原因。

## 3. 生存的中心观念：个人主义和享乐主义

当大部分法语加拿大人生活在农村的时候，家庭农庄是生产中心。一家人为了家庭的兴旺发达而共同努力。城市里的家庭失去了生产功能，也不再有土地传给子孙。孩子们长大后要在社会上闯出一条自己的路。贫苦人家的孩子不能指望父母或指望家产来成家立业。对他们来说，在生活中获得成功的最可靠的办法就是读书受教育。让·莱维克和德尼·布歇是20世纪80年代魁北克青年的两位先行者，他们懂得教育在社会上提升地位的重要性。但读者也注意到个人主义在他们身上的滋长，以至对他们来说，为了改善社会地位和实现个人的抱负，可以不择手段。这种野心勃勃、寡廉鲜耻的人，在巴尔扎克的小说《高老头》里即已出现。不过，要等到差不多一百年之后，在魁北克的文学里才看到这种人的身影。

今天，社会上虽然仍然存在着文盲、收入低微的人、穷人和无家可归的流浪者，过去省吃俭用的"乡巴佬"和每文钱都要计算着用的"打工仔"已变成生活小康、花钱大手大脚甚至养成浪费习惯的专业工作者。他们迷恋物质财富，抱有享乐主义和物质主义的生活理念。他们感叹生命的短促和幸福的转瞬即逝。他们愿意享受生活，过好每一天。这种生活理念在20世纪上半叶的农民和工人身上是看不到的。享乐主义和个人主义一样在老百姓中间滋长蔓延，其表现是追求个人的满足，追求物质享受和精神享受。这正符合自由经济的精神。自由经济鼓励消费大量生产的财物和大量提供的服务。物质丰富的后工业社会，一方面把每个公民按自己的趣味和收入进行选择的可能性增大了，另一方面也使消费者对提供的财物和消费产生了依赖。

每个人都受到自身财力的限制。为获得个人幸福或维持一定的生活水准，有人便选择不生孩子，生儿育女已不再是婚后的必然义务，因为抚养孩子既费财力又费精力。国家—上帝远远不能提供足够的托儿所和幼儿园的服务，或提供足够的津贴使抚育子女的父母感到获得补偿。其结果是，自第二次世界大战以后的生育高峰过后，出生率逐年下降，以至魁北克如同加拿大和整个西方世界，人口增长呈现赤字，而不得不诉诸来自各国的移民。这样做，与其说是为了增加人口，还不如说是为了弥补人口赤字。

现在，由于生活质量的改善、医学的进步和人人可以获得医疗的照顾，人口的寿命更长了。老人和退休人数的增加，成了生产人口一项沉重的负担。长此以往，生产人口将得不到年轻劳动力的补充。

人口出生率下降和人口老龄化是后工业社会的普遍现象。就这种现象而言，魁北克在后工业社会中处于领先地位。产生这种现象的原因是多种多样的。个人主义就是其中之一，而且看来是根本性的。各人为自己，国家—上帝为大家。个人只想到自己的利益，以至人们不大从人口的角度去考虑民族的繁衍与生存。我们不应该责怪像玛丽-莉尔那样公开宣布不要孩子的妇女。也有像米歇尔·巴拉迪那样的男人，要求他的女友服避孕药，可他的女友迫切希望生个孩子。在没有父亲的单亲家庭里，像爱薇尔·雷伽磊那样的单身妇女，靠着微薄的收入，挣扎在贫困线上，是不会受到鼓励多养孩子的。

### 4. 家庭的规模和形式

尽管人口出生率下降和人口老龄化，家庭仍然是基本的社会机构，也是魁北克人过去强调的、现在仍然强调的一种价值观。在魁北克的历史上，人口众多的家庭几乎是让民族继续生存下去的社会共识。过去在教会当局和民事当局的推动下，法语加拿大人生很多的孩子。有5个、6个孩子，甚至10个、一打孩子的家庭比比皆是。因此，在魁北克，生育不完全是为了满足劳动力的需要和传宗接代的需要（这是跟祖上土地不可分割的遗产制度相矛盾的），而更多的是确保民族继续生存下去的工具。"摇篮的报复"这个著名的说法就来自于此。《三十阿尔邦土地》和《短暂的幸福》告诉我们，当时的妇女把生孩子当作一种责任，并心甘情愿生足"数儿"，直到年龄不再允许。莫瓦桑家的女人劳拉·普罗旺萨、拉勃朗特太太和她的媳妇蕾赛妲，以至城里的罗丝-安娜，都保持着这个生很多孩子的传统。在临近第二次世界大战时，城里的家庭仍然是个强大的社会机构。家庭虽不再是生产单位，但仍是消费单位和团结互助的中心。在经济大萧条时期蔓延的失业和贫困，迫使家庭的成员齐心协力共渡难关。孩子众多的家庭，跟城市的现实生活不再适应，对父母来说则是个沉重的负担。家庭的规模不得不趋于小型化。这一时期的年轻妇女在婚姻和生育问题上的想法，跟她们的母亲已经不一样了。家庭的概念悄悄地发生着变化。传统的大家庭变成一个个小家庭。家庭的规模缩小了。

到了20世纪60年代和70年代，魁北克青年完成的真正的革命，可以说是性解放。他们以自由的名义打破了原来的宗教束缚和伦理束缚。他们寻求身心两方面都能得到充分的发展。情与智的需要胜过了经济上互相支持的需要。自由结合和同居迅速蔓延开来。离婚和再婚的现象增多。在出生率下降的同时，未婚先孕的现象增加。家庭结构不得不重新适应新的现实，以至家庭最终呈现出多种多样的形式。

爱德华·萧特在《现代家庭的诞生》一书中写道："60年代以来，家庭的结构开始了彻底的变化。核心家庭日趋瓦解。我以为，核心家庭将被随时可能分手的一对性伙伴（一个二元组合的夫妻）所取代。这样的组合常会遭到大规模的裂变和聚变，并不再会有任何依附于它的孩子、朋友或邻居……"法朗馨·诺埃勒在《玛丽丝》和《弥丽亚姆一世》中表现的魁北克的家庭，实际情况跟爱德华·萧特对后工业社会家庭的预言，是大相径庭的。

在平静的革命时期，社会抵制青年人强加的行为规范和价值观念的现象，到了 80 年代便消失了。不同的家庭形式被接受了，而且变得很普遍。政府为此修改了法律，使不同的家庭形式合法化，保护单亲家庭，保护婚外生子，并承认两个性伙伴事实上的配偶关系，如果他们决定不举行婚礼而生活在一起。今天，家庭更是消费的中心和情感的寓所。既然现在男女双方可以分道扬镳、解除婚姻关系而不受约束，人们强调，在家庭里支配人际关系的应当是爱情。

## 5. 夫妻关系

即使在农业时代，说法语的魁北克男女结为夫妻是出于自愿和爱情，而不是出于利益的考虑，虽说选择一个好的婚姻对象也在考虑之列。法语加拿大农民在婚姻问题上表现出对子女意愿的尊重。这样组建起来的家庭，夫妇之间的关系一般是和谐的。务农的魁北克不是一个封建社会。法语加拿大妇女不感到受男子支配的压迫。丈夫的权威主要表现在农庄管理、田间劳作和政治事务上，而不是表现在家政事务上。家政是一家女主人的特有领域。夫妇之间在家庭事务上的分工是明确的：男主外，女主内。

在城市工人家庭里，人际关系有了重大变化。由于领工资的父亲不能保障一家人的经济安全，做母亲的凭丈夫一点微薄的收入和已工作的子女交的生活费，承担起维持穷日子的责任。母亲的作用更重要了。父母的权威移向母亲一边。但在政治事务上仍然是男人说了算。值得一提的是，魁北克妇女直到 1940

年才有选举权。在很长一段时期里，妇女是被排除在政治生活之外的。在《三十阿尔邦土地》里，当村民们聚在布朗沙家里讨论下一次的选举时，妇女们待在一边，不参加男人们的讨论。我们这才明白了玛丽黛这个人物的重要意义。她从事政治活动并作为候选人竞选省议会议员。

自从第二次世界大战以来，由于妇女进入劳动市场和取得经济上的独立，真诚相爱并决定生活在一起的男女，他们之间的关系需要进行一次新的调整。值得注意的是，女权运动对此做出了很大的贡献。

家庭仍然是魁北克社会的基本价值观，但今后夫妻生活建立在平等的基础上。配偶双方、同居双方或性伙伴双方，在家庭生活中共同分担责任和义务。可是，在这一点上，男性的行为还有待改进。在女权运动浪潮的推动下，女性在男女平等的新关系中感觉比男子更自在一些，因为男子仍有习惯势力的影响。

由于配偶之间建立了平等的关系，外出工作的妇女，在不那么"大男子主义"的丈夫的协助下，继续承担家务劳动和对孩子的教育。

## 6. 父母与子女的关系

在农民家庭里，父母的权威是受到尊重的。凡涉及需要决定的大事或涉及农庄的管理，都由家长说了算。我们见证了艾田·莫瓦桑为了更好地管理农庄而要做出重大决定时，面临父亲的顽固不化所忍受的痛苦。但当涉及个人的未来，如志向、职业、配偶的选择，孩子的志愿、爱好或多或少是受到尊重的。欧加里斯特·莫瓦桑和狄达思·博施曼是两个互补的例子。一个强调他的绝对权威，因为他的儿子是个"软肋"，是个蜕化的农民，担当不起传宗接代和继承祖业的大任。另一个则比较尊重孩子的自愿，因为遗产继承制度和耕地的缺乏不允许他把孩子都留在农村，孩子们不得不到城市、工业区或美国去找一份工作。

  在城市里，代沟开始变得越来越深。开始谋生但尚未成家的成年的孩子，取得了经济上的独立。他们的想法跟父母不一样了。在同龄人、大百货公司的橱窗和媒体广告的影响下，他们感到家庭的束缚和宗教的束缚是压在心头的两块大石头。可是"二战"时期是个过渡时期，陈旧的思想仍在做顽强的抵抗。因此，成年的年轻人左右为难：一方面要服从父母意志、遵循本堂神父教导，另一方面又想放浪不羁、实现个人幸福。堕入爱河的奥维德和未婚先孕的弗萝朗汀所经历的痛苦，很好地说明了年轻人的这种思想状况。

  平静的革命终于使年轻人得以摆脱家庭和宗教的束缚。他们起来造反，跟父母讲平等。父母因孩子的荒唐行为起初感到痛苦，加以抵制，然后试图迁就，跟孩子妥协，平等对待孩子，最后终于变得宽容大度。血缘关系和家人的互相帮助并没有因此而有所松懈。

  家庭对孩子文化身份最初的形成继续起着重要作用。尽管两代人之间的冲突在加剧，造反的孩子并不能摆脱家庭出身在他们身上留下的烙印。父母的宽容大度取代父母的权威，在80年代已成为家长的普遍趋势。孩子可以自由地发展个人的兴趣和个性，如果家长能给予他们物质上的支持。孩子变得很难满足。他们之间相互攀比，看谁拥有最复杂的现代玩具。对父母来说，儿童玩具、电子游戏、休闲活动，都价格昂贵，十分破费，可做父母的总是尽其所能满足孩子的欲望。

一方面，孩子的社会化已大大超出了家庭的范围；另一方面，彩电和个人电脑又把孩子扣在家里，并为孩子的社会化做出贡献。就拿现在许多家庭都备有的个人电脑来说吧，某些心理学家已预言，个人电脑对孩子个性的培养和家人的互动将产生影响。由于孩子长时间坐在小荧光屏前面玩游戏或做作业，他们会变得比以往孤僻，会觉得电脑比他们的父母更具逻辑性、更合情合理、更耐心、更有空闲陪伴他们。也许，做父母的又得再次重新考虑他们跟孩子的关系。

### 7. 亲戚、邻居、朋友之间的关系

亲戚间的互相帮助跟教区居民间的互相帮助是并行不悖的。玛丽-阿芒姐随时准备回娘家来助一臂之力。在莫瓦纳航道教区，居民间互相帮助是一条高于个人利益的生活原则。随丈夫住进城市的罗丝-安娜还得到母亲以礼品形式送来的帮助，当她生孩子需要帮手时，就叫邻居来帮忙。巴拉迪太太也帮助儿子米歇尔和他的女友玛丽丝，把家里的旧家具借给他们，当这两

个人决定生活在一起的时候。

可是，在蒙特利尔这样的大城市里，居民住在大楼的套房里，或多或少有点儿离群索居。孩子们成年了便离开家单独生活。一家人分散在城市的各个角落，由于工作和住地之间的距离，不能常常见面。需要求人帮忙时，常常是找有空的朋友和邻居，而不是家里人。因此，在需要的时候，友谊网和邻里变得比亲戚还重要。这至少是法朗馨·诺埃勒在小说《弥丽阿姆一世》中所表现的人物之间的关系。

在不到一个世纪的时间里，魁北克从一个农业社会变成后工业社会。家庭机构在其演变的过程中经历了三个阶段，才具备后现代特性。西方的其他社会曾用了差不多三百年的时间走完同样的路程。魁北克走过的道路并不平坦。它在社会发展和经济发展的过程中，有高有低，有加速有减速。魁北克的文化身份，在其社会发展和经济发展的每一个阶段，都要更新成分，以便适应新的现实。魁北克的男男女女，从农民到工人，到成长中的知识分子，到专业人士，是沿着自己的轨迹走过来的。他们的文化身份随着社会的变化而演变，其稳定是相对的，其变动是持续的。我们在魁北克人身上可以找到跟美国人、英国人、法国人相似的价值观、理念、忧虑和消费行为。天主教信仰和法兰西语言并不是魁北克独有的特性。对土地的热爱、传宗接代和家庭祖产传承的意识，也不是务农的魁北克社会独有的特性。但是，这样说并不能证明魁北克不具有文化身份。根据我们对八部小说提供的材料所进行的分析，我们证明了魁北克集体意识的形成、民族主义的演变、天主教教会影响的江河日下、个人主义的发展、中产阶级享乐主义的出现、新兴资产阶级的扩张及精神状态的变化。这一切都是在魁北克现代化的过程中产生的。魁北克社会与众不同的特性，不仅仅局限于其文化身份的特有面貌，它也以其历史和走向现代的特殊道路使人不得不接受。魁北克人是一个民族，有自己的历史、自己的集体意识、自己民族的发展蓝图和以法兰西文化为基础的北美文化。

我们要指出的是，魁北克的文化身份，不是在魁北克的所有地区都以平衡或共时的方式演变的。城里人和生活在工业区的人的文化身份，跟生活在农村和欠发达地区的人的文化身份是不一样的。法朗馨·诺埃勒在小说中明确指出，在圣劳伦斯河下游，人们今天的思想状态跟20世纪40年代差不多。对祖产继承问题上的男女平等，绿岛上的村民似乎没有留下什么印象。

在本文结束时，我们要强调指出，我们所分析的小说，魁北克人在其中的表现是不全面的，受到作家所选定的主题的限制。小说中的表现有缺失和片面之处。譬如，自平静革命以来，教会的影响江河日下，但天主教教义仍旧是一部分魁北克人的精神支柱。当一个人精神上无所依托的时候，基督教的某些伦理原则和人道精神，对支配人的行为、推动穷人之间的团结互助、推动所有善良的人跟遭受暴力和不公正待遇的人之间的团结互助，总是有用的。在赈灾济贫、争取社会正义，在反对破坏生存环境和文化遗产的斗争中,教会人士和堂区里遵守教规的信徒常常挺身而出,站在斗争的第一线。魁北克作家看到的主要是天主教教会的负面,并避而不谈天主教教会在日常生活中孜孜不倦、无处不在的事实。

其次,男性作家兰盖和安德烈·马焦笔下的妇女形象显得很苍白,而女性作家加布里埃勒·洛瓦和法朗馨·诺埃勒笔下的男子形象也是很苍白的。特别是法朗馨·诺埃勒,在《弥丽亚姆一世》里,明显地流露出女权主义的倾向。她成功地塑造了魁北克妇女生龙活虎、朝气蓬勃的形象,但弥丽亚姆的父亲法朗索瓦·拉杜瑟,有点儿被女性化了。这是作者按照理想塑造出来的一个充满温柔的丈夫。这个丈夫姓拉杜瑟,法文的意思就是温柔。这个理想人物的创造,很可能是作者对妇女挨打、遭受暴力或强暴——媒体对此谈得很多——所做的一种反映。

尽管有这些不足和片面性,小说家们在他们的作品中还是很好地表现了魁北克男女的文化身份。如同我们在研究一开始所设想的那样,这些作家创造的同胞的形象,跟每个时期魁北克人的实际形象大致是相符的。小说中创造的人物形象是一个民族精神世界的一部分。这些形象一旦创造出来,就会丰富民族记忆中的形象库存。这些艺术形象,由于具有感染力,具有认识作用和教育作用,也会更新读者记忆中的形象库,从而使读者的文化身份得以巩固和发展。

作者附注:本文中提到的作品和人物都来自以下魁北克的小说:

兰盖:《三十阿尔邦土地》(Ringuet, *Trente Arpents*, Éd. FIDES, 1938)

洁曼·盖弗梦:《不速之客》,《玛丽·狄达思》(Germaine Guèvremont, *Le Survenant*, Éd. Beauchemin, 1945; *Marie-Didace*, Éd. Beauchemin, 1947)

加布里埃尔·洛瓦:《短暂的幸福》(Gabrielle Roy, *Bonheur d'occasion*, Éd. Stanké, 1977)

罗杰·勒默兰:《普鲁夫一家》(Roger Lemelin, *Les Plouffe*, Éd. ILQ, 1954)

安德烈·马焦:《戆大》(André Major, *Le Cabochon*, Parti Pris, 1980)

法朗馨·诺埃勒:《玛丽丝》,《弥丽亚姆一世》(Francine Noël, *Maryse*, VLB Editeur, 1983; *Myriam Première*, VLB Éditeur, 1987)

# 魁北克人心中的华人形象

## 从现实生活到艺术虚构

## 引 子

魁北克是加拿大面积最大的法语省。面积将近一千五百五十万平方公里，相当于法国、德国、西班牙、葡萄牙、荷兰五国国土面积的总和。这里居住着近八百万人口，工商发达，资源丰富。经济上是加拿大仅次于安大略省的第二大省。蒙特利尔是加拿大仅次于多伦多的第二大城市。全省人口的几乎二分之一集中在蒙特利尔及其毗连的卫星城市里。蒙特利尔原来是加拿大的第一大城市，有北美小巴黎之称，是世界上除了巴黎之外第二个法语人口最集中的城市。这是个国际大都会，是世界各种文化在此交汇、融合的地方。在这样的大都会里，当然不会没有华人的存在。

从1880年起，不堪忍受白人歧视和残酷剥削的华工便开始从加拿大西部逐渐向东部的大城市迁徙。在1890—1900年间，大批来自加拿大西部和广东省的华人来魁北克省定居。到1901

年，魁北克省总共有 1037 名华人，其中 888 人选择蒙特利尔作为定居点。他们在西部开矿山、筑铁路攒下的积蓄十分微薄，只能做些小本生意，维持生计。他们凭着勤劳和智慧，在洋人的世界里打拼。他们团结互助，彼此扶持。同乡会、宗亲会、洪门会等组织为他们的落户生根提供了实际上的支持。他们采用中国人古老的"请会"或称"打会"的方式，筹集资金，一人或两三人合伙开设手工洗衣作坊。自己既当业主也当工人，还为自己的亲属、同乡和同胞提供就业的机会。他们常常前面是店，后面是作坊，楼上是住家，生活十分清苦。1877 年，在蒙特利尔已经有了第一家华人洗衣店。到 1891 年，华人洗衣作坊便发展到 14 家。1911 年，华人手工洗衣作坊发展到 284 家①，几乎垄断了蒙特利尔的洗衣业。洗衣市场渐渐饱和。华人之间的压价竞争，高额的营业执照税，使得洗衣业利润日趋微薄。加上华人移民加拿大的人头税已涨至 1000 加元，要想从广东乡下弄来亲友，充当廉价劳力，已十分困难。华人便开始转向其他职业谋生。有人开香烟店，有人开理发店，有人开成衣店，有人开糖果店。开洗衣作坊积累了资本的人，开始投入餐饮业和经营进出口贸易。1902 年，蒙特利尔的下城华人聚居的地方，开始形成规模不大的唐人街。蒙特利尔唐人街的发展跟蒙特利尔本身工商业的发展和人口的增长密切相关，也跟华

---

① 这里的统计数字皆引自 Denise Helly, *Les Chinois à Montréal 1877—1951*（德尼丝·海利：《蒙特利尔的中国人》（1877—1951），IQRC（魁北克文化研究所），1987 年。

人移民数量的增加密不可分。蒙特利尔的唐人街跟北美其他大城市的唐人街一样，起初是华人聚居和经商的地方，可是经过一百多年的发展，随着华人移民人数的增加和华人移民结构的改变，唐人街不再是华人的聚居地。

　　华人渐渐走出唐人街，散居于城市的各个角落，进入接纳社会的各行各业。今天，唐人街是北美许多大城市的地标之一，是所在城市广招各国移民、向各种文化开放的标志之一。当然，唐人街仍是新老华侨来此经商、提供或寻求母语服务的市场，也是他们来此饮茶会友、享用中华美食、重温乡情和慰藉乡愁的去处。在旅游业发达的北美，唐人街成了所在城市的一个旅游景点。美国旧金山的唐人街如此，纽约唐人街如此，加拿大维多利亚的唐人街如此，多伦多的唐人街如此，蒙特利尔的唐人街当然也不例外。

图1　蒙特利尔唐人街

今天生活在蒙特利尔大区的华人，如果把新老移民以及他们在当地出生的子孙加在一起计算，不下十万之众。他们中的许多人常常能操三四种语言。他们在公共场合多用英语和法语，但在家里和华人之间，通常使用普通话或广东话。他们的子女大都被送往英语大学完成学业，而且成绩优异者居多，毕业后都能找到工作，进入白领阶层。他们跟温哥华和多伦多的华人不一样。在那两座城市里，华人人多势众，无论遇到什么事情，都不难获得华语服务：购房，买车，投资，经商，看病，吃药，算账，报税，打官司，甚至坐班房，如果需要，都可以获得华语服务。吃穿用可全部依赖唐人街和新型的华人商城。这当然大大方便了华人新移民的安家落户。他们当中不少人虽不谙英语，在这个城市里也能如鱼得水，找到工作，生活自如。但从融入主流社会的角度来说，则非常不利。有些人甚至因此得出一个错误的印象，似乎仍然生活在中国，不存在融入主流社会的问题。在蒙特利尔，华人毕竟是少数族裔，居住比较分散，这在客观上迫使华人新移民努力学习法语。何况，魁北克省有 101 语言法案，明确规定法语是魁北克省的唯一官方语言，移民的子女一定要送入法语学校读书，等等。移民必须适应接纳国（pays d'accueil）的社会生活，包括政治生活、经济生活和文化生活，以便逐步融入主流社会。

政治环境和社会环境的压力，给新移民融入社会起到一定的推动作用。但融入接纳社会（société d'accueil），并不是一蹴而就之事。特别是第一代华人移民，他们来到加拿大时，文化身份大都已经铸就，价值体系已经建立，衣食住行的生活习惯已经形成，性格已经定型，加之语言能力较差，融入接纳社会的困难比其他族裔更大一些，因而他们常常被魁北克人另眼相看。

## 一、魁北克人眼中的华人

中国移民在加拿大受歧视是众所周知的事实。当他们在19世纪末来加拿大参加太平洋铁路建设时，就受白人雇主的残酷剥削，他们的工资只有白人工资的三分之一或一半。白人劳工把华人视为劣等民族，指责他们不文明，没有理性，愚昧肮脏，嫖娼吸毒，身患传染病，不遵纪守法，抑制天性，廉价出卖劳力。白人劳工把劳动力的贬值和找不到合适的工作都归罪于华人。加拿大从西到东，各种报刊上都刊载蔑视和侮辱华人的言论。1899年，蒙特利尔的《新闻报》（*The Gazette*）上刊登了这样一段言论："中国佬是多余的，不仅在蒙特利尔，在魁北克省和安大略省的任何一个城市里，都是多余的。中国佬使基督教徒劳工失去工作，无论从什么角度来说都不是我们想要的人口。"

图2　荣胜太太和她的儿子，1890，蒙特利尔

## 枫叶荻花

直到 20 世纪中期，魁北克人还有一个吓唬小孩的习惯。如果小孩不听话，大人就会说："你不听话，我把你送到中国人那里去。"那就是说，让孩子拿着家里的脏衣服送到华人开的洗衣店去洗。小孩为什么看见中国人害怕呢？因为华人洗衣店的柜台很高，孩子个子矮小，要把一包衣服举过头顶，才能送到柜台上。华人老板没有笑脸，没有客气话，呆板的面孔没有一点表情，一句话也不说就收下衣服，把取衣对号牌子的另一半交给孩子。孩子拿着对号牌子撒腿就往家跑。

那时好莱坞电影中出现的旧金山的华人形象，还是脑袋瓜后面拖着大辫子（或者大辫子盘在头顶上），穿着布底鞋，短打，扎脚裤，不是黑社会成员，就是开餐馆或大烟馆的老板，或者躺在鸦片烟床上抽大烟。这就是译成法语的好莱坞电影给魁北克人留下的华人形象。

今天魁北克的老人，还记得他们上小学的时候，曾参加过"买中国小孩"（acheter les petits Chinois）的募捐活动。① 他们出二毛五分钱就可买到一张卡片，卡片上印着一幅中国小孩的照片。买卡片的小学生可以给卡片上的孩子起个自己喜

---

① 这是天主教会的修女组织圣婴会在 19 世纪上半叶倡议的一种向儿童募集善款的办法。经教会领导同意后，首先在法国的小学里推行。圣婴会修女们到学校去告诉法国小孩，中国小孩吃不饱穿不暖，生病没钱治，父母就把他们扔到荒郊野外或垃圾桶里。到 20 世纪初，这一活动传到了魁北克，一直延续到 20 世纪的 60 年代。

的名字。这样他似乎就帮助了一个饥饿的中国孤儿,养活了他。一位老人回忆说,当时二毛五分钱对孩子来说,是个不小的数目,但还远不足以养活一个孩子。可是他们确信,他们节约下来的买糖果的零用钱,一定用到了正当的地方,所以从来没有追问过他们的善款究竟派了什么用处。这种办法也许可以激起儿童的恻隐之心,产生对中国儿童的同情。另一个老太太回忆说,当她小时候嘴刁,挑食时,妈妈就会对她说:"把这吃了!想想中国小孩!"这也是影射生活在饥寒交迫中的中国小孩。圣婴会修女们在中国传教的任务主要是在医院、育婴堂(即今孤儿院)和教会学校里工作。总之,善良的魁北克人如果不歧视你的话,你至少也是他们同情和怜悯的对象。笔者三十多年前第一次来到魁北克时,就听魁北克朋友亲口讲过他们小时候"买中国小孩"的故事,并开玩笑地说:"你们也许是我们买过的中国小孩,现在到我们这儿来了,欢迎欢迎!"

说起在华服务的圣婴会的修女们,我们就不能不谈一谈魁北克耶稣会会士到中国去传教的故事。

1918年,魁北克天主教耶稣会开始向中国的徐州教区派送传教士,到1955年撤回全部传教士,在中国一共存在了37年,先后共有93名魁北克耶稣会传教士在那里服务过。这些传教士或是神父,或是修士,在去中国前接受过专门的培训,到中国后先在上海徐家汇耶稣会的总部接受半年到一年的汉语训练,然后才去徐州教区上任。他们在传教期间不断寄回有关中国的通讯报道。这些通讯报道主要发表在《强盗》杂志上[①]，也有少数传教士将自己的中国见闻写成了专著。《强盗》杂志在 1935 年 7—8 月号上刊登过一则启事，称该杂志的订户有四千人。这在当时是销量相当不错的宗教杂志，因为阅读的人不仅是宗教界人士，而且他们的亲朋好友，出于关心远在地球那边的亲人，也互相传阅。每一期的读者，保守估计也在万人以上。对于一个当时只有三百万左右人口的省份来说[②]，杂志拥有这样多的读者群，说这是一份具有相当社会影响的杂志，是一点也不夸大的。20 世纪上半叶，天主教教会掌握着魁北克的的教育和医疗卫生事业，对法语加拿大人的思想意识具有强大的影响力。耶稣会士们从中国寄回的通讯报道无疑直接影响到法语加拿大人对中国和中国人的看法。

我们知道，当时的徐州地区，旧称徐州府，下辖八个县，方圆一万四千公里，处于苏皖鲁豫四省交界处。黄河故道曾从此经过，陇海铁路、津浦铁路、京杭大运河以及新近通车的京沪高速铁路，贯穿其间。徐州府地处战略要冲，自古以来是兵家必争之地。这一地区是刘邦故里，文化积淀丰厚，但农民是

---

① 该杂志于 1930 年 3 月 25 日创刊，创办人是耶稣会海外传教财务管理处的负责人拉伏瓦神父（le Père Lavoie）。他曾在 1924—1928 年间被派往中国徐州地区传教。《强盗》杂志既为联系教友、家属和募集资金开辟了一个渠道，又为在中国传教的耶稣会士提供了一个发表中国见闻和传教经验的园地。这些杂志现珍藏于蒙特利尔耶稣会秘书处档案室。

② 根据魁北克统计局公布的官方数据，魁北克的人口 1931 年是 2874662 人；1941 年是 3331882 人；1951 年是 4055681 人。

这块土地上的主体，务农是他们的主要生产活动。据 1931 年 10 月《强盗》杂志的报道，徐州地区六百万人口当中，95% 是农民。这就是当年魁北克耶稣会传教士在中国的活动范围和工作对象。他们凭着悲天悯人的情怀、要把中国变成基督教国家的抱负，在这一地区建教堂，传播基督教思想，培养吸纳基督教徒；办学校，启民智，传播西方科学知识。他们生活在农民中间，跟农民有亲密的接触。他们看到了些什么，又是怎样向加拿大魁北克地区的同事和亲友们报道的呢？我们根据《魁北克耶稣会士在中国 1918—1955》[1]一书以及个别专著提供的资料做了以下的归纳。

### 1. 一个贫穷落后的中国

年轻的雷诺神父（Le Père Renaud）对当时沛县的农民做了如下描述：

> 虽说几乎所有的老百姓都极端贫困，但这地方很富饶。人口太多。尽管每年两熟，土地仍养不活所有的人。（38 页）
> 在我［传教的］这片土地上，没有一个有钱人。［农民］冬天穿的衣服是旧的，破的，打了补丁，退了颜色，而且不总是很合身，一律都很肮脏。大部分人没有换洗的

---

[1] 雅各·朗格莱：《魁北克耶稣会士在中国 1918—1955》（*Les jésuites du Québec en Chine 1918－1955*），魁北克：拉瓦尔大学出版社，1979 年。以下引文末标注的页码是该书原版的页码。

衣裳，因此，整个冬天，不能脱下脏衣服来清洗，也不能洗澡。（39页）

## 2. 一个封建的宗法社会

派去中国传教的耶稣会士，其中有些人就是来自魁北克的农民家庭。他们对中国的家庭体制和社会性质做了以下的记述和分析：

> 把天子皇权推翻的革命只是表面的变动，而整个内部组织原封未动，或者几乎是原封未动。共和国的缔造者们梦想国家现代化。他们颁布了几部宪法，几百条法令，改革教育制度，鼓励发展工业，及时又不合时宜地宣讲三民主义。当然，他们取得了某些成效。可是经过三十年的宣传，徐州地区跟中国大部分地区一样，管了中国人四五千年的制度，在帝制取消之后没有明显的改变。因为，共和国不得不考虑黏附在民族敏感神经上的父权制度。实际上，中国人先是家庭的成员，然后才是政府的庶民，而家庭的管辖权要比君主的管辖权早许多世纪。皇帝是外加在家长们之上，而不是取代家长们。家长们的权威已经就是法律。这两种权力——国家首脑的权力和家长的权力，总是互相共存，彼此超越的，因为它们在两个不同的范畴里行使。这两个范畴毗连，但不混淆。共和国不赞成这两种权力共

存,但非常谨慎,避免正面攻击父权制度。法律限制父亲的权力,但遇到违法的情况便睁一只眼闭一只眼,指望随着时间的推移,人心会归顺而不发生冲突。这就是为什么在徐州地区,直到 1948 年年末共产党取得政权,中国社会强大的架构——家庭、家族就像个半自主的小国——依然如故的原因。(125—126 页)

按中国人的理解,家庭由父亲、母亲及其子孙组成。除非例外,[家庭]所有成员住在同一个有围墙的院落里。每一户拥有自己的(三间)小屋。房子以及家里所有东西属于户主。户主是唯一的产权所有者,也是家里一切事务的负责人。他管理家里所有人的收入,根据需要发给大家,或卖或买。他决定子孙的命运,不得违抗。他决定送不送孩子去读书,给男孩子选择配偶,决定他们的婚姻状况,给女儿找婆家甚至不征求女儿的意见。他是法官,惩罚失职的人,把羞辱门庭的逆子赶出家门。儿子、孙子和重孙子,不仅在他活着的时候要服从他,尊敬他,而且在他死后还要祭拜他。(126 页)

家族把同一祖先的所有家庭和所有个人置于最年长或最能干的族长的权威之下。……民法没有明确规定族长对家族成员拥有什么权力。这是个人的威信和影响力的问题。个别族长简直是真正的国王,依仗自己的财力,养军队和自己的警卫。他们制定族规,监督执行。他们会像人们所说的那样,甚至判人死刑吗?任何政府都没有赋予他们此种权力,但肯定的是,族长的决定常常践踏国家的法律,甚至与国家法律相悖,可是他们的决定得到了执行,这要么是国家行政官员不知情,要么是不能或不敢出面干涉。(126页)

传教士的观察和分析是有事实根据的,但是,如果说家庭内部人际关系的运作全靠权力和高压来维持,那也未必。有的传教士注意到,一般的中国家庭的夫妻之间存在着"牢固的友谊"或者至少是"理性的和谐"。父亲热爱孩子,为了确保子女有个好的前程而拼命挣钱,做出牺牲。这些都是好父亲:"在没有把握的情况下,家长先征求妻子、族长、兄弟和其他亲戚的意见,然后才下指令。而他的命令,从总的来说,证明他谨慎、有见识和照顾家族群体的利益。……最终,人们会相信,这些享有绝对权力的丈夫,大都老老实实地受更具远见或更具魄力的妻子的操纵。"(129页)

传教士们认为,在中国的家庭体制里,妇女的地位是低下的。妇女"……的角色定位由来已久:生孩子,抚养孩子,给一家人烧饭做衣。她像人们所写的那样,是奴隶,是母亲职责的奴隶。从七八岁起,小姑娘就要开始学习:照顾最小的弟妹,拾柴烧锅,看牛或驴子,以及其他家务,一步一步地学会管家。婚后进入婆家,她不得不适应和服从[婆家人的]性格、习惯和口味,要想反抗是徒劳的"(129—130页)。

## 3. 一个没有婚姻自由的中国

在封建的宗法社会里，父母包办婚姻是不可避免的。传教士从西方的观点看待这一问题，觉得是不可接受的。一位传教士写道：

> 问题是给两个娃娃订婚，常常娃娃年龄还很幼小。这件事与两位当事人毫无关系。两家通过媒人或媒婆经过长时间的讨价还价，最终达成协议。于是写出两份订婚协议，一份给男方，一份给女方，总是通过中间人。订亲的两个孩子也许只有10岁或12岁，有时还不到，我们就明白他们不可能有什么推辞的借口。他们只有听"老爷"说了算，听老人说了算。退婚的事是相当罕见的。这样做可能会吃官司。(168页)

> 在中国我待的那个乡下，婚姻上演的是另一出戏。[……]根据千百年来的古老习惯，戏幕拉开的时候，两位主角并不在场上。而当戏幕在最后一场结束后落下来时，两位青年（两人几乎是孩子，因为他们还不到12岁！）已经订婚。他们不仅不知道此事，甚至彼此不相识，也从未见过面。戏上演的方式可能各个村子不完全相同，但内容总是一样的，因为都是出于父母对孩子的绝对权力和孩子对父母的命中注定的服从。……我们所在的乡村，家长制的生活在积累了千百年的尘埃里进行着。无论是神的法律

还是人的法律,抑或是我们个人的劝说,都不能改变老人的顽固或年轻人的服从。父母说:"我们是一家之主。"孩子们回答:"没有办法。"(168—169 页)

传教士们认为,这种为互不相识的男女儿童订婚的做法,不仅落后,而且很不人道:

> 对中国的年轻女孩子来说,这是多么残酷的命运。有一天,她突然知道她早已许配给了一位不相识的男子,到了规定时候,就一定要把自己的身心献给这个从未见到过的人。(169 页)

> 要一个离奇的订婚和结婚的例子吗?多么缺德啊!一位姑娘已经订了婚,而跟她订婚的那个小伙子在结婚之前去世了。如果姑娘的家庭同意(姑娘自己不得不被动地服从),可以把姑娘送到未婚夫家去,在那里举行正式的结婚典礼——"过门"典礼。从今以后,姑娘就是死去的未婚夫的家庭成员。她死后将跟他葬在同一个墓穴里。(169 页)

## 4. 一个战火连绵不断的中国

这些传教士在徐州地区亲眼目睹了中国现代史上的大动荡、大变动,见证了军阀混战、北伐战争、抗日战争、解放战争和中华人民共和国的成立。每次战争,受害最深的是农民。征兵,征粮，征用住房，百姓苦不堪言。所以，洛宗神父（Le Père Lauzon）认为，中国农民的极度贫困是政局不稳、连年战乱造成的。他在文章中写道："这里的农民非常纯朴，很快便成了我们的朋友。他们唯一的不幸是战争给他们造成极度的贫困。中国在过去的五十年里，每十年就要换一次政府，而这种情况似乎还没有结束。"（39页）

## 5. 一个盗匪猖獗的中国

徐州地区在中国历史上是匪患肆虐的重灾区之一。清王朝被推翻之后，徐州地区一时天下大乱，甚至皈依了天主教的中国信徒也参与抢劫活动。

徐州地区有土匪，我们可以追溯到非常遥远的过去。这里确实是个适合土匪生存的巢穴，可以迅速进入三省的通道，每个省都有独立的治安体系。如果歹徒在河南被追捕，他可以躲到徐州去，那里无人知道他的劣迹，因此也没有人来打搅他。如果不得不换个地方，他可以溜到山东或安徽去。这样，数百人一伙的匪帮可以自由地从一个省到另一个省，围着徐州转，把徐州当作作案和销赃的基地。除了这些外地的匪帮，还有许许多多本地的帮会。自从日本人来了之后，贫穷、群龙无首的农村，获得武器方便，以及有时为了自卫而不得不攻击，这些都使土匪数量有增无减。……稍有反抗，他们便杀人，表现出闻所未闻的贪

婪，特别是他们把抢劫当作报复手段的时候。（40—41页）

　　到处是抢劫的诱惑，老百姓失去了理智。许多天主教徒也加入了抢劫的队伍，或者，虽然走得不太远，但也曾帮助过土匪，给土匪通风报信，窝藏被追捕的土匪，为土匪销赃，并且肆无忌惮，接受土匪分给的赃物。一些讲解教理问答的人成了所谓共和党抢劫犯的头头。有些基督教区的本地负责人把村子引入歧途，领着那些精神上受他们指导的人去抢劫其他村子。（50页）

耶稣会传教士在徐州教区传教的这几十年里，社会动荡不安，秩序极为混乱。主教和传教士们的住所，以其西式建筑的外貌，给人以富庶的印象，对匪盗具有不可抗拒的诱惑力，因而也受到匪盗和黑社会的骚扰：敲诈勒索，巧取豪夺，放火烧教会学校，捣毁主教和传教士的住所，甚至威胁他们的生命。在传教士们寄回魁北克的通讯中，有许多涉及这方面的文章。可是传教士们发现，这些匪盗头头，不仅没有凶神恶煞的外貌，而且个个都有一副绅士的面孔和举止。

　　中国的强盗也一样，穿戴十分整齐。第一个来光顾我住所的，精神抖擞，穿着一身做工精细的绸缎长衫，淡淡的蓝色，带有青紫色的镶边，不无帅气；长衫剪裁得体，裤脚长短适宜；双手白白净净，谈吐文雅。在这位绅士面前，我深感羞愧，觉得对当地讲究的礼仪竟如此无知。在几个星期里,我为自己那笨手笨脚的施礼和上茶的方式,而感到脸红。我的客人太聪明了,并没有为此而生气。他客气到甚至要向我证明,我对他的接待使他感到宾至如归,就像在他自己家里一样,以至他请他手下的那帮人把我花园里的梨子全部摘光。他在离开时经过马厩,把我心爱的马也牵走了。后来我们跟匪盗的关系总是这样客客气气。接着其他的匪盗来了,每次都穿得整整齐齐。……那里也一样,土匪很注意善待宗教。十月的一个傍晚,夕阳照在我教堂的小圆窗上,我看见路过的土匪头头,一枪打死了一个自己人,一个调皮的小伙子,因为他向教堂漂亮的窗户扫了一梭子子弹,把窗玻璃打得粉碎。我奔下去握了握那只完成了一个文明行为的勇敢的手。(142—143页)

我们徐州府的土匪,虽然干他们这一行,仍不失文雅。用我们的话说,他们偷了传教士的骡子或马。可是他们会说,他们请大哥把他的骡子或马借给小弟一用。冬天的某一天,一群土匪扒下了一位神父的裘皮大衣,土匪头目立即出面干涉,让手下人给神父穿上足够暖和的衣服,又另外加上五百大洋,说:大哥也许没有足够的路费回家。(143页)

以上两段描写,出自亲身经历过强盗造访的拉伏瓦神父的手笔,不仅含有苦涩和无奈,而且也藏着幽默和讥讽。

## 6. 黄河泛滥，农田被淹

徐州地处黄淮平原，气候不太冷，也不太热，但受季风影响，每年春夏两季雨量充沛。如果四五月间春雨不下或不足，麦田就会干旱，影响收成；如果太多，麦田被淹，也会影响收成。如果春雨接着七八月份的秋雨下个不停，那就必然导致水灾而颗粒无收。黄河曾在这里夺淮入海，形成冲积平原，河汊纵横，所以在历史上水灾多于旱灾。传教士们在这里看到的，主要是水灾给当地老百姓带来的灾难。1935年，一位传教士曾为《强盗》杂志写过这样一篇报道：

> 传教团收到从北方传来的消息称，黄河泛滥，洪水汹涌而至。于是不能把小学生留在学校里读书，因为家长要孩子们回家抢收麦子，趁麦田未被洪水淹没之前。……当天晚上洪水就到达了我们这里。村庄北沿，原本干涸的灌溉渠，已经流淌着滚滚而下的洪水，洪水溢出渠道，形成巨大的水塘，把整个村庄团团围住。第二天，水塘也泛滥了。从本县北面边界直到把本县分成两半的铁路线，离我住房只有一百米左右，在二十公里的范围内，所有麦田都淹没在洪水之中了。……大批村民向山上逃去。这些不幸的农民带着一点从田里抢收下来的、还未成熟的豌豆和蚕豆，撑着高粱秆儿编成的筏子离去，看了叫人心酸。过四五个月，将是饥荒，致人死亡的饥饿。（40页）

## 7. 荒年乞讨，卖儿鬻女

传教士们注意到，每遇荒年，乞讨的灾民，不绝于途。吃不饱肚子的农民有时不得不卖儿鬻女。下面是雷诺神父写的一段卖女儿的描述：

> 饥饿使人失去了一切同情心。好几家人家，特别是小女孩和年轻的媳妇［由于营养不良］面孔浮肿，要不就瘦得皮包骨头，而男孩子们脸上气色很好。父母做了选择，他们把想方设法得来的面粉和高粱留给老大或身体最结实的男孩。其他的孩子靠偷窃或乞讨生存。受到特别优惠的孩子眼睁睁看着自己的弟妹一天天消瘦下去，直到饿死。……除非把他们卖给人家。为了救他们一命，也为了别的人家能够传宗接代，有人便用妻子和姑娘跟人家换一斗谷子，或一两块钱。这样，困难不大的人家就会用很少的钱买到女仆或媳妇。可是，这些不幸的女子大都被人贩子卖入娼门。在马青集附近的一些村子（当时是 1907 年）成了不折不扣的奴隶市场。巴斯塔尔神父（le Père Bastard）由于及时得到消息，把几个天主教徒赎买了回来。在睢宁，买卖妇女的交易是如此猖獗，县长忍无可忍，把关进牢里的十五六个人贩子处了死刑。（174 页）

## 8. 谦谦君子，礼仪之邦

传教士们觉得中国"老百姓单纯，温和，俭朴，耐心，待人接物注意公平合理，与人为善。他们凭其父权制度和闭关自守，而保留着许许多多天生的美德"（38页）。

传教士们注意到中国人在社交中遇到一个不熟悉的人，交谈时往往使用敬语和谦辞。例如，问对方"贵姓"，"今年贵庚"，"府上在哪里"。回答是："鄙人姓……""痴长……""寒舍在……"，等等。但他们同时认为中国的社交礼节太过复杂。

在四书五经里，"礼仪"的规定有三百条，"行为"的规定有三千条。如果说，如此多的规定，会使主张自决的美国人或加拿大人有点儿望而生畏，不过，请放心，无需把这么多的礼节教给徐州府的可怜的孩子们。……很久以来，代代相传的家庭教育和社会教育已经使每个人都符合繁文缛节的要求……我们可以说，中国孩子学会繁文缛节的实用知识是出于本能。这在别的国家，是要经过专门学习的，比如说在外交学校里。而在这里，所有的农民，甚至一字不识的农民，在日常的人际交往中便学到了这些知识。所以，我们可以说，就好像出于本能一样，每个人都知道礼节的规定。在任何需要施礼的场合，他都会受本能的指引。所以，我们也不要以西方人的方式，试图界定中国礼节。不要在中国人的礼节中寻求心态的表露，而主要

是遵循具体情境规定的一套礼节或礼仪。（154页）

众所周知，中国人在社交当中，很注重"面子"。注重自己有面子，对方也有面子。这对中国人来说是起码的礼节。如果你说话生硬，不给人家留面子，人家也会"礼尚往来"，对你吹胡子瞪眼，那你也就没有面子可言。西方人说话直率，有啥说啥，不怕得罪人。中国人则比较客气，说话婉转，怕伤害了对方。徐州的传教士对中国人的这种行为方式很是赞赏。一位在中国服务过的耶稣会士在给一位同事的信中这样写道：

你曾经跟我说："在加拿大，我有一种失落感。"中国确实使我们进步了。你知道，在这儿［加拿大］，我们说"是""不"，口气很生硬……中国人把这种回答用好听的、长长的客套话，用打动人的理由包裹起来，哪怕是拒绝也会使你听着很顺耳。（157页）

徐州教会中学（圣路易中学）一位教师谈到，有一次他带同学们去微山湖远足，但他没有料到当时是枯水期，使他觉得很尴尬。可是他的中国学生出于礼貌，照顾他的面子，表现出对老师的体贴，使他深受感动。

我觉得一切都完了。这时，我对这帮孩子有了新的认识。"如果不能到湖里扎猛子，就让我们去爬山吧！"有几个人倡议道。"前进！前进！"其他的人大声呼应，更多的是为了说服自己，而不是出于热情。可是从他们的邀请中，从他们看着我的眼神中，我很明白，大家接受这个建议只为了让我开心，仅仅是为了给我"面子"。如果我不在，他们也许会像溃散的逃兵一样折回学校去。几天之后，几个老实的孩子向我承认："神父，我们走了一整个下午，那是为了您。我们很失望，但也很高兴。"（161页）

## 9. 迷信与民俗，混淆不清

传教士们在他们的报道里，有许多关于农民迷信活动和民俗的描写。民俗里有迷信的成分，或者说，迷信活动经过千百年的演变，百姓可能已经说不清活动的来源，而变成了民俗。传教士们更加分不清楚了。他们在报道中描绘旱灾时农民祭神求雨，过年时祭拜天地，烧香磕头，放鞭炮。"农民在过年时把家里装饰一新，墙上贴了许多新年的祝愿。如，多子多孙，牛羊满圈；酒满缸，粮满仓；聚宝盆，铜变金；五谷丰登，万年太平；学如孟轲，智如仲尼……"（164页）我们还读到一段关于庙会的记述：

正月十六是举行黄楼庙会的日子。徐州的妇女和姑娘们是一定会去的。因为这是纪念一位女性的英勇行为。从早晨七八点钟到晚上八九点钟，她们成群结队地去赶庙会，手里拿着（黄纸做的）元宝和香，挤满了黄楼庙四周。……现在的黄楼庙坐落在徐州城的东北角，靠近新新（Hsin-hsin）滩，是一座古老建筑，摇摇欲坠的样子，四周用柱子撑着。只有屋顶上的飞檐斗拱还残存着些许昔日的光彩。内部是个破旧不堪的大殿，三尊泥塑像盖满了灰尘。这三尊塑像是苏轼、他的弟弟苏辙和他的女儿苏姑娘。（165 页）

北宋年间，苏东坡曾任徐州知州，上任不久，黄河决口，洪水奔腾而下，直抵徐州城廓。苏东坡率领军民日夜防洪，"庐于城上，过家门而不入"。他领导人民抗洪，使徐州城没有被洪水淹没，保护了人民的生命财产，史上有记载。但他是否有个13岁的女儿舍生抗洪，纵身跳进黄河，遂使大水退去，今已无从查考。老百姓为了纪念苏轼的政绩和她女儿的英勇事迹，为他们塑像供奉。据徐州旅游网称，这一习俗绵延至今，每年正月十六日仍在这里举行庙会，并于1988年重建了黄楼。这天成了女性的节日，因为苏姑娘是女性的骄傲，也是女性的榜样。民间传说变成民间习俗，真假难辨，民俗与偶像崇拜混在一起。这样的例子在中国俯拾即是。一些比较宽容的耶稣会传教士已把这些文化现象视为民俗，但严格遵循教廷指示的传教士，总是按一神教的信念来观察，而贬之为偶像崇拜或迷信活动。

传教士们对中国的丧仪葬礼很感兴趣，在他们的报道中也有比较详细的描述：

### 枫叶荻花

当阴阳先生算好安葬的吉日,家人便开始做出殡的准备工作。这不是件小事儿。特别是在城市里,古怪的送殡队伍长达数百人。这是些花钱雇来的叫花子,给他们穿上花花绿绿的衣服,有的人有时骑着马,举着旗子或华盖,灯笼或红牌子;另外一些人光着脚,也举着些什么玩意儿。当然,少不得有吹吹打打的人,吹奏的乐器很古怪,声音尖厉:横笛长箫,还配着鼓。一群剃过头的和尚,有的光着头,有的戴着很大的红帽子。接着后面是人抬的椅子,有些椅子上摆着神像、祖宗的画像、写着死者身份的牌位,其他椅子上坐着女眷们。还有雇来的哭丧妇,多少钱一天,眼泪只顾流个不停。然后是戴孝的女子、家眷。她们样子悲伤,头发蓬乱,身着临时租来的白色的粗布衣服。(181—182页)

中国人戴孝用白色。白色孝衣一般是临时赶制的,上文说是租来的,也许这是该地区的习惯。(现代的花圈也是白色。)这个风俗习惯没有逃过传教士的注意。在他们国家里,丧服用黑色,结婚才用白色。新娘穿的白色婚纱是纯洁的象征。关于出殡,还有一段文学味道浓厚的描述:

请看这出殡的队伍。车辆与马匹,衣被与明器,侍从与宫殿,所有这浩浩荡荡的场面,像是给一位王爷出殡;可是任何下葬的凡人,哪怕是没有钱的穷人,也可享此哀荣。所有这一切虚假的财富都是用锡箔和彩纸做的,贴在高粱秆或竹篾的骨架上,在哭丧妇和披麻戴孝的人中间,造成的反差非常强烈,你看了也许觉得可笑。不过,这种用纸头做的虚假的排场仍然保有全部的象征意义,非常有人情味儿,所以非常动人。过一会儿,送丧的队伍会在墓穴旁边停下。所有这些使你觉得可笑的纸糊的玩意儿将摆放在墓穴四周和靠近棺材的地方。人们会焚烧车辆、马匹、衣被和所有那些不值钱的微型葬品。浓烟将腾空而起,直奔幽灵世界,在那里用珍贵的材料、不渝的忠诚、叮当响的银元(那儿也需要钱)构筑所有的幸福——富丽堂皇又极尽哀荣的出殡队伍用纸头展示的幸福。(216页)

中国人信鬼神殷商最盛。春秋时代,孔夫子劝人敬鬼神而远之,但没有否认鬼神的存在。《孟子》中记载,齐人去坟场乞食祭祀剩下的酒肉。这上坟、祭祀、上供、烧香、磕头的习俗已有两三千年的历史。清明节上坟祭祖,盂兰盆会超度亡灵(西方有万圣节 Halloween)。所有这些,基督徒们有权利视为迷信活动,但无法阻止非教徒我行我素。耶稣会士们在他们的报道中,或者在他们的专著中,有许多这方面的大同小异的记载。传教士们公开号召新入教的教徒要跟这些迷信行为做斗争,特别反对烧纸钱,给祖先牌位烧香、上供、磕头,对着棺材磕头,邀请死者的灵魂回来接受活人的祭拜,等等。毋庸说,他们的努力是徒劳的。任何宗教都含有迷信的成分。对天主及其儿子耶稣的崇拜，也是偶像崇拜。耶稣会士们对待徐州地区民众的迷信活动和偶像崇拜分成两种不同的态度：一是严格派，另一是宽容派。严格派的笔下少不了冷嘲热讽，一律视为落后、愚昧的表现。其实，这不过是五十步笑百步而已。

### 10. 传统医术，草药与针灸

耶稣会传教士在徐州传教期间，徐州城里已有一家基督教教徒开设的西医医院。天主教修士也开了一家诊所。这些医疗服务，当时只有城里的有钱人才看得起，一般的农民是看不起的。为广大农民服务的主要是传统的中医和中草药。拉弗图神父在他的《加拿大人在中国：徐州府掠影》[①]一书中记述了他的门房给人看病的故事。

> 他给病人最常开的处方是贴膏药。膏药在全中国都非常流行，功效和价格有很多种。我相信，膏药里一般没有任何化学的东西。像古时候一样，膏药是用研成末的药草根做的。此外，这位老先生还会针灸。所有传教士都说，好的土医生会用他们大大小小的金针创造奇迹。……他对疾病的分类跟我们不一样，药的分类更加不一样……他的

---

[①] 爱德华·拉弗图（Édouard Lafortune）：《加拿大人在中国：徐州府掠影》(Canadiens en Chine, croquis du Siutcheoufou, Mission des jésuites du Canada, Montréal, Action pastorale, 1930). 这里转引自雅各·朗格莱：《魁北克耶稣会士在中国 1918—1955》。

诊断并非不可靠,他开的药方也不是随随便便的。丝毫不像那些混迹在某些码头的药剂师学徒——他们只求把商品卖出去,不管买药的人手中有没有医生的处方;也丝毫不像江湖郎中——他们耍的是巫术而不是医术。我的门房老袁当然比较老练。他的医学词汇是本土的,也是他那个时代的。……什么时候全中国会有大学毕业的西医呢?可以肯定,我们徐州府那些囊中羞涩的穷人,还会在很长一段时间里,去找或多或少是老式的中医看病。(96页)

拉弗图神父在这里对中国的传统医学做了肯定,表示了他对中国古老医术的尊重。在耶稣会士留下的珍贵文献中,这是不可多见的文字,既没有傲慢的口气,也没有西方文明高人一等的态度。另一位神父还见证了针灸的神奇效果,啧啧称羡。一位病人似乎得了羊角风,或者歇斯底里症。病人脉搏缓慢,直挺挺地躺着,像个死人。村里人以为他中了魔,要给他驱魔,但为神父阻止。神父给他抹了临终圣油,可是晚上病人的病又发作了。

我又来到他的床头,这次带来了一位信佛的老中医。他同意看在天主教的面子上,收起他那装神弄鬼的一套。然后他拿出银针,在病人头顶上扎了一针,病人立即睁开双眼,完全正常;一针扎在头颈里,另一针扎在耳后,病人便逐渐苏醒过来。(97页)

目睹小小银针起死回生的这一幕,对那个时代的一位西方人来说简直是不可思议的,神父不禁赞曰:"说实话,这些中国人确实有些神奇的绝招!"

魁北克在华传教士所写的中国见闻,毋庸说,只限于徐州教区这一小块地方,而不是中国的全部,更不是长江三角洲的发达地区。如果从社会学和人类学的视角去解读那些报道和专著的内容,传教士们的观察和描述相当精准,且不乏深刻的分析。这些写实的通讯报道,其社会影响丝毫也不亚于美国著名作家赛珍珠的小说《大地》。顺便说一句,《大地》的故事背景是安徽宿县的农村,耶稣会士们的传教地区是徐州及其四周的农村。两地毗连,风俗人情几乎完全相同。一个是虚构的小说,另一个是生活的实录。如果说,美国人在 20 世纪 30 年代是通过阅读《大地》来了解中国的,那么,在同一时期,许许多多的法语加拿大人是通过阅读《强盗》杂志上的报道以及传教士们有关徐州地区的专著来了解中国和中国人的。没有生活的真实,哪来艺术的虚构?现实生活为作家提供了写作的素材,而这些素材一旦重新从作家的笔下流淌出来,又会成为读者精神世界的一部分。在魁北克文学还处于襁褓之中的岁月里,耶稣会士们写的这些异国风情十足、充满人道精神的通讯报道,描绘生动,叙事流畅,毫不夸张地说,在魁北克文学成长的道路上留下了不可磨灭的足迹,提供了写实的范例。耶稣会士们用他们的生花之笔,把旧中国和旧中国人的形象,深深地刻在老一辈法语加拿大人的记忆里。他们在文章中所表现出来的博大胸怀，对中国和中国人民的好感、同情以至怜悯，都深深感染了一代法语加拿大的读者。对生活在魁北克的华人读者来说，这些陈旧得"已经泛黄"了的记忆，逐渐远去、慢慢变得模糊起来的记忆，会使他们陷入无尽的回味与沉思之中。

## 二、华人形象在魁北克人心中的变化

20 世纪 60 年代，魁北克经历了一个社会现代化加速的过程，发生了平静的革命。① 教会失去了作为精神领袖的地位，撤出了教育领域和医疗卫生领域。各种社会思潮涌进了大学校园。中国的"文化大革命"对魁北克的知识分子和青年大学生有很大的吸引力。他们从电视中（当时魁北克黑白电视已经普及）得到许多有关中国红卫兵闹革命的信息。工会领袖和年轻的知识分子对中国的"文化大革命"十分向往。他们阅读马克思的《资本论》，研究毛泽东的小红书，成立马列主义和毛主义的政党。他们印刷报纸，转载《人民日报》的社论，张贴海报，举行纪念毛泽东的集会或介绍毛泽东思想的报告会。他们在大学校园里设摊位，出售他们的出版物和宣传品，发展党员。当"文化大革命"在中国已经结束、已经被否定时，毛泽东消灭三大差别的理想在魁北克的大学校园里仍有不少支持者。他们这

---

① 平静的革命（la révolution tranquille）是指 1960 年魁北克在自由党领导下，为促进社会的现代化，所启动的一系列的经济、政治和制度的改革。从广义上来说，泛指 1960—1970 年代历届政府为实现魁北克社会的现代化所做的努力。

# 枫叶荻花

些"沙龙里的革命家"对中国的现实不甚了了,对中国在"文化大革命"中所发生的一切完全无知。在魁北克左倾知识分子的心里,毛泽东是他们崇拜的偶像,因为他提出的不断革命的思想,在他们看来,为世界一切被压迫的民族和国家,提供了自我解放的希望和办法。这些 60 年代的左倾知识分子的形象,到了 80 年代反映在魁北克的文艺作品里。魁北克著名的小说家弗朗馨·诺埃尔(Francine Noël)在她的小说《玛丽丝》(Maryse)中有一段十分幽默的描述。这是蒙特利尔的一群年轻大学生。他们出生于中产阶级或小资产阶级家庭,脱离生产实践,从未有过劳动人民的生活体验。他们大谈特谈资本主义制度的腐朽,要推翻这个制度,实现社会公平和正义。有一次,他们在餐馆聚会时争论了起来。他们当中的一位诗人,嘲笑他们的出身,调皮地开玩笑说:

"如果我是你们,同志们,我就放弃学习,到工厂去干活。工厂,一切都在那儿!"

然后他用优美的歌喉即兴吟唱道:
"真正的道路在中国
真正的生活在工厂
真正的处女是妹虑卿
真正的母亲在厨房
郎的妹呀请想一想

中国和中国人的形象从生活走向艺术的另一个例子，是1985年在魁北克上演的《龙之三部曲》(La trilogie des dragons)。这是一部大型现代剧。全剧不是在舞台上演出，而是在剧场当中的一个长方形的平台上演出。观众坐在两边或四周的梯形看台上。这样当然就没有习惯上的舞台背景。演出的平台上只有一个简陋的有窗有门的小木屋，一些沙土和偶而出现

图3 《龙之三部曲》封面

的几件道具。第一部，绿龙（1915—1935），故事发生在魁北克市的下城，现在已成为停车场的唐人街旧址上。第二部，红龙（1935—1955），故事发生在多伦多的士巴丹拿街一间鞋店里。第三部，白龙（1985），故事发生在温哥华机场内。全剧跨越了大半个世纪，涉及三代人的不同命运。而剧中的人物或多或少与中国或东亚有着千丝万缕的联系。我们在这里无意分析剧本的全部内容，而是只关注中国和中国人的形象是如何反映在魁北克的戏剧里、呈现在世界观众面前的。

(1) 中国人掌握不好外语。中国洗衣店的王老板戴一副圆镜片的老式眼镜，英文发音不准，语法错误，英国人也听不懂他说什么，要加上比划和手势才能明白他的意思。

中国人：The store is burn.（店失火烧啦。）

克劳福德：Did you say a star is born?（你是说一位明星诞生了吗？）

中国人：The store is burn.（店失火烧啦。）

克劳福德：I'm terribly sorry but I didn't quite understand what you were saying...（我很抱歉，可是不很明白你在说什么……）

（中国人拿起克劳福德手中捏着的纸头的一端，用他手中的蜡烛点燃纸头。）

克劳福德：Oh! I see, you mean it burned down...（啊！我知道了，你是说，失火啦。）（24页）

(2) 中国人不注意卫生。洗衣店很肮脏，发出难闻的臭气，被孩子称为中国人的气味。楼梯过道里的蜘蛛会掉到行人的头颈里。

雅娜：弗朗索瓦兹，弗朗索瓦兹，快点！我要送床单去洗（她从屋顶上滑下来），来呀！陪我一起去，我不想一个人去！

弗朗索瓦兹：（走过来）唉，你这个胆小鬼！

雅娜：我不是怕！我不喜欢干这事儿，一个人到洗衣店去。

弗朗索瓦兹：中国人又不会吃掉你！他们又不是狮子，

只是个中国人而已!

雅娜:我希望见到那个年轻的,而不是那个老头儿!他带着眼镜很难看,像头苍蝇。

……

雅娜:瞧,他会拿出一张纸头,在上面画个画,接着撕成两半,给我一半,然后说:"麦西!"(37—38页)

当这两个十二三岁的小女孩来取洗好的衣服时,敲洗衣店的门无人回应,便推开门上的小窗,把头伸进去呼喊。此时,这两位调皮捣蛋的小丫头,又有一段对中国人大为不恭的对话:

弗朗索瓦兹:啊哟,好臭……中国人的臭味儿。

雅娜:嘘!(她敲门)掐你死先生!我来取我父亲送洗的衣服……

弗朗索瓦兹:麦西先生!中国菜先生!

雅娜:好啦!别这样!

弗朗索瓦兹:怎么,你的床单,要还是不要?

雅娜:当然要啦。

弗朗索瓦兹:好,那就让我叫门。(她喊道)中国佬,屙疤疤!(44—45页)

(3)中国人喜欢赌博,爱打麻将(这是中国人特有的娱乐和社交活动),而且是精明的"赌徒"。剧中不仅提到打麻将,而且洗衣房业主王先生还兴致勃勃地跟在香港出生的英国人克劳福德学打朴克。酗酒的理发店老板莫兰在神智不清的情况下坚持赌钱，列宾阻止也阻止不了。王先生的儿子王礼接受了他的挑战。经过三个回合，莫兰输得倾家荡产，不仅输掉了理发店，也输掉了怀有身孕的15岁的女儿。最后，不得不把自己的女儿送给王礼做老婆。王礼是华人移民的第二代，能说流利的英语，在多伦多开餐馆，心胸开阔，为人慷慨，不仅收养了雅娜和她的私生子，而且愿意做孩子的爸爸，照顾雅娜和孩子。

（4）中国人重视家庭和亲情。他们不声不响，积攒钱财，接济国内的亲人；想方设法把自己的家人弄到加拿大来团聚。

莫兰（理发师）：该死的列宾，你这个收敛尸体的殡仪馆老板！眼下，你们这些人赚大钱。你们，还有中国人！中国人……他们不会大声抱怨，中国人。他们能忍耐，他们攒钱，然后把钱往中国寄。接下去，他们要做的第一件事，你知道，就是让全家人都到这儿来。他们知道，时间对他们有利。他们藏在自己的木屋里逮老鼠，抓住老鼠的尾巴，先放在锅里煮，然后放在炉上烤。烤熟以后去皮，切成小块，便装在盘子里给我们吃。

列宾（殡仪馆业主）：瞧你说的，莫兰，这不是真的。中国人，他们是不吃老鼠的。（36—37页）

洗衣作坊的老板王先生有两个孪生姐妹，穿着中国传统的服装，担水洗衣，埋头做工，不说一句话（在舞台上没有一句台词）。王老板去世后，她们便随侄儿王礼先生去多伦多生活。侄儿在多伦多有一家中餐馆。闲时，她们以画扇面为乐。剧中描写她们从橱里拿出水盂、水碗、颜料、毛笔，放在桌上，准备画扇面。雅娜向来访的弗朗索瓦兹介绍说：

> 她们是寡妇。像许多生活在多伦多的中国妇女一样，她们从来没有学过英文，甚至从来没有走出过唐人街。她们总是过着与世隔绝的生活。在多伦多，她们好像生活在中国一样。……她们整天以画画度日。她们在扇面上画她们国家的景色。她们越画越详细。她们似乎想进入画中……进入她们祖国的山川，天空……她们似乎想回到故乡去……回到中国的肚里去。两个孪生姐妹似乎想回到母亲的怀里去。(86—87页)

雅娜的女儿斯黛拉小时候得了脑膜炎，经过治疗，命保住了，但成了个废人、弱智儿；长到二十多岁了，生活还不能自理，吃喝拉撒睡，都得要人照顾。雅娜不堪重负，不得不寻求教会的帮助，交给教会办的残疾儿童收养所去抚养。当慈善机构的玛丽嬷嬷来访，要把斯黛拉领走时，作为义父的王礼却不肯在文件上签字。他的理由是：

> 斯黛拉有家。她应当跟家人生活在一起。这是我们的

信念。我父亲的两位姐妹,她们跟我们生活在一起,一直到老死。即使生病了,她们仍和家人待在一起。(105 页)

(5)中国人习惯饮茶。中国人请来客饮茶,就跟西方人请来客饮咖啡一样,已经从饮食习惯上升到了礼仪的层次。剧本自始至终,一有机会便敬茶饮茶。这成了中国文化身份的一个标志性的习俗。玛丽嬷嬷曾被教会派到中国服务多年,是广州一家育婴堂的主持人。当她来王礼先生家准备领走雅娜的女儿时,按中国人的习惯,自然受到茶水招待。下面是她品茶时说的一段台词:

"啊!多好的中国茶!多香啊!从中国回来之后,我就没有闻到过这样的茶香了,我想。真的没有!我不知你们是从哪里买来的,你们,可是一般说,这儿的茶有点淡而无味……大概是出口的原因吧,茶叶失去了香味……货舱运输……包装不当……"(104 页)

(6)中国人有迷信思想。在香港出生并生活过的克劳福德对王先生的儿子说:"不要在室内撑伞,这是不吉利的!"王礼是在加拿大长大的,没有这种迷信思想,便回答他说:"我不信运气,也不信晦气。"(53 页)在第二场戏里,玛丽嬷嬷谈起她在广州的育婴堂工作时说:"我们在那里有很多事要做,有两百个可怜的孤儿要抚养。这些孩子一般是被父母抛弃的。在那个地方是相当常见的现象。你们知道，这主要归咎于迷信，一个生病的孩子……你们理解吗，中国父母不像你们有勇气：他们承受不了抚养一个残疾儿童的考验……"（102页）

（7）中国人跟魁北克人一样闭关自守，不容易接受外来文化。那位在香港出生的、卖鞋子的商人克劳福德对王礼说："你知道，法裔加拿大人是不对外来文化开放的。"在加拿大长大的王礼回答说："要对外来文化开放的，也许应该是我们吧。"（53页）

作者为了塑造中国人的形象，营造气氛，可以说，把所有具有中国文化特征的元素都搬上了舞台。除了上面提及的麻将牌、茶叶、折扇、毛笔、水盂、水碗，还有太极拳、道家的理论、阴阳学术、灯笼、黄包车、鸦片烟……等等。

魁北克人眼里的中国和中国人，并非都是负面的，也并非都是正面的。在一个世纪的时间里，魁北克从农业社会走进后工业社会。而在魁北克现代化的进程中，华人移民也做出了自己的贡献。这一点是可以肯定的，不管魁北克人怎么看待华人。仅就蒙特利尔与上海在20世纪80年代结成姐妹城市一事来说，华人的牵线搭桥就十分重要。这两个城市联手在蒙特利尔建筑中国花园——"梦湖园"，成了蒙特利尔居民休闲娱乐的好去处，也成了蒙特利尔的一个重要的旅游景点。（见图4）更重要的是，中国花园的存在，大大提高了蒙特利尔作为国际大都会的知名度，也丰富了蒙特利尔文化多元开放的形象。中国花园是上海市按照中国江南园林的款式

枫叶荻花

设计的。该园建在蒙特利尔植物园内，1991年落成开园。里面有亭台楼阁、水榭廊桥、假山曲径、洞门花窗、树木环抱的湖泊、古色古香的展厅。每天有人来这里打太极拳、散步。游客中不仅有步履蹒跚的老人，也有推着婴儿车的年轻妈妈；不仅有窃窃私语的情侣，也有奔逐嬉戏的儿童。每年夏季，展厅里都有中国文化的展示，如中国的书法、绘画、摄影、服饰、剪纸、捏面人、中华美食、茶道、花灯、丝绸、盆景、民乐、冰雕……年年翻新，不一而足。这里成了中国文化的一扇流光溢彩的橱窗。许多华人新移民更把这里当作宣泄和抚慰乡愁的最佳去处。

图4　蒙特利尔蒙湖园及熙春院

让我们还是从现实生活回到艺术舞台上来吧，回到《龙之三部曲》上来吧。用中国人和中国文化来贯穿长达 6 小时的马拉松式的现代舞台剧，这不仅在加拿大是绝无仅有的，而且在世界戏剧史上也是绝无仅有的。该剧 1985 年在魁北克市和多伦多市演出之后，1987 年参加蒙特利尔的美洲戏剧节，获得巨大成功，得到社会公认，并获得戏剧节大奖。在以后 20 年的时间里，该剧曾在欧洲巡回演出，还到过北美洲、大洋洲、亚洲和中东的 13 座大城市演出。加拿大的华人形象，或者说得更具体一些，魁北克的华人形象，如剧中所表现的那样，呈现在世界观众的面前。华人观众如果不能为华人的形象感到骄傲，但也不必为华人的形象感到悲哀。因为那是历史。我们应以平常的心态去看待第一代甚至第二代移民留在接纳国人民心中的形象。剧本中所写的一切，不论是正面的还是反面的，主要是为了表达人的共性，为了反映文化多元共生、互相融合的加拿大和魁北克，既不是为了丑化中国人，也不是为了美化中国人。剧中酗酒、嗜赌的魁北克理发师和出生在香港的英国小伙子，其形象也不比开洗衣作坊的中国老板靓丽多少，甚至还不如呢。

魁北克人民长期寻找自我，并自以为找到了自我，但在 1980 年全民公决失败之后，陷入了失望和痛苦之中。1985 年《龙之三部曲》的横空出世，让魁北克人重新回顾自己的历史，认识到他们本来就不是什么纯毛的（purelaine），而是多种文化融合的产物。剧本带他们走出省门、走出国门，帮他们摆脱自设的、痛苦的牢笼，让他们看看其他人民是怎么生存和发展的，让他们开阔

## 枫叶获花

眼界，打开思路，寻求新的灵感、新的发展策略。到哪里去看？到哪里去找？到太平洋对岸去、到亚洲去、到中国去，因为那里才是当今世界上经济最活跃、发展最迅速的地区。这是剧作家和导演所做的选择。于是，在第三部《白龙》里，观众看到，皮埃尔·拉蒙达涅获得了一份奖学金，准备到中国去学习东方艺术。

在第三部《白龙》的结尾处，在从温哥华飞往香港的班机上，法国航空公司的机长，对乘客讲了一段精彩的、意味深长的迎宾词。我们摘录一段如下：

女士们，先生们，晚上好！你们的机长菲利普·冈比耶欢迎你们乘坐法国航空公司的384航班飞往香港。……如果从左舷窗向下看，你们可以看到温哥华市中心的唐人街，北美第二大的唐人街，现在已经成了一个米米小的光亮的网点。……唐人街的中国人热情好客，其中许多人来自香港。……香港是无数出口商品的转运站，也是国际商界许多大家族的后生——英裔青年的出生地。……太平洋好似一面镜子。一边是香港，一边是温哥华。香港是黑色的，神秘的；温哥华是白色的，明朗的。二者相映成趣。二者又各自为群山环抱，土地面积无法延伸，发展受到限制，而不得不互相效法，向高空伸展。……她们高楼林立，傲然相视。当夜色宁静，从高空鸟瞰下去，可在太平洋冰凉的镜面上，欣赏她们的倒影。倒影相连，互补损益。太阳在温哥华落山之际，正是在香港升起之时，遐想及此，尤感迷人。这两座城市如同孪生姐妹,正是"道"本身的体现:阴阳互动,既成就了宇宙的统一,又统辖着宇宙的统一。女士们,先生们,如果你们通过身边的舷窗再看一看:在我们上面,天空是黑的,但是晴朗的。再过几个小时,大自然将发生奇迹(他指指他头上的天空):哈雷彗星将划过长空,身后拖着长长的发光的尾巴。(166页)

这不是世界经济分工合作、东西方文化融合互补的一种隐喻,一种诗意的表述、一种富于哲理的思考吗?

2006年,罗贝尔·勒巴吉——《龙之三部曲》造就了这位魁北克大导演的国际名声,觉得意犹未尽,在她的女友玛丽·密淑(Marie Michaud)的协助下,共同编出了龙系列的第四部《兰龙》。故事的背景搬到了上海。主人翁就是来中国学习东方艺术的皮埃尔·拉蒙达涅——弗朗索瓦兹的儿子。他在上海开了一间画廊,专门展览现代艺术作品。他有一位美术学院的女同学,叫克莱尔·福雷,来上海寻找发展机会。他们在上海偶然邂逅,两人久别重逢,迅速堕入爱河。可是一位在皮埃尔画廊里展出自己作品的中国青年女艺术家萧玲,横亘在他们之间。于是,一场爱的三角使三位当事人都陷入了痛苦抉择的尴尬境地。在这极平常的爱情故事里,观众不仅看到了一个热火朝天进行着现代化建设的大上海,一个现代与传统、贫穷与富裕、东方与西方形成强大反差的上海,而且也看到了体现在新一代中国青年艺术家身上的追求、期望和敢于创新和竞争的个性,彻底颠覆了中国人在魁北克人心目中的形象。[1]

改革开放后的中国,经济发达,人民逐渐富裕起来,国家开始强大起来。华人,不论来自台湾、香港、澳门抑或大陆,成了加拿大和魁北克省移民的重要资源。魁北克省每年都要吸收数千华人移民和自费留学生。华人给魁北克带来的精神财富和物质财富是无法估量的。现在中国移民像法国移民一样,在魁北克变成了受欢迎的香饽饽。中国移民家庭重视子女教育,为了子女成材,不惜投入大量人力和财力。华人子女在小学和中学里,学习成绩一般都很优秀。小学老师在新学年开学时,如果看到班上有很多华裔或亚裔的孩子,便会非常高兴。教师们认为,中国孩子或者亚裔孩子智商高,学习成绩好,又不调皮捣蛋,教起来不吃力,教学效果也好。中国移民保持了吃苦耐劳、安分守己的传统。在20世纪90年代办公室电脑化大发展的时期,魁北克的许多机构,不管是私人企业还是政府部门,都很乐意雇用华人程序设计人员。他们认为华人"有耐心,坐得住"。魁北克人对华人的看法发生了一百八十度的大转变。生活中的华人新形象,我们相信,有一天也会在魁北克作家的笔下,成为艺术形象的。

(原载郑南川主编的魁北克华文小说选《太阳雪》,魁北克华人作家协会,蒙特利尔,2014年)

---

[1] 我们至今没有看到该剧本正式出版。这里的介绍是根据网络上的资料编写的。2008年8月该剧本曾由两位加拿大英语作家在上海的一家酒吧里用英语朗诵过片断。

# 应晨——现代小说艺术的探索者

应晨女士 1961 年生于上海。1983 年毕业于上海复旦大学法国语言文学专业。1989 年赴加拿大蒙特利尔麦吉尔大学法语系攻读文学创作，1991 年获硕士学位。

1992 年发表处女作《水的记忆》(La Mémoire de l'eau)，1993 年发表《自由的囚徒》(Les Lettres chinoises)，1995 年发表《再见，妈妈》(L'Ingratitude)。第三部小说的发表，是作者生活中的一个转折。如果说前两部作品还是学生的习作，而这部作品一经问世，即获得好评，在当年获得魁北克—巴黎联合文学奖。次年，由于该书畅销而获得魁北克书商奖和魁北克《伊人》(Elle) 杂志女读者大奖。这些奖项是魁北克社会对她的创作才能的肯定，也为她开辟了走上专业作家的道路。一个三十多岁的女士在国内并没有创作小说和发表作品的经历,而在短短的数年之内,她用自己的第二外语——法语进行写作,获得魁北克社会的承认,并在文坛立住了脚跟。随着这部作品被译成英文、西班牙文、意大利文、俄文和波兰文发行,作者在国际文坛也获得了声誉。这是极其难能可贵的。

## 一、应晨的成功

应晨的成名作《再见,妈妈》讲述的是一个正值花季的女青年反抗传统价值观念的故事。主人公燕子,在改革开放潮水的冲击下,勇敢地挑战传统,试图争取个性解放与个人自由,与母亲发生了严重的家庭冲突。母亲在书中代表了传统,视女儿为私有财产而严加保护,对女儿的交友和行为严加控制。家里的一切由母亲说了算,父亲也得听母亲的。母亲是家里的绝对权威,既专横又固执,固执到几乎近于偏执狂。叙述者在走向九泉的路上,追忆起母亲跟她有一段难忘的对话:

——妈,我要做我自己。
——你不先做我的女儿,就不能做你自己。
——我首先是自己。
——你首先活在我肚子里。
——我现在想一个人呆着。
——我们从来不是一个人。
——我们总是某人的儿子或女儿,某人的邻居或同胞。

## 应晨——现代小说艺术的探索者

我们总是属于某个东西。我们是社会动物,他人是我们的氧气。要活下去,你就少不了这个。甚至米米小的蚂蚁,也比你更懂得这个道理。

——如果我不想活下去呢?

——随你的便。但你不能否认我是你的母亲,你爸是你的父亲。你不能否定这一点,永远也不能。你奶奶没有把这道理告诉你吗?即使死了,我们的阴魂仍然属于这个家。

——阎罗王呢?

——只有我们的灵魂跟他走。

——可是,对不起,妈,你就当我没有存在过吧,既没有在你的肚子里,也没有在这个世界上。

——这怎么做得到呢?我们一旦生下孩子,这一辈子就注定了,你知道,注定要看管这个孩子,即使我们心里不要这个孩子,肉体上还是要。你要当了母亲,才会懂得这一点。我们的母亲是我们的命。①

一个具有占有欲、支配欲的母亲,不能跟随时代的变化,坚持要女儿按照她的理想成长,冠冕堂皇地说,这是为了你好,用她那一代人的价值观来要求自己的女儿、管束自己的女儿,把自己视为"造物主"——孩子是她生出来的,她有权利按她

---

① 引自法文版《再见,妈妈》(*L'Ingratitude*),加拿大蒙特利尔勒迈阿克出版社,1995年,第129页。

的理想来塑造孩子。孩子不能接受，形成叛逆心理。燕子工作单位的领导把她叛逆的根源归咎于外来影响，认为燕子是精神污染的牺牲品。

"你太年轻，"领导对燕子说，"太年轻！人年轻的时候特别容易受坏影响，受外国东西的影响。外国的东西污染了我国本来很纯朴的社会风气。所以我们对年轻人，不论在哪方面，都要随时加以引导……而且，特别是，"他继续说，"如果你还有点儿起码的理智，不该说的话，你在公开场合就不必说。"①

经历过80年代初反精神污染运动的中国人，对燕子单位领导这样的批评与叮嘱，定是十分熟悉的。

在破处的问题上，燕子的行为正反映了80年代初中国青年自发的性解放运动，摆脱在贞操问题上的传统观念，摆脱父母，特别是母亲对女儿在择偶问题上的控制、管教和约束。燕子25岁了，本该早已是人母。可是，在性压抑的现象还没有结束的时代，燕子下决心要尝一尝禁果。她决定跟B在公园里做爱。这是她的第一次，她感到很疼。她想，如果像她母亲那样18岁结婚，她就不会那样受罪了。18岁少女的肉体还很青春，富有

---

① 引自法文版《再见，妈妈》(*L'Ingratitude*)，加拿大蒙特利尔勒迈阿克出版社，1995年，第103页。

弹性。她感叹不能再找回 18 岁的青春。"时间按照自己的速度流逝，一去不返，并不会因为我保持童真而给我回报。"①她跟 B 分享了这次性经验，并不觉得 B 应对她负有什么责任。因为，她这样做不是为了要嫁给他，而是为了在死亡之前经历一次性经验，做一个完整的女人。而善良的 B 受传统观念的约束，认为在两性关系上，主要应由男方负责，因此他觉得今后要对她负责，愿意一辈子跟她在一起。这使燕子很恼火。燕子突然失态，大声吼道："那么，我就饶恕你的罪孽！"

燕子不堪忍受母亲对她的绝对占有，她的叛逆心理先是产生对母亲的憎恨，继而产生报复的念头。既然无法摆脱母亲自私的爱，她要用一种使母亲感到最痛苦的方式来惩罚母亲。燕子决心死在母亲面前或身边。"她规划了我的出生，"燕子想，"现在她要目睹我的离去。该她来完成这件开了头的苦差事：为我收尸，擦洗我的血迹——我的血也是她的血。我要看到她惊慌的眼神，我要看到她颤抖。我对这个世界留下的最后形象，就是母亲崩溃的形象。"②燕子以死亡来进行反抗，以死来惩罚母亲，以死来让母亲痛苦，以达到报复母亲的目的，从而构成了一部人间悲剧。

该小说法文发表时的题名为《忘恩负义》。说女儿的反抗行为是忘恩负义，这是母亲对女儿不听话、不孝顺的一种谴责，

---

① 引自法文版《再见，妈妈》(*L'Ingratitude*)，加拿大蒙特利尔勒迈阿克出版社，1995 年，第 81 页。

② 同上书，第 56 页。

是以母亲的口吻说的,也是母亲那一代人的立场和观点。而作者在把这部小说译成中文发表时,将书名改成了《再见,妈妈》。这是作者主动改的,还是在编辑先生的建议之下改的,我们不得而知。书名变成了女儿的口吻,实际上也成了女儿那一代人的口吻。故事的叙述者——燕子不仅是对妈妈说再见,而且推而广之,也是对传统的价值观和孔夫子的礼教说再见。这一改,改得好,把这部小说的社会反抗意义增强了。而且附带地也把令人刺目和刺耳的书名改得没有了棱角。这样做既适应了中国一般读者的接受力,也适应了孔子文化圈内许多国家读者的接受力,从而有可能争取到更多的东方读者对燕子以死抗争的叛逆行为的同情和惋惜。

　　一个具有中国文化背景的作家所创造的这个叛逆形象,为什么在西方会受到读者的欣赏和赞美呢?

　　首先,历史悠久的中国文化对西方读者始终是个谜。中国这个超级稳定的社会经历了两千多年,积淀了丰富的文化遗产,尽管有过无数次的暴力革命和改朝换代,分分合合,绵延至今,始终按照自己的速度前进,常常以其特有的智慧给世界各国人民以惊愕、惊喜和惊奇。西方读者对以中国文化为背景的文学作品特别感兴趣,特别好奇。中国作家的作品被介绍到外国去的远远不及外国作家的作品引进中国的多。中国作家能用外国语言直接书写中国故事的,更是屈指可数了。西方人想了解中国社会和文化的强烈愿望,是近三十年来欧美华裔作家的作品在西方取得较大社会效应的根本原因。不管是戴思杰用法文写的《巴尔扎克与小裁缝》(此小说被改编拍成了电影并由作者亲自执导)也好，还是闵安琪用英文写的《蓝皇后》也好，除了艺术上的成功之外，对于西方读者来说都起到了"解渴"的作用。应晨的小说《再见，妈妈》也属于这类成功的例子之一。

其次，毋庸说，小说的内容是作品成功的关键。代沟，这个普遍存在的社会现象，会因社会空间和文化语境的不同而有深浅的差别，但不会因时空的变化而消失。两代人的冲突主要表现在价值观念方面。第二次世界大战后，欧美国家兴起的女权运动，加上20世纪六七十年代的性解放运动，使西方妇女在两性关系问题上、在择偶问题上，享受着较多的自由和自主决定权。且不说，对她们也不存在像中国传统礼教那样的束缚。但这些并不说明她们没有行为规范，没有道德准则。西方年轻女性有时也会感到父母的叮嘱和管教对她们是一种约束，她们也会在《再见，妈妈》的主人公身上找到某种共鸣。特别是，燕子不得不用一种极端的方式——死来进行反抗，也能激起她们巨大的同情。

最后，此小说的法文书名《忘恩负义》对西方读者来说也是很能吸引眼球、引起兴趣的。魁北克法文版《伊人》杂志的众多女性读者把选票投给这本书，使此书获得大奖，并非偶然之举。所以我们也就不难理解为什么在竞争法国女性文学奖费米纳奖、爱尔兰读者奖和加拿大总督奖时，此书能获得提名。

我们在这里要顺便说一说，在西方，除非你有幸成了畅销书的作者，否则是很难依靠文学创作来谋生的。应晨结婚之后，生了两个孩子，居住在魁北克省南部一个离美国不远的宁静而优美的小镇马高阁（Magog），一面抚养孩子，一面从事所喜爱的写作活动。她是幸运的。她在 2002 年回国参加《再见，妈妈》中文版的首发式时，曾告诉记者："加拿大文化部有一笔对少数［族裔］作家的文学资助金，我很幸运，常常能拿到这笔奖金以维持生计。"①

从 2002 年起，她的作品由蒙特利尔的北极出版社和巴黎的瑟伊出版社同时出版。应晨作为魁北克的法语作家，同时获得法国一家大出版社的认可，这说明她的作品能够打入欧洲市场。此外，应晨曾于 2001 年应邀担任加拿大文坛最高奖项——加拿大总督奖的评委，并于 2002 年获得法国文化部颁发的骑士荣誉勋章，这可不是平庸的法语作家所能获得的殊荣。

## 二、应晨的迷惘

应晨出生在中国大饥荒的年代，成长在动乱的"文化大革命"当中，1979 年改革开放艰难起步之时，有幸考入复旦大学。80 年代末，她随着留学大潮来到加拿大，时年已届 28 岁，并有了 5 年的工作经验。作为中国人，一般说，她的文化身份已经铸就了。说铸就了，并不意味着不再变动。文化身份随着时空的转换而有所不同，随着社会的发展而逐渐演变。再说，她这一代人的文化身份，可以说，也是一种"豆腐渣工程"。在

---

① 请参阅应晨与赵延的谈话，载 2002 年 9 月 12 日《青年报》。

他们成长的年代里,家庭,学校,社会,工作单位,能给他们提供什么样的精神食粮、什么样的历史知识、什么样的社会理想和个人理想、什么样的道德教育和行为规范呢?动荡的政局,空洞的口号,人人自危的生存状态,物质和精神的双重匮乏,歪曲的历史,扭曲的心灵、人格和民族精神……总之,那是个"假大空"的社会环境。成长在这种语境里的一代人,怎么能指望他们构建牢固的、健全的文化身份呢?对很多青年人来说,国门一开,西方文化像潮水一样冲进来,很快就把他们原有的身份堡垒冲出大大小小的缺口。当他们来到西方国家求学或定居,受到的文化冲击就更加大了。应晨在给友人的信中曾说,"离开故土远涉重洋一举使我全身心感受到前所未有的冲击"[①]。她把受到文化冲击的感受已经部分地写进她的第二本书信体小说《自由的囚徒》里。而她在处女作《水的记忆》里,叙述者所讲的中国家庭的故事和几代女人的命运,诸如裹小脚呀,未婚妻跟木偶完婚呀,并跟代表死去的未婚夫的木偶厮守终身之类的故事,都是中国文化的糟粕。西方读者从书中获得的信息是错时的,肤浅的,欠准确的。当然,这些糟粕都是应晨所不认同的。应晨对她成长的那个时代的政治和文化也是不认同的:"文化大革命",狭隘的民族主义,充斥干瘪的政治口号并受政治任意奴役的文学,缺少宽容的文学机构,等等。一个人,只

---

[①] 引自卓越亚马逊图书网站《再见,妈妈》条目下的书评:《视文学为上帝》,作者不详。

有在与不同族裔的人、不同文化背景的人接触之后,在一起生活之后,才能看清自己民族的文化身份,才能知道民族文化身份的哪些成分是需要抛弃的,哪些是需要保留和发扬的。应晨跟所有海外华裔作家一样,跟世界所有移民作家一样,都有一个清理自己文化身份和重构文化身份的课题。这在她的文集《黄山四千仞:一个中国梦》里有很多这方面的记述。清理和重构文化身份的过程,也是一个移民在与他民族和他文化接触的过程中认识自己、认识新同胞、认识接纳社会的过程。在这个过程中,移民必然对自己文化身份的构成成分自觉地或不自觉地进行扬弃:发扬其中的优良成分,抛弃其中的不良成分。[①]同时吸收他文化中的优良成分来丰富自己,发展自己,防止和拒绝他文化中的不良成分来侵蚀自己。[②]一个移民如果能自觉地这样做,他就能比较顺利地融入接纳社会,从而避免产生身份危机。这个身份转换的过程并不如人们想象的那么简单,因为当事人要进行艰难的选择,会有很多的犹豫不决,会拖延很长的时间,有时会感到痛苦。人们不是常说老乡见老乡两眼泪汪汪吗?这眼泪里不仅仅是乡愁,更多的还是在异国他乡适应过程中所感到的艰辛、无奈和委屈。身份转换的过程,对许多移民来说,也许直到生命结束也完成不了。凡是文化身份在祖居

---

[①] 请参阅张裕禾:《从何着手研究文化身份》,载《中国文化与世界》第 4 辑,上海外语教育出版社,1996 年。

[②] 请参阅张裕禾:《文化身份重构问题》,载《跨文化对话》,上海文化出版社,2003 年第 13 期。

地已经铸就的移民,每天都会在不同程度上对此有所体验。他们不是土生土长的加拿大人,也不再是以前的自己。他们始终处于半途当中,变成文化上的两栖人。他们一方面充分享有两种不同的文化,另一方面又不被其中的任何一种完全接受,并且两者都将他们边缘化。① 应晨在国外生活了多年之后,对自己文化身份的转换,有切身的体会。她说:"我已经离去,但还没有到达。也许我永远也到达不了。……我处在出发点和目的地的半途当中。我的人生被掰成了几块。我是我自己,又不是我自己。……我不再说得清楚哪里是我真正的土地,哪种语言是我真正的语言。过去和现在混淆在一起。由此,我的根似乎有好几个,重新生过,找不到了。……因此,我漂浮在大海之上,四面看不到海岸。"② 她的感受跟社会学家的观察是一致的。她常常难于应付别人对其文化身份的提问。2003 年 1 月,她在法国参加一个文学讨论会。当一位法国作家问她在中国当代文学中如何自我定位,是中国作家还是法国作家时,她回答说:"我是作家,这就够了,不在乎是加拿大的,中国的……事实上,我是一个漂泊的灵魂,因为我在 1989 年离开了中国,那算是一种死亡,如果把我放在中国当代文学家当中,

---

① 请参阅张裕禾:《文化身份与移民融合》(法文版),加拿大魁北克,IR-FIQ,2004 年,第 90 页。

② 引自法文版《黄山四千仞:一个中国梦》,蒙特利尔,北极出版社,2004 年,第 35—37 页。

我感觉自己犹如一个幽灵。"①

应晨以为"旧我"在离开故土之后已经"死亡"。其实"旧我"并没有死亡,而是顽强地与"新我"共存。"新我"依靠"旧我"的土壤,加上新环境提供的阳光、空气、水和养料而茁壮成长。当她在小说创作上打破时空概念、探索个人内心世界时,她担心她的好友法国汉学家安妮·居里安会问她,在这种情况下如何为自己的文化身份定位?她坦言不知道为什么要给自己的文化身份定位,也不知道如何为自己的文化身份定位。一方面,她知道,她在中国生活了28年,在那里接受了几乎是完整的教育,目睹了种种令人惶恐不安的事件;她也承认,如果没有在"第三世界"生活的经历,她是写不出像《悬崖之间》那样的作品的。这意味着她的文化身份是在中国铸成的,而且她原有的文化身份对她的创作活动具有直接的影响。另一方面,她也知道自己目前生活在一个使她实现了作家梦的国度里,并取得了加拿大的国籍。她毫不掩饰自己对接纳国怀有感恩之情。随着时间的推移,她的视野变得开阔了,观察中国人的生存状态的角度不同了。价值观念也在悄悄地起了变化。中国在变,她自己也在变。中国文化中许多负面的成分,她已不再认同。

漂泊海外的游子对祖国文化的认同通常是具有选择性的。但祖国文化中有一样东西是第一代移民无法选择的,那就是从摇篮里开始学习的母语。应晨虽然不再是中国的公民,但语言仍然把

---

① 摘自会议组织者安妮·居里安撰写的会议报告,林惠娥译。

应晨——现代小说艺术的探索者

她跟这块既多灾多难又欣欣向荣的土地联系在一起。"汉语就像永远挥之不去的梦,永远抹杀不掉的记忆,使我相信过去的我永远也不会完全消亡。"① 她披露说,在中国这块土地上,现在还能使她感动得流下眼泪的,除了她的父母亲之外,就算用汉语写成的文学作品了(毋庸说,还有上海城隍庙里那些令人馋涎欲滴的小吃,喷香可口的家乡饭菜和抑扬顿挫的上海方言)。她至今还能背诵许多中国古诗。那些充满寓意、用质朴优雅的汉语写成的古诗,以及古诗所创造的轻盈、透彻的境界,令她至今向往不已,向往能在那样的境界里度过一生,而无需离去。她也非常喜欢80年代以后出版的某些极具特色的现代作品,她觉得读来如同品尝多年的陈酿。那是一种享受。她在同一本书中写道:"对我来说,会汉语是天赐的厚礼,是最好的[文化]遗产。"②

对任何人来说,从摇篮里开始学习的语言是确定个人文化身份不可缺少的成分。语言是一个人首先生根的地方。只要母语在,母语所承载的文化就在。应晨可以不认同青少年时期的中国政治和文化——留在祖居地的中国人也是不认同的,但读者不要因此而误以为她是在全盘否定中国文化。不,她没有全盘否定。她不是说,"摆脱不了红楼梦"③吗?她不是说,"会汉语是天赐的厚礼,是最好的[文化]遗产"吗?再说,无论在

---

① 引自法文版《黄山四千仞:一个中国梦》,蒙特利尔,北极出版社,2004年,第42页。
② 同上书,第25页。
③ 同上书,第22页。

她的小说里还是文论里,中国文化的参照比比皆是,甚至某些表达方式都是直接从汉语转换成法语的。这一点,应晨自己也会承认的。只是从法律的意义上说,应晨不再是中国人了,但从文化上说,她仍然是中国人,至少也是半个中国人。应晨完全可以坦然承认,自己具有双重的或多重的文化身份。

应晨在文化身份问题上的迷惘并不是孤立的,而是许多移民作家身上普遍存在的现象。不仅生活在欧美的华裔作家如此,生活在接纳国的其他族裔的作家也是一样的。

应晨曾回忆说,学习法语之后的感觉,就好像是打开了"第三只眼"(应晨语)。她曾设想,如果她能做到用另一种语言来思想,她的内心世界定会超越中国的国界。那时,国家的概念对她来说就不再具有实际意义了。从做大学外语系学生起,她在精神上就已开始了旷日持久的漫游,试图找到一个最能适合她的真正的祖国。应晨对掌握第二语言和第三语言的期待和探索,跟许多掌握多种语言人的实际情况是相符的。学习了一种外国语言,同时也知道了这种语言所承载的文化,说这种语言的民族的风俗习惯,以及他们行为背后的价值观念、宗教信仰等等。不了解语言所承载的文化,孤立地学习语法和词汇,那是学不好外国语言的,这是人所皆知的常识。所以,应晨说,"每一种语言都是一个祖国"[1],并没有夸大其词。无独有偶,

---

[1] 引自法文版《黄山四千仞:一个中国梦》,蒙特利尔,北极出版社,2004年,第22页。

2008年度的诺贝尔文学奖得主让-马利·勒克雷奇奥就曾说过类似的话：

> 我自认为是一个流亡者，因为我的家庭完全是毛里求斯人。我们好几代人都受到毛里求斯的民俗、饮食、传说和文化的熏陶。……在法国，我总认为自己是一个"泊来品"。但是，我很喜爱法国语言，也许这是我的真正国度！①

一个说每一种语言都是一个祖国，另一个说也许法语是我的真正国度。他们两人对语言的感受是真切的，而且说法也是差不多的。因为他们都是在移民国家生活，用接纳国家的语言创作小说，并取得了令世人瞩目的成就。

## 三、应晨对主人公内心世界的探索

从1998年到2006年，应晨一共用法文出版了5本小说和一本文论集。5本小说依次是：《磐石一般》（1998），《悬崖之间》（2002），《骨瘦如柴的妇人跟她影子的争吵》（2003），《家门口捡到的孩子》（2004），《食人者》（2006）。一本文论集即《黄山四千仞：一个中国梦》（2004）。这5本小说标志着应晨的文学创作逐渐走向成熟并形成个人的风格。这5本小说可以

---

① 见《上海文学》2008年第10期。

视为一个系列,作者用以探索小说主人公的内心世界。严格说,在这部系列小说里只有一个主人公,即以第一人称叙事的"我"。虽然这5本小说的叙述者都是"我",但每本小说里的故事都是独立的,小说之间的故事并没有逻辑上的联系,因此后一篇并不是前一篇的续篇。

在《磐石一般》里,叙述者"我"自称是个经历了几世人生、转世投胎活了几百年的妇人。她前世曾嫁给一位王子,在后宫过着奢侈的生活,但王子妻妾成群,而她并不是最受宠爱的一个。她跟王子派来伺候她的仆从偷情,又出卖了仆从,导致仆从被杀。王子全家因此丑闻而被国王赐死。王子让他的厨师烹制了一锅有毒的鲜汤,让她第一个喝下去。她喝得有滋有味,首先死去。她死后转世投胎,成了一个被父母抛弃在路边的婴儿,所以她不知道自己的父母是谁。一个路过的戏班子捡到了这个弃婴,把她带回剧团抚养,并把她培养成了一名歌唱演员。一天,她在火车上跟一位考古专家、大学教授A邂逅,便跟着教授回家,做了教授的妻子。教授知道她精神有毛病,对她很宽容。教授希望她做现代女性,她不愿意,而且她也不愿意生孩子。考古学家A把妻子带到海滨去度暑假。开学了,教授回校上课把妻子一个人留在海滨。这个有点儿类似童话的故事,要告诉读者什么呢?

在《悬崖之间》里,这位精神有病的妻子始终生活在回忆和幻觉当中。她一个人躺在海滩上,回想起自己前生前世在农村度过的孤独的童年。他的父亲是个泥瓦匠,被村民们视为威胁到他们祖先文化的外乡人。他在给一家邻居修屋顶时,不幸从屋顶上掉下来摔死了。母亲认为父亲是被那屋子的主人害死的,所以禁止女儿跟可能是杀人凶手的儿子交往。然而这是她的初恋,难以割舍。她继续偷偷地跟邻家的小男孩在玉米地里约会、玩耍、奔跑。真是祸不单行。一天小女孩从小男孩的窗下经过时,不幸被屋顶上掉下来的瓦片砸死了。叙述者不停地往返于生与死之间,往返于代表现代的度假海滩和代表农村的玉米地之间,故事没有连贯性,没有逻辑的发展,没有具体的时空背景,就像写诗一样,是形象的连接,是记忆板块的拼花图。

  在《骨瘦如柴的妇人跟她影子的争吵》里,叙述者仍是那个死过多次又转世再生的"我"。她的丈夫考古学教授要在当晚举行派对,请同事们来家里做客。丈夫派给她的任务是到街对过的咖啡馆里去买只蛋糕,招待客人。可是,她的精神分裂症又犯病了,头疼不已。在她的耳朵里有一个声音跟她说话,自称是她的拷贝、替身或影子,是另一个她,跟她如影随形,对她最为了解。她住的城市与教授夫人住的城市,只有一河相隔。可是她那座城市遭到地震灾难,把她埋在自己房子的废墟里。她拼命地呼喊,求救。救助人员就在她的头顶上,差一点就会发现她、听见她的呼救声了。可是,直到天黑,救助人员也没有发现她。当她在废墟下挣扎、呼救的同时,她的灵魂来到考古教授夫人的身边,在她耳边翁翁作响,絮絮叨叨,跟她就生与死、有与无、始与终、幸与不幸、快乐与痛苦、囚与释、个人与他人的关系……等等问题,结合她们各自的处境,进行争论,各说各的,似乎双方都有道理,双方的话里都有很多的弦外之音。就这样争论了一天。天渐渐黑下来了,教授夫人也没有把蛋糕买回来,而是坐在沙发椅里做了一个白日梦,直到丈夫把她从沙发椅里拉起来,让她到房间去换衣服,因为客人快要来了,她才大梦初醒。

在《家门口捡到的孩子》里,考古教授的夫人"我"由于血虚,天癸衰竭,结婚多年,始终未能怀孕生子,虽然求助现代医药技术,也未能如愿,成为生活中的一大憾事。一天清晨,教授夫人发现一个五六岁的孩子卷曲着身子睡在她家门口。不知道这是谁家的孩子——可能是对岸城市在地震中失去母亲的孩子,也可能是埋在废墟中的"我"的影子的孩子,她毫不犹豫地把孩子抱入怀中,抱回屋里。她的丈夫也毫不犹豫地接收了这个捡来的孩子。就这样,夫妻俩当上了现成的爸爸妈妈,好不开心。他们要把父爱和母爱全都倾注在这个孩子身上,要给孩子提供最好的生活条件。他们把父亲的书房腾出来改做孩子的房间,因为这间房阳光最充沛。他们给孩子购买各色各样的玩具,计划让孩子受到良好的教育,成为一个像考古教授那样聪明可爱、知书识礼的绅士。可是,抚养一个来历不明的孩子对教授夫人来说是个巨大的挑战。教授夫人不仅没有抚养孩子的经验,也没有知识、体力和足够的耐心。实践证明教授夫人是个不称职的母亲。教授夫人从最初得到孩子的快乐和幸福,逐渐变得多虑、多疑、疲惫、急躁,因不堪抚养孩子的重负而十分失望，觉得女人有了孩子，就是死亡的开始，就像雌性蚕蛾在交配产卵之后完成生存的使命而死亡。孩子不能进小学读书，因为他没有进过学前班。教授夫人又没有能力教育他，只好给他找了一个抚养过三个孩子的经验丰富的中年妇女来照顾他。这位保姆，早晨来接走孩子，傍晚把孩子送回来。整整一年之后，孩子生日那天（也是教授夫人捡到孩子的那一天），孩子突然不告而别，离开了保姆家。保姆求助邻居和警察，四处寻找，直到天完全黑了，才在通向其他城市的公路上找到孩子，并立即把他送还给心急如焚的教授夫人。保姆因失职而被辞退。教授夫人在丈夫到考古现场从事研究工作期间，重新独自担当起照顾孩子的责任。为了孩子的安全和防止孩子再次逃跑，教授夫人别出心裁，在孩子房间的窗户上装上了铁栅栏。整天把孩子关在里面，让孩子自己玩耍。只顾给他吃喝，不管他的洗澡、刷牙。日子一久，孩子便生活在一个肮脏、混乱的环境里，回到了自然状态，像个关在笼子里的猴子，或者关在牢房里的囚犯。两个月后，考古学家突然打来电话，告知妻子两天后回家。教授夫人惊慌不已，急于要把孩子的房间收拾干净，重新粉刷一下。可是，要做的事情太多，教授夫人不知从何下手，十分焦急。这时，保姆意外地出现在家门口。保姆曾向考古教授承诺，需要的时候，可来助一臂之力。她在菜场里遇见了街对过咖啡馆的老板娘。老板娘说，很久没有看到那个人见人爱的小家伙了。保姆不放心便来教授家看看。保姆说明了来意，并表示愿意把孩子领回去待一天，第二天再送孩子回来。教授夫人求之不得,对保姆几乎怀着感恩的心情,很不好意思地把她带到又脏又乱的孩子的房间前,打开锁着的房门。孩子冲出臭气熏天的房间,便跟保姆走了,也没有跟不称职的母亲吻别。第二天傍晚,保姆来告诉她,孩子在她的默许下逃走了。

这个孩子在教授家住了整整389天。教授夫人体验了做母亲的苦与甜、希望与失望,引发她对婚姻、生儿育女、亲子关系乃至人际关系、人口问题的种种思考、质疑。这个孩子意外降临,又突然消失。"由于今后不再有做母亲的苦活干,我觉得不再像以前那样理直气壮地生活在这座房子里、这条街上、这座城市里、这个世上了。[家里]恢复了安静,休息终于有了可能。重新万物有序、万物皆空。"①

在《食人者》里,还是那位不知生活了几世几代、人不像人鬼不像鬼、患有精神分裂症的教授夫人,突然离家出走,去寻找作为知名画家的父亲。(在前几本小说里"我"是不知道自己的生父是谁的。)她回到曾经居住过的老屋,向附近杂货店的老板打听她父亲的下落。邻居们都不知道。当地警方甚至来向她调查她父亲的下落。因为自从她离家出走之后,他父亲也跟着失踪了。她记得,他们一家生活在离大海很近的地方,以打鱼为生,以鱼为食。她的祖母好像是条鱼。他父亲和她自己似乎也都是鱼。她父亲吃过很多鱼,也吃过很多人。母亲没有征

---

① 引自法文版《家门口捡到的孩子》,蒙特利尔,北极出版社,2004年,第11页。

得父亲的同意就生下了她，因此她的出生是个错误。母亲在她很小的时候，还在摇篮里的时候就弃家出走，以后再也没有回来过。父亲发现女儿身上带有家族的遗传基因，患有一种无法医治的疾病。父亲不愿意她长成个残疾人，就想杀死她，不让她长大，但出于父爱又舍不得杀死她。她跟父亲相依为命，一直长到19岁。一天，叙述者"我"在家里等待男友来访。当男友快要到来时，她下定决心，不做反抗，让自己被制造她的父亲吃到肚里去。原来这是"我"在祖屋里做的一场梦，一场被自己父亲吃掉的梦。她梦醒之后，立即打电话给她的丈夫，让丈夫来接她回去。

在最后这部小说里，作者的想象越来越离谱了。这与其说是一篇小说，不如说是一篇寓言故事。在父爱与情爱之间，"我"似乎选择了父爱。吞食自己亲生女儿的父亲隐喻什么呢？有什么样的象征意义呢？虽然这是个父亲吃掉女儿的梦，但场面简直有点儿像超现实主义的绘画。

在以上介绍的"我"系列小说里，故事都是荒诞不经的。只有《家门口捡到的孩子》比较贴近现实生活。读者从叙述者对种种问题的思考中，深切地感受到西方社会的妇女在婚姻和生儿育女问题上的迷惘与迷失。其中许多极端的言论和嘲讽现实的弦外之音，生活在魁北克和西方社会的读者是不会无动于衷的。所以，编辑先生在介绍本书时写道："应晨现在出版了一本令读者感到如芒在背、瞠目结舌、以致哗然的书。……实际上，她是在向我们证明生存无计，可同时却事与愿违，让我们近距离地看清了那既令人厌恶又令人着迷,且令人难以捉摸的东西:生活。"编辑先生在本书封底上所写的这几句简单的内容提示,准确地抓住了作者在书中隐隐约约流露出来的悲观的人生态度。

## 四、应晨的文学观及其作品的艺术特色

应晨在世界文坛小有名气,可是她的获奖小说《再见,妈妈》于2002年在中国出版后,并没有在读者当中引起很大反响。究其原因,我们觉得有三条。一,书中表现的反对传统、争取个性解放和不惜以自裁方式来反抗的内容,不符合中国母慈子孝的儒家传统;二,也不符合当今中国重新弘扬儒家思想、促进社会稳定与和谐的主流意识。以上两条,我们可以另一部也题为《再见,妈妈》的回忆录来加以反证。该书作者是韩国著名作家金河仁。该书的中译本于2010年1月由群言出版社出版。作者在书中根据自己切身的经历,饱含着热泪与深情,追忆了为儿女茹苦含辛、无怨无悔而终其一生的母亲。该书出版后,风靡中国大陆,获得巨大成功。作者金河仁在2010年的中国国际书展上被选为"在中国最具影响力的外国作者"。我们把官方机构和主流媒体的推波助澜排除在外,这两本书的出版,从读者接受的角度来说,不正是因为金河仁传递了东方的传统价值观念,而应晨则对东方的传统价值观念进行了无情的鞭笞吗?三,应晨对文学的认识、所选择的创作道路和写作技巧,也跟她在大陆能否获得成功有很大关系。下面的分析可以帮助

我们略知一二。

应晨成长的时代是"八亿人民八个样板戏"的时代，文学艺术绝对为政治服务的时代，用应晨的话来说，那是个"极端现实主义"的时代，她对此持十分保留的态度。所以当她有机会拿起笔来从事文学创作时，便反其道而行之。她认为，文学既不应该成为其他学科，也不应该成为其他事业的奴仆，而应该走自己的道路。①

由于现代通讯技术高度发达，人类现在生活在信息爆炸的时代。她说："我们生活在一个极度喧闹的时代。我们已经被各种各样的信息和见证所淹没。我觉得实在没有必要也来轧一脚。"②因此，应晨希望文学不再是"一份见证，一种新闻信息的资源"③。

她想写出人的普遍性，不愿意做一种文化或个别族裔群体的代表或使者。她认为，人与人之间最根本的隔阂不是社会环境、人种等等造成的，而是一个人和另一个人之间的本质区别造成的。④所以她力图让读者关注个人的命运，而不是集体的命运，关注个人的差别，而不是所谓文化上的差别。她认为个人"内心的空间是唯一没有被占领的空间，是唯一可能独处的

---

① 引自法文版《黄山四千仞：一个中国梦》，蒙特利尔北极出版社、巴黎瑟伊出版社，2004年，第120页。
② 同上书，第115页。
③ 同上书，第114页。
④ 引自应晨与赵延的谈话，载2002年9月12日《青年报》。

领地,是文学不可或缺的地盘"①。

应晨并不反对文学具有教化的功能。她希望自己写的书以及她为自己孩子收藏的书,会成为塑造孩子的学校。不仅如此,她还认为,孩子们真正的祖国也在其中,而不是在别的什么地方。她认为文学还有个角色要扮演,不是要求什么或解决什么,而是要为人们,特别是为儿童提供"一个休息、沉思和真正交流的场所……"②

她还说:"文学是美的综合,它既是思辨的,也是感官的。对于我而言,美是人生最终极的安慰。"③

基于以上对文学及其功能的认识,应晨选择个人的内心世界作为探索的对象,进行审美的追求。她从第四部小说《磐石一般》起,开始努力寻求一条适合自己的创作路子。这路子表现出以下几个特点:

一、为了更好地描写具有普遍性的问题,为了写出人的普遍性,应晨虚化生活背景,模糊时间概念,以致读者无法确知故事发生在什么国家、什么社会、什么地方、什么时代。应晨坦言,在她的作品里,"时空的参照变得非常模糊,甚至没有。读者在读这些书时别指望获得有关中国、加拿大、移民之类未

---

① 引自法文版《黄山四千仞:一个中国梦》,蒙特利尔北极出版社、巴黎瑟伊出版社,2004年,第120页。

② 同上书,第108—109页。

③ 引自卓越亚马逊图书网站《再见,妈妈》条目下的书评:《视文学为上帝》,作者不详。

经加工的信息"①。

二、为了便于敞开心扉，应晨从她创作的第一部小说到发表的最后一部小说，全部是用第一人称来叙事。叙述者是活生生的人（如《水的记忆》《自由的囚徒》）或是死者的幽灵（如《再见，妈妈》），或是活了几世几代、转世投胎的"我"（如《磐石一般》《悬崖之间》），或是"我"和"我"的影子、拷贝、替身（如《骨瘦如柴的妇人跟她影子的争吵》）。特别是在后期以"我"为中心的系列小说里，读者难以辨别叙述者是人是鬼、是梦呓是昏话、是精神分裂症患者的幻听抑或幻觉。

三、为了突破时空的限制，在五部以"我"为主人公的系列小说里，除了《家门口捡到的孩子》，故事的铺陈不再体现逻辑的发展。叙述者自由地游荡于现实生活和梦幻世界之间，往返于现在、过去和将来，以致读者在阅读时一不小心便堕入五里雾中。作家李陀曾当着应晨的面说："应晨的作品像迷宫，《悬崖之间》充满了虚幻色彩，主人公跨越了生死，没有了身份，生者和亡人、过去和现在都糅合在一起。"②

四、故意不把故事讲清楚，画面朦胧。应晨以女性特有的细腻把叙述者的心理活动表现得有声有色、入木三分（如在《骨瘦如柴的妇人跟她影子的争吵》和《家门口捡到的孩子》

---

① 引自法文版《黄山四千仞：一个中国梦》，蒙特利尔北极出版社、巴黎瑟伊出版社，2004年，第115页。

② 参见2005年9月30日李陀在南京师范大学法语联盟中心举办的中法作家文学对话研讨会上的发言。

里)。然而,读者不知道叙述者的长相如何,是白人还是黑人,亚洲人还是欧洲人,是黄头发还是黑头发……书中不仅没有人物外形的描述,生存环境的描写也只有寥寥几笔。大部分内容是人物的心理活动和内心独白。因此,应晨的小说,犹如非具象的绘画,或抽象派的绘画。人们可以说,舒婷有朦胧诗,应晨有朦胧小说。所以,为应晨的后5本系列小说设计封面的画家,都画了一幅面目模糊的侧影,是活人是幽魂,读者见仁见智。

五、为了表现她所认为的世界的不确定性、模糊性、真理的多样性,应晨在书中常用的手法是象征和比喻。她说:"我希望每个句子,如果不是每个字的话,在意义明确和直白的同时,都能有双重的或模棱两可的含义。因为,我就是这样看待现实的。"[①]这样的追求有一定的冒险性,在成功的情况下,可以达到言简意赅的审美效果,留下想象和回味的空间。但有时并不成功,读者不知道作者究竟要说明什么。就拿她自己比较满意的《悬崖之间》来说吧。应晨认为:"《悬崖之间》是一首独白形式的诗歌。书中的几乎每个句子都经过高声朗读的测试,所以我情愿人家把我看作作家,而不是小说家。"[②]这是她试图把诗歌揉入小说的一种尝试,在语言表达上是成功的,像一部散文诗,并能使读者得到审美的乐趣。可是,书中的玉米地怎么

---

① 引自法文版《黄山四千仞:一个中国梦》,蒙特利尔北极出版社、巴黎瑟伊出版社,2004年,第116页。

② 同上书,第114页。

就象征了农业文明的消失呢？读者怎么读不出这玉米地的象征意义呢？

综上所述，应晨对小说内容和写作技巧上的探索，既有成功的一面，也有不成功的一面。

应晨从1992年到2006年的14年间，一共出版了8部小说和一部文论集。自从她离开魁北克省移居温哥华，在西蒙·弗雷泽大学从事创作和研究工作，至今未见有新作问世。[①]她在文学创作中所做的努力，使她的作品形成了自己的风格。用她自己的话来说，形成了"一种很少描述、极其简练、内容紧凑的风格"[②]。可是，从写作的技巧来说，她紧紧追随了意识流（她在文论中不止一次表达了对开创意识流先河的法国小说家普鲁斯特的欣赏，并自叹不如）、法国二次大战后的新小说流派和拉美的魔幻现实主义，把过去、现在和将来、现实和梦境、幻觉和潜意识交织在一起，自由往返，颠覆了传统的小说写法和阅读习惯。现代派的写作手法，在中国古典名著里是屡见不鲜的，但那只是故事引人入胜的调味品，是"佐料"，而不是"主料"。如果主次颠倒了，那就会失去读者，特别是在青年人倾向于消费"快餐文化"的时代。应晨对文学审美的追求是无可厚非的。我们也不能责备应晨是个难以读懂的作家[③]，如同伊

---

[①] 应晨的新作《妻子变猫记》（*Espèces*）于2010年8月问世。其时，本文已经写就。笔者待以后有机会，再另行评述。

[②] 同上书，第115页。

[③] 请参阅附录《应晨采访记》。

丰·勒布拉教授所说的那样。但是有一个事实是不能忽视的："能看懂的读者越来越少。"①这是应晨自己告诉我们的，虽说看重纯文学的批评家对她后期的作品评价很高。读者看不懂她后期的小说，她并不以为然。她说还要坚持这样写下去。因为，这是她在大洋两岸看到的文学和文学评论的现状之后，所做的选择。她说："这也多少是诗学上的反叛，以抵制常常过于受族裔分类误导和极为注重作品社会特性和民族特性的阅读行为。"②

加拿大百科全书词条的编写者戴尔菲娜·勒鲁是这样介绍应晨的："应晨是新生代小说家之一，以其对社会和个人深入细致的剖析和细腻的表述而与众不同。"③如果我们同时代的读者不能完全读懂她的作品，新生代的读者还能看得懂吗？这只能让历史来回答这个问题了。

## 附录一  应晨作品年表

• 《水的记忆》(*La Mémoire de l'eau*)，蒙特利尔，勒迈阿克出版社/法国南方文汇出版社，1992 年。

---

① 请参阅应晨与赵延的谈话，载 2002 年 9 月 12 日《青年报》。
② 引自法文版《黄山四千仞：一个中国梦》，蒙特利尔北极出版社、巴黎瑟伊出版社，2004 年，第 120 页。
③ 英文原文如下：Ying Chen, one of the upcoming generation of novelists, is distinguished by her meticulous interpretation and thorough inner analysis of society and the individual. (Author Delphine Le Roux)

- 《自由的囚徒》（Les Lettres chinoises），蒙特利尔，勒迈阿克出版社，1993 年。
- 《再见，妈妈》（L'Ingratitude），蒙特利尔，勒迈阿克出版社/法国南方文汇出版社，1995 年。
- 《磐石一般》（Immobile），蒙特利尔，北极出版社；法国南方文汇出版社，1998 年。
- 《悬崖之间》（Le Champ dans la mer），蒙特利尔，北极出版社；巴黎，瑟伊出版社，2002 年。
- 《骨瘦如柴的妇人跟她影子的争吵》（Querelle d'un squelette avec son double），蒙特利尔，北极出版社；巴黎，瑟伊出版社，2003 年。
- 《家门口捡到的孩子》（Un enfant à ma porte），蒙特利尔，北极出版社，2004 年；巴黎，瑟伊出版社，2004 年。
- 《黄山四千仞：一个中国梦》（Quatre Mille Marches : un rêve chinois），蒙特利尔，北极出版社；巴黎，瑟伊出版社，2004 年。
- 《食人者》（Le Mangeur），蒙特利尔，北极出版社；巴黎，瑟伊出版社，2006 年。
- 《贤妻变成猫》（Espèces），蒙特利尔，北极出版社，2010 年。
- 《遥远的彼岸》（La Rive est loin），蒙特利尔，北极出版社，2013 年。
- 《写给儿子的长信》（La lenteur des montagnes），蒙特

利尔,北极出版社,2014 年。2015 年,加拿大总督奖最后三名竞争人之一。

- 《伤痕》,蒙特利尔,北极出版社,2016 年。

## 附录二 应晨短文两篇

### 1. 关于《悬崖之间》

此书是我创作的系列小说之一,前一本是《磐石一般》,后一本是《骨瘦如柴的妇人跟她影子的争吵》,中心人物是一位面貌模糊的女人,叙述她跨越时空的坎坷经历。

我并不像某些读者所推测的那样,我是为天国、为死后的生活、为可能的转世投胎着了迷。我只是想对今世的生活、对我的生活和他人的生活,以及对所有时代的人所过的生活,有更好的理解。这是纯文学的考虑。我仍希望这不是读者在这部书中所能发现的唯一考虑。

我觉得,所有的主题都已[被文学]谈论过了,人类生活的方方面面都已经被具体地描写过了。我生活在一个非常现实主义的时代。首先,在我童年的时候是社会主义现实主义。然后是学习阅读西方的文学作品,特别是法国 18 世纪 19 世纪的文学作品,今天是仍旧很时髦的后现代主义——一种超级描写的流派。该流派跟照相机相比,使我们感到明显的望尘莫及。于是,我想,这就好像摄影师曾经咄咄逼人,迫使画家改变他们的习惯,摄影机在十秒钟之内做完的事,巴尔扎克要花十页纸才能完成,我们因而不得不思考小说及其存在的价值。因为处境危急的正是小说,而不是诗歌和舞台艺术。在我看来,诗歌和舞台艺术至今还是不可取代的,理由是,前者因其语言具有普遍性和非理性,而后者则因其即时性。我跟我的大部分同时代人一样,接受的是极端现实主义的教育,所以我要提出另外的写法。我觉得小说有必要从诸如诗歌和戏剧等其他文学样式,从诸如绘画和音乐等其他学科,汲取营养。我认为,《悬崖之间》是一首独白形式的诗歌。书中的几乎每个句子都经过高声朗读的测试,所以我情愿人家把我看作作家,而不是看作小说家。区别文学样式就跟区别任何事物一样,是件很冒风险的事,而且常常会把事物简单化。我同时希望小说还有点儿文学价值,而不要变成一份见证,一种新闻信息的资源。

就现实一词的本义来说,我并不认为自己与现实相去甚远。毋庸说,我一向关切人类的命运,每天的日常生活和地球的未来同样跟我休戚相关。除了运用象征手法和非常个性化的表现,我没有找到更好的描写具有普遍性的问题的方式。其次,必须拉开距离。拉开一个大洋的距离是不够的。必须死亡。差距必须足够的大,断层必须足够的深,作者和读者才会在人们所谓的真实面前感到卑微,感到高度的不安全。因此,我小说中的死亡不是[写作的]主题,而仅仅是背景,是参照,就好像一扇门把舞台分成两半一样。真正的主题在别处。

我的新近发表的书跟这本一样,时空的参照变得非常模糊,甚至没有。读者在读这些书时别指望获得有关中国、加拿大、移民之类未经加工的信息。我们生活在一个极度喧闹的时代。我们已经被各种各样的信息和见证所淹没。我觉得实在没有必要也来轧一脚。我希望以其他方式做我的贡献。经过十年的写作实践，我希望回到我当年发现文学时的本来状态。我只在安静和独处的时候喜爱文学。

我忽然觉得，我终于找到了一种适合我的风格。一种很少描述、极其简练、内容紧凑的风格。我希望这样能接近诗歌和戏剧。我想，我酷爱诗歌和戏剧，甚于喜爱小说。但我认为小说以其深度和广度，可以允许我把这两种文学样式的优点集中在一起。我关心文本的节奏和音乐性。我希望每个句子，如果不是每个字的话，在意义明确和直白的同时，都能有双重的或模棱两可的含义。因为，我就是这样看待现实的。

由于在写作的时候不再需要提供地理的参照，我的思想可以在时间和空间里自由驰骋。当我们说起"记忆"时，我们是以直线的时间概念为依据的，什么是过去、现在和将来，我们很有把握。但是，如果我们只要稍微离开一下这条时间的直线，我们就会看到，记忆也许不像我们所想象的那样重要。过去发生的，甚至当下就在我们眼皮子底下发生。今天我们遇到的，我们几乎可以肯定将会在历史上遇到。我们总是说，认识过去可以帮助我们看清现在或未来。我会说，反过来也是正确的，现在可以告诉我们过去和未来。当我们了解了现在——这是大家都能做到的，我们也就了解了一切。一切都已经在我们面前，不过，有时候，我们不愿意看到或不愿意相信。在这种情况下，对于作为作家的我来说，就不是希望的问题，也不是绝望的问题。这两种与时间紧密联系的情绪当会触及我的人物，因为他们痛苦地受到时间的束缚。《悬崖之间》里的女主人公，偶尔会摆脱时间的束缚。"未来属于大家，甚至也属于我，尽管我的处境不佳"，这句话可以作为一种讽刺来阅读。这想法也适用于空间问题，而且更为明显。《水的记忆》中的祖母概括得很好。她说："水的气味到处都是一样的。"

所以记忆不是这本书的主题。从严格的意义上来说，就如同个人的死亡也不是这本书的主题一样。这常常只是方法，就好像大海呀，田野呀，房子呀，只是叙事的背景和参照一样，叙事想稍微离开一下惯常的时空概念。《悬崖之间》的真正主题是所谓玉米文明的消失。这当然是比喻。对我来说，重要的不是叙说具体的文明。而是描述走向虚无的过程。我觉得走向虚无的过程是宇宙性的，关系到所有的文明。叙述者，这位难以置信的老妇人，在那儿对我们讲述着这个巨大的矛盾，这个荒唐的真理：一切都将消失，然而什么也没有失去。

## 2. 作为我自己

我以前已经指出，今后，我的小说将被安置在"非空间"里和几乎不确定的时间里。这样做，首先是个审美的选择。我从《磐石一般》起便付诸实践。这本书酝酿了很久，发表在1998年。我的友人安妮·居里安曾经为了在法国介绍中国当代文学做了大量工作。她会问我，在这样的文学创作过程中，我如何给自己的中国文化身份定位。

　　如果我知道为什么，我就会知道如何做。我试图用这个办法，让自己深深地沉入人和事的内在逻辑，然后试图让读者关注个人的命运，而不是集体的命运，关注个人的差别，而不是所谓文化上的差别。现代世界有助于思想的传播和文化符码的学习。人民趋向于同时演变，并愈来愈分享同一个空间，既包括精神空间，也包括地理空间。因此个人的特色较之所谓文明的特色更为重要。内心的空间是唯一没有有被占领的空间，是唯一可能独处的领地，是文学不可或缺的地盘。这也多少是诗学上的反叛，以抵制常常过于受族裔分类的误导和极为注重作品的社会特性和民族特性的阅读行为。这种反叛可用我在大洋两岸所看到的文学和文学评论的现状来解释，一种我称之为自杀的倾向。这种忧虑是跟我的一个信念分不开的：文学既不应该成为其他学科，也不该成为其他事业的奴仆。文学应该找到自己的道路，继续前进。

　　这样说，我作为个人，并不是生活在现实生活之外，我的人物并不是天上掉下来的。我如果没有在"第三世界"生活过，如果没有感受到在书中以农业为代表的祖先文化的毁灭，如果没有亲眼目睹成千上万的农民——这些百依百顺、囊中如洗和受人蔑视的移民，眼下正涌动在中国的工业城市里，我是不会写出《悬崖之间》的。如果我不曾经历绝对的爱，如果我不曾因失去这份爱而痛苦，我也是不会写出这本书的。不过我希望文学可以用来把我收集到的素材提到另一种高度，在那里，我兢兢业业用语言来寻求崇高。真正的主题是写作。

因此，毋庸说，如果不谈我跟中国的关系，我是不能谈跟世界的关系的，因为我在中国生活了 28 年，在那里目睹了种种令人惶恐不安的事件，在那里我获得了几乎是完整的教育。然而，我想知道，我跟我的过去，今天实际上维持着一种什么样的关系；我也想知道，我跟什么样的中国，今天实际上维持着一种什么样的关系。

最后，我不步我祖先的后尘，也不步别人的后尘。可是，如果没有我的祖先和别人，可能就不会有我自己。在总结了我的历程之后，如果必须考虑我的未来的话，我找到了一个偷懒的办法：即在我喜欢的河里像一块石头那样坐在水流当中。

（以上两篇短文选自《黄山四千仞：一个中国梦》法文版，蒙特利尔北极出版社、巴黎瑟伊出版社，2004 年，第 113—123 页。张裕禾译）

## 附录三　应晨采访记

### 应晨采访记

**美国布里汉·扬格大学伊丰·勒布拉教授**

说各种不同母语的作家［用法语］创作的文学作品使魁北克的当代文学越来越异彩纷呈。其中，应晨的作品特别引人注目。从 1992 年发表《水的记忆》到 2002 年发表

《悬崖之间》，其间还发表了《自由的囚徒》(1993)、《再见，妈妈》(1995) 和《磐石一般》(1998)，这位华裔小说家，通过她故事的字里行间，促使我们思考用第二外语进行文学创作的种种问题。因为，虽然离开了自己出生的土地，应晨却微妙地利用了她在语言文化上的双重属性，结果创作出一种两栖的、文化交叉的作品，其优美程度，读者是不会无动于衷的。

2002年3月18日，应晨对位于美国犹他州普罗沃的布里汉·杨格大学的法语和意大利语系进行了为期两天的访问。在访问期间，她向该系师生发表了两次谈话。以下是伊丰·勒布拉教授在她这次访问中的采访记录。在此有必要补充一句，此次令人难忘的相会之所以能够实现，是因为魁北克驻洛杉矶代表处资助了应晨来犹他州和加利福尼亚州的旅费。

**伊丰**：应晨太太，在我们举办法语世界周的日子里，我非常高兴您来到我们中间，并感谢您同意接受我的采访。我首先向您提一个非常简单的问题。您的最新小说《悬崖之间》最近由巴黎瑟伊出版社和蒙特利尔北极出版社同时出版。您能跟我们谈谈这部小说吗？也许可以跟我们谈谈在这部小说里您试图表达什么。

**应晨**：这个问题并不简单，我也不知从哪里说起……很难用几句话说明我在自己写的书里要表达什么，尤其是发表了

《磐石一般》以来,因为书中所说的一切都是非常有寓意的,或者象征性的。因此,在我最后一本书里,我主要讲的是一种我称之为玉米文明的消失,但又是以隐喻的方法讲的。实际上,指的是无论哪一种文明。我想要说明文明毁灭的过程,这可能涉及所有的文明。我的想法是,文明是会消亡的。我通过一个孩子的故事来表现这个主题。这个孩子曾经生活在战争的气氛中,生活在她居住的那个村庄的废墟里,生活在尘埃和断垣残壁中间。我只是想讲述一个在这种世界末日般的气氛中度过童年的故事。这本书一写完,我就发觉,我在某种程度上讲了我自己的故事,我自己童年的故事,而且我跟故事叙述者的感受是一样的,因为我自己也曾在这样的废墟中度过许多年。这个故事是带着某种怀旧的感情叙述的,对叙述者和我来说,那都是一段纯真无邪的岁月。

伊丰:如果我的理解没有错的话,这本小说的情节发生在想象的场景里,书中没有任何明确的提示,既不是中国,也不是魁北克。从时空观点来说,我们是到处都在,又不在任何地方。

应晨:完全正确。另外,这部小说里的叙述者跟《磐石一般》里一样,既是活人,又是死鬼。

伊丰:关于这个问题,您昨天跟我说过,要先读《悬崖之间》,才能真正读懂《磐石一般》。

**应晨**：是的，因为《悬崖之间》叙事的脉络比较简单，也许比较易懂。

**伊丰**：这两本小说可以说是姐妹篇，是吗？

**应晨**：这两本小说确实相似。就算它们是平行的吧，因为后一本不是前一本的续篇。我没有想在这两本小说里讲述同一个故事。唯有活在现世的叙述者是同一个人。

**伊丰**：不管怎样，这两部小说的构想是一样的，可以这样说吗？

**应晨**：完全可以这么说。

**伊丰**：读您的小说至今，我觉得在您的第三部小说《再见，妈妈》之后，有一个断裂，或者不如说，［创作］方向有了改变。在这之后，我们再也看不到直接涉及您的祖国的参照，您好像背弃了中国文化而更多地转向抽象。这样说是否准确？

**应晨**：从《磐石一般》起，在叙述的技巧上确实有些新意。我使用一个已经死去的叙述者，这样我可以摆脱直线时间边界的约束，可以任意往返于过去、现在和未来之间。从这一观点来说，记忆和个人的回忆也许就不那么重要了。不过，仔细一想，人们可能发现，比如说，我在《悬崖之间》和《水的记忆》里讲的实际是同样的事情。这两本书的中心内容是对历史的思考：我的感觉是，万物似乎在改变、在前进，而事实上什么也没有真的改变。

**伊丰**：从您发表的最初几本小说起，人们把您归在移民作家或法语作家之列。既然您的作品已经变得也许更具普遍意义了，您认为这顶帽子今天仍然适用于您吗？

**应晨**：照我现在这样写法，我希望不再是一种文化或个别族裔群体的代表或使者，像以前那样。今天，既有人称我是华裔法语作家，又有人称我是魁北克新移民作家，也有人称我是妇女作家。真的，贴在我身上的标签不少。如果明天我搬家了，人们会怎样称呼我呢？这不取决于我。不管怎样，可以肯定的是，我越来越看重抽象了，也许可以稍稍摆脱一下这些标签。事实上，从《磐石一般》起，我就写诗了。我一直梦想创作诗歌，做个诗人。

**伊丰**：确实，我们在阅读《悬崖之间》时，真的觉得是在阅读一首散文诗。在这本书里，您似乎比任何时候都要强调语言自身的妙趣、形象、词语的音乐性，等等，而不是强调叙事本身。结果产生不可否认的审美乐趣。

**应晨**：您这是大大地恭维我啦。谢谢！

**伊丰**：您想在这条路上继续走下去吗？

**应晨**：是的，我正在写一本同类型的小说。我再一次让一个死人说话。我认为，我们一旦脱离日常体验到的时间，一切都会成为可能。既在这里，同时又在别处的想法，使我乐此不疲。

**伊丰**：您是不是觉得，这样看待时间问题，目前构成了你做为小说家的特色？

**应晨**：也许吧。反正，我觉得是走在正道上。不过，由于我不太清楚这条道会把我引向哪里，我不得不说，我有时候为此而感到有点儿焦虑不安。

**伊丰**：您这样做不担心会使您丧失读者吗？换句话说，您的小说人家能读得下去吗？

**应晨**：我不知道。我觉得《悬崖之间》比《磐石一般》可读性稍强一些。另外，《悬崖之间》稍微短一些，其中的表述比较简单，比较凝练。如果我讲的故事不清楚，那是故意这样做的，这是我文风的特点。我喜欢模棱两可。

**伊丰**：不管怎样，我们不能责备您是个难以读懂的作家。再说，批评家们一致认为您的风格是清晰、简练、引人入胜的……

**应晨**：我运用非常简单的语言写作，我并不掩饰这一点。这是我所能做的一切。我有个很大的自卑感，即不能写得像普鲁斯特那样。

**伊丰**：请您放心吧，有这种自卑感的作家不是您一个。不管怎样，我希望这不会妨碍您继续用一种不是您的母语的语言进行文学创作。这是我们最诚挚的祝愿。

**应晨**：谢谢。

（此文原载于郑南川主编：《岁月在漂泊》，魁北克华人作家协会，蒙特利尔，2012年，张裕禾译）

## 魁北克华文文学的诞生及其发展前景

凡有华人存在的地方，就可能会有华文文学的存在。但在魁北克作为华人群体的文学行为大概要从20世纪的90年代算起。

首先，从20世纪80年代起，移居魁北克省的华人逐年增多。到90年代中，来自中国大陆、港、台的新移民和来自越、老、柬的华裔难民，为华文文学的诞生和兴起准备了足够的受众。这些受众不仅文化层次高，而且有丰富的人生阅历。他们既有阅读的要求，也有写作的欲望。华文文学的写家就出在这些飘洋过海落户他乡的移民当中。

其次，蒙特利尔为华人服务的华文新闻业（包括报纸新闻和网络新闻）随着华人新移民的增多而发展壮大起来。《路比华讯》《华侨时报》《华侨新报》《蒙城华人报》《七天周报》《此时此刻》《新加园》等报刊和网络，都先后开辟了文学专栏，为写作者提供了发表的园地。

最后，一些在大陆或港台有过文学创作和编辑经验的新移民，进入蒙特利尔的华文新闻业工作，从而为华文文学的诞生和发展提供了编辑人才和"护花使者"。90年代末，魁北克华文文学诞生所需要的条件就都具备了。

1997年3月17日，加拿大魁北克华人作家协会宣告成立。经过18年的成长和发展，这个写作群体目前拥有六十多名会员，写作过数百万字的作品。有集体的专辑，如《岁月在漂泊》(2012)、《太阳雪》(2014)、《一根线的早晨》(2014)、《皮娜的小木屋》(2014)；也有个人的作品集，如周宝龄（雨诗）的《纵然迷失》(2005)、马新云的《女人一枝花》(2009)和《紫云清卷》(2012)、张巽根的《晴圆集》(2012)、枫子的《这一城，枫红枫绿》(2012)、陆蔚青（怀素）的《漂泊中的温柔》(2013)、苏凤的《自由的灵魂》(2014)、申丽珠的《海外金婚》(2014)、郑南川的《一只鞋的偶然》(2014)、张廷华（古沙）的《岁月牧歌》(2014)和柳轶的《越洋过海记西行》(2014)等。

这些作品，不论是诗歌、小说还是散文，不仅是个人感情的宣泄，在某种程度上也反映了华人群体的心声。所以，这些作品，都能被华人群体读懂、理解，受华人群体的欢迎。原因是，受众和作者有共同的语言文化，有共同的集体记忆，有大致相同的价值观和人生经历。换句话说，这个群体的成员分享着同一个文化身份，即中华文化身份。

众所周知，华人跟来自其他国家的移民一样，一旦离开了祖居地，到达了接纳国，就会经历一个漫长的融入主流社会的过程。这个过程一般体现为两个不同的阶段：适应环境阶段和重建文化身份阶段。

对绝大多数移民来说，到了第二阶段常常会裹足不前，而长期滞溜在那里。原因是绝大多数的第一代移民，在离开祖居地时，文化身份已经铸就。而要重建文化身份，这可不是一朝一夕就可以做到的。他们在接纳国的余生中，做得最好的，也只能是文化上的两栖人。

如果我们从这个角度去看待魁北克华文文学作品的内容，我们就会发现，作家们所写的内容都没有跳出移民融入主流社会的过程。学习语言的困难，谋生的不易，创业的艰辛，价值观的冲突，家庭的解体与重组，以及乡愁、失落感、迷惘感、失败的悲伤、成功的喜悦，哪一样不是跟移民融入接纳社会相关？而且这些内容会反反复复地出现，在每个移民身上或在每个移民家庭里都会演绎出不同的版本。因为，新移民不断到来，会继续书写、记录他们的漂泊生活和融入接纳社会的过程。而老移民已经落地生根，他们作品的内容，已经跟祖居地的现实渐行渐远，而跟接纳社会的现实贴得越来越紧。紫云的报告文学《女人一枝花》当中讲的，从总体上来说，是新移民在融入接纳社会的初级阶段所遇到的困难和不怕困难、坚持奋斗、终于立住脚跟的故事。每一篇传递的都是新移民所需要的正能量。而郑南川的小说中讲的，主要是新移民在融入社会的第二阶段所遇到的种种问题，而这些问题大多直接与文化冲突和文化身份的转变有关。

写到这里，也许有人会问：海外华文文学还是中国文学吗？我们的回答：是中国文学，也不是中国文学。

何以如是说？因为，在当今世界文化大交融的历史背景下，判断文学作品国籍的，应当是作品的社会内容，而不是写作所使用的语言。因为当今世界上，一种语言可以是好几个国家的官方语言。英文如此，法文如此，西班牙文如此，德文也如此。其实中文也是如此。如果以写作所使用的语言作为判断标准，我们就会否定美国文学、加拿大文学或澳大利亚文学的存在和特性，我们就会否定拉丁美洲文学、魁北克文学、比利时文学或海地文学的存在和特性，我们就会否定奥地利文学的存在和特性、新加坡华文文学的存在和特性……

近三十年来，数百万中国人选择到海外定居。可是这些中国新移民始终不能割舍桑梓情、祖国恋，不能忘怀在祖居地经历的一切，不论是个人的、家庭的，或集体的，不论是痛苦的或幸福的，也不论是泪水或欢笑。那都是他们生命中的一段历程，是他们人生的财富，也是他们写作的资源。因此，近三十年来特别是在欧美地区，出版了一大批用中文写的散文、杂感、回忆录、自传或自传体小说、家史或虚构的作品……。这些作品的内容或故事都发生在20世纪的中国，而作者大都是叙事内容的亲历者，仅仅写作时身处异国他乡而已。这些作品，依笔者看法，当是中国文学作品，或是中国文学在海外的延伸。至于中国移民在海外用中文写的发生在接纳国的故事，应当归在接纳国的文学里，而不该视为祖居地的文学。

如果这样的理解能被大家接受，那么，海外华文文学的发展方向就明确了：那就是大写特写华人移民融入主流社会的过程。在接纳国社会的背景下，写他们的所见、所遇、所知、所感。社会背景在变，作者自身也在变。随着时间的推移，当作者已经感到"他乡变故乡"的时候，华文文学对由移民构成的加拿大社会和魁北克社会来说，理所当然也就成了加拿大文学和魁北克文学的组成部分。有人说，我们是用中文写作的，人家的官方语言是英文和法文，看不懂我们的作品，我们的作品怎能算作加拿大文学或魁北克文学呢？我们的回答是：能。关键是作品的质量。众所周知，优秀的文学作品是没有国界的，也不会受语言和族群的限制。虽说我们不能用接纳国的官方语言来写作，我们还可以通过翻译把华文转换成英文或法文，以便接纳国的主流社会通过我们的作品了解我们的心声，了解我们为融入主流社会所做的努力。笔者认为，这才是华文文学发展的方向和出路，也是华文文学为加拿大社会、为魁北克社会的建设和发展所做的贡献。

（原载加拿大魁北克华人作家协会网，2015年6月9日）

# 在魁北克华人作家协会"2014年新书发布会"上的发言

**编者按：**张裕禾先生特意来信说："新书发布会上，我用法语发言，没有用中文重复一遍，致使部分朋友没有明白我说了些什么，深感抱歉。我把发言大意用中文写在下面，以弥补我的疏忽。我一共讲了三点。"

第一点。我回顾了2010年，为编写《中加文学交流史》一书的魁北克部分，结识魁华作协的过程。郑南川先生为了给我提供信息，特意写了一篇魁北克华人作家协会存在14年的小结。（此文已收入《漂泊的岁月》）。我根据他所提供的信息，编写了书中的一节："魁北克华人文学的存在与发展"。《中加文学交流史》是大型丛书十七卷《中外文学交流史》中的一卷：中加卷。这部大型中外文学交流史丛书的主编，是南京大学中文系教授、原南京大学跨文化研究所所长、中法合办的《跨文化对话》期刊的原执行主编钱林森教授。这是中国教育部立项的科研计划,由山东教育出版社负责出版。参加中加卷编写的,除我之外,还有阿尔伯塔大学的一位退休教授,一位约克大学的在职教授和一位四川大学的在职教授。书稿交到出版社已经两年多了。听说要等各卷的稿子交齐,一起出版。何时能见到书,谁也说不准。我对曾经为我提供信息和帮助的朋友,感到十分抱歉。因为让大家等待的时间太长了。[①]

  第二点。魁华作协的朋友们所从事的是一件非常有意义的工作。他们在自己的创作中,忠实地记录了华人在魁北克艰苦创业、融入主流社会的过程。他们的作品,不论是诗歌、小说或散文,是中国文学的一部分,还是魁北克文学的一部分,这个问题不好回答。可以说,是。也可以说,不是。我们界定一种文学的国别,恐怕不能完全依据文学创作所使用的语言。语言固然是个重要的标准,但也不能完全只看语言——语言只是表达思想感情的手段,作品所表达的社会内容可能是最终鉴别文学作品国别的标准。否则我们就很难把英国文学和美国文学区别开来,因为他们都是用英文写的;我们也很难把法国文学跟魁北克文学区别开来,因为他们都是用法文写的。

  可是,加拿大是个年轻的多元文化国家。加拿大的文学跟魁北克的文学一样,也很年轻。各个移民群体都会有人拿起笔

---

  [①] 钱林森、周宁主编的《中外文学交流史》共 17 卷,包括《中国—加拿大卷》,已由山东教育出版社于 2016 年 5 月印齐并投放市场。

来记录他们在加拿大落地生根、艰苦创业、融入主流社会的过程。有人用母语写作，也有人用接纳国的语言写作。这些文学作品都是接纳国的文化财富，只是表达的手段——所用的语言不同而已。就魁华作协出版的作品来看，绝大部分都不是中国文学的延伸，而是用中文表达的加拿大文学或魁北克文学（littérature québécoise d'expression chinoise, ou littérature québécoise en langue chinoise）。

第三点。近二三十年，随着海外华人的增加，海外华人的文学活动十分活跃。现在国内不少大学有专门研究海外华人文学的专家，也有专门的期刊发表专家们的研究成果。海外华人的文学作品，不仅受到祖国的重视，而且也受到接纳国的重视。加拿大、法国、美国常常把文学奖项颁发给移民作家，以资鼓励。1990年代，在蒙特利尔用法文写作的应晨，曾获得魁北克—法国联合奖和《伊人》（Elle）杂志的读者大奖，就是一个发生在我们身边的例子。这还不算，甚至诺贝尔文学奖都发给了移民作家。

勒克莱齐奥生于法国尼斯，长于毛里求斯，具有双重国籍。他因为"将多元文化、人性和冒险精神融入创作……在其作品里对游离于西方主流文明之外和处于社会底层的人性进行了探索"而获得2008年度的诺贝尔文学奖。米兰·昆德拉是捷克人，"布拉格之春"后移民法国，开始用捷克文写作，后用法文写作。他的名著《不能承受的生命之轻》在中国受到广泛的欢迎，曾六次受到诺贝尔文学奖的提名。法国著名的"费米纳奖"

## 枫叶荻花

（Femina，优秀文学作品奖），1998 年颁发给了法籍华裔作家程抱一（François Cheng）；2001 年颁发给了塞内加尔—法国混血儿玛丽·恩嘉耶（Marie Ndiaye）；2003 年颁发给了法籍华裔作家戴思杰（《巴尔扎克与小裁缝》的作者，他的获奖作品是《释梦人》）；2013 年，颁发给了法籍喀麦隆裔女作家莱奥诺娜·米阿诺（Leonora Miano）。

我举这些例子，是想表达一个愿望：我相信在座的作家当中，有一天也会有人获得类似的殊荣。

2014 年 7 月 18 日

# 诗集《果园集锦》序
## ——弘毅诗社成立十周年纪念

"弘毅诗社"成立至今,已度过了十个春秋。版主静水子先生将十年来诗友们的佳作选编成一辑,付梓成书,以做纪念,应予点赞。

本辑收录了五十多位作者一百五十多首长短不一的诗作。从作者年龄看,有二十多岁的青年,也有八十多岁的老者。若以20年为一代计,那是三代人、三个不同声部的大合唱。其中的主力,毋庸说是中年人。这些人都有较高的学历,硕士博士比比皆是。智商高,情商也高。绝非女孩子们所说的那种比较刻板、中规中矩、缺少浪漫情怀的理工男或IT男。他们当中的绝大多数出生在共产党治下的中国,成长在五星红旗之下,也有少数耄耋老人生在旧社会,长在新中国。①

---

① 个别日韩友人和魁北克友人的作品也收在这里。而笔者是从海外华人文学的视角,分析诗作的内容,为了叙述上的方便,所以跳过了对这些友人作品的分析。我请静水子先生在后记里给读者交代原委。

老中青三代人,在中华文化的熏陶下,铸就了中华文化身份。而他们又出于种种原因,乘着改革开放的东风,来到北美,闯荡世界。他们积极吸收新知识,努力适应新环境,艰苦奋斗,开辟新天地,成就新事业。他们纵有短暂的迷惘,仍勇往直前。他们当中有一小部分人投身商海,绝大部分人仍留在自己原来的业务圈子里。也有些人到北美来访学之后又回到了国内原来的工作岗位。所有这些人皆有丰富的生活阅历,见识过极不相同的社会制度,体验过东西方文化的差异,所以他们的写作资源极其丰富,眼界开阔,胸襟宽广,乐观向上。

有些老者退休后追随子女来北美安度晚年,过着优裕闲适的生活。他们无需为生存奋斗,也无需努力融入社会。他们是积极的旁观者。他们有较好的古文功底,笔端流出的归隐山林之愿、怀古念旧之情、离愁别恨之叹,非后生晚辈可以妄加评论的。他们是新移民中的一小部分。他们的抒怀之作,理所当然在海外华文诗坛应有一席之地。

作品内容的多样性,是海外诗坛的特色之一。诗人们在作品中或缅怀古人(这其实也是乡愁的一部分或一种表现形式),或鞭挞当今的贪官污吏,或一吐心中块垒。他们多多少少都有一些以天下为己任的中国士大夫精神。他们虽然身在海外,仍有一颗不忘报国的拳拳之心。国内发生的大事,不论是汶川地震,还是北京奥运,都会拨动诗人的心弦,以致他们由衷唱出内心的关切和忧伤、狂喜和自豪。他们也歌唱北美辽阔的大自然:奔腾不息的圣劳伦斯河,白浪滔天的大海,绵延不绝的森林，灿烂的阳光，碧蓝的天空，绿草如茵的春夏，秋天的红叶，迁徙的大雁，欢跳的松鼠，奔跑的幼鹿，迁徙的大雁，长冬冰封万里的银色世界，以及那离别苦，思乡情，孤寂感……他们或低吟浅唱，或击节讴歌，或大声呼号，或质疑天地。他们品茶品出禅功夫，读儒道释嚼出尘世滋味、人生哲理……

他们言情言志，不受表达形式的束缚。四言，五言，七言，律诗，长短句，以至大白话、顺口溜，信手拈来，都可旧瓶装新酒。酒不醉人人自醉，不醉不罢休。诗人们特别钟情宋词的词牌，在诗集中占据着重要的地位。以版主静水子为首的诗歌作者，如雨晨、喜子、熊修生、东篱及汪向明教授诸人，对旧体诗词形式的使用都非常得心应手。他们用旧形式表达现代情思，如行云流水，一气呵成，读来琅琅上口，没有佶屈聱牙之感。读者吟之或似醍醐灌顶、甘露洒心，或如沐春风，顿感清凉。

古老词牌的出现已有一千多年历史，因为本是歌词，能依声而唱，易于流行，故至今仍受诗歌作者的青睐。这是中国传统文化的魅力，是祖先给华夏子孙留下的一笔丰厚遗产。白话诗虽提倡了百年，经过几代诗人的努力和尝试，也没有在形式上有所突破和创新。这就难怪今天写诗的人仍旧钟情于古老的歌唱形式了。继承和发扬传统的诗歌形式，是无可厚非的。

然而，形式固定的古老诗词，毕竟规矩太多太繁，不易掌握。用旧形式写诗的人，犹如螺蛳壳里做道场，很不容易施展拳脚。所以，当我们往那古老的形式里填新词的时候，值得注意以下事项：

1. 千万不能削足适履。举个例子来说，圣劳伦斯河（英译中）或圣劳朗河（法译中）不可简约为圣河或圣劳津，因为这样就跟印度的恒河混淆了。据笔者所知，唯恒河被印度教徒视为圣河，一生必需去恒河中净身数次。在北美，无论是信萨满教的原住民，还是笃信天主教的法裔垦民，都没有把圣劳伦斯河视为圣河。由于北美夏天短暂，河深、流急、水冷，更没有人去河里为信仰而净身。

2. 我们身在异域用汉语写诗，必然会遇到许多人名、地名、族名的称呼问题。一般说，常用的人名、地名和族名都有约定俗成的译法，是不可随意乱译的。Indien，你只能译成印第安的或印第安人的，而不能译成烟剪村；village des Hurons，只能译成休伦村，而不能译成玉荣村。即使你的译音更接近法语的发音，也会使读者堕入五里雾中，而不明白你说的是什么。

3. 古汉语的发音和声调经过千年演变，已经跟现代汉语普通话有很大差别。古汉语的一些音和调，虽在方言中仍旧保存，但在普通话中已不复存在。入声字在普通话中的消失就是最突出的例子。若仍遵循古音古韵来填词，就有迂腐之嫌，从而脱离了21世纪的读者群。

4. 古诗词中的遣词造句、意象形成，有许多固定的搭配和表达方式。现代人如果借用太多，所写新词就会缺少新鲜感。而艺术作品成功的要诀就在于创新，给人以新鲜感。旧瓶可用，酒一定要新，否则就会落入俗套，而失去美感。对初学者来说，这是不可不察的。

笔者非诗词专家,既蒙邀约,盛情难却,实勉力为之。如有妄议,说错之处,望诗友们见谅。

(2016 丙申年,早春二月,美国北卡罗琳纳州教堂山市)

# 枫叶荻花秋瑟瑟，柴门初启越重洋

70 年代末的点滴回忆（1978 年 9 月—1980 年 5 月）

## 一、国门初开，负笈北美

1978 年邓小平发现，经过十年"文化大革命"的破坏，中国知识阶层发生了严重的断裂现象。老一代知识分子后继无人，新中国培养起来的知识分子跟世界科学技术的进步和发展严重脱节。百废待兴的中国急需人才。邓遂向中央政府建议，在各高等院校选拔一批中青年骨干教师，派往西方国家的高校或研究机构进修学习。当年的夏季，在全国范围内按学科组织了选拔考试，按考试成绩择优录取。我当时在上海外国语学院教书，有幸被推荐参加选拔考试，并以上海考区成绩第一、全国成绩第二的名次被录取。由于我们是语言生，不像理工科的进修生那样，出国前需要进行半年的外语培训，当年 9 月 1 日我们一行 20 人，便从北京登上飞机出发了。当时中国跟美洲没有直通航线。我们需绕道欧洲，从巴黎换飞机去加拿大。我们在巴黎的中国文化处住了一个晚上，第二天乘法国航空公司的飞机，直飞蒙特利尔。中国大使馆派了大巴和一位工作人员来蒙特利尔机场接我们，把我们直接拉到渥太华一家旅馆内休息。当晚中国驻加拿大大使就来旅馆看望大家。次日，使馆文化处兼管教育的参赞跟大家简单介绍了加拿大的情况以及一些需要注意的事项。第三天，大家就乘长途汽车分头去学校报到。我们当中10个人去多伦多大学，5个人去麦吉尔大学，5个人去拉瓦尔大学。5个进修英语的在蒙特利尔下车。5个进修法语的在蒙特利尔换乘长途汽车去魁北克市。我们这5个人，是复旦大学的马绪祥，北京国际关系学院的马秀兰，北京大学的王泰来，南京大学的程增厚和上海外语学院的我。这5人当中，王泰来和程增厚是我在北大读书时的高、低班同学，马绪祥曾跟我在上外共事过两年，只有马秀兰是我以前不认识的。在拉瓦尔大学，我们不是唯一的大陆留学生，我们来拉瓦尔大学时已有4位年轻的中国留学生在这里学习。两位男生是中国外贸部派来的，一位女生是北京外语学院派来的，另一位女生是南开大学派来的。

## 二、求知受限，巧避规章

4位年轻的留学生告诉我们，他们要遵守很多的纪律。例如，一个人不能离开校园；一门课必须两人同时选修，去老城散步必须两人同行；不能看有黄色镜头的电影等等。什么是黄色镜头呢？按当时中国人的标准，不仅是床戏镜头，连接吻镜头也算是黄色的了。可是没有看过电影，怎么知道有没有这些镜头呢？一个留学外国的语言生，如果看外国电影也要受如此的限制，跑到国外来干什么？在国内看看外文小说和报纸好了。管理留学生的人也许出于好意吧，他们都还是没有结过婚的小青年，怕他们看外国电影学坏了。我们5个新来的都是结过婚、有儿女的人，使馆负责教育事务的官员并没向我们讲过这些纪律。我们完全不把这些规定当作一回事。其实，留学生也没有钱去看电影。因为当时是一份奖学金两个留学生用。每人每月的零用钱是10个加元。10个加元能买些什么呢？当时在教学大楼里的自动售货机上买一杯热咖啡，是0.5加元。10加元的零用钱只能买20杯咖啡。学校行政管理学院有个大礼堂，周末那里放电影，票价是2.5加元。对我们来说，还是太贵了。后来大家发现，图书馆可以借电影看，不用花钱。虽然影片老掉了牙，但从培养听力和学习语言的角度来说，还是可以的。大家发现，文学院电影专业的学生，有电影分析课，每周放一部电影，同学们一边看，一边听老师分析解说。我们中国同学就混在里面白看电影。由于我们经常混在注册电影课的学生当中看电影，Worren老师看到我们了。他知道我们没有注册他的课，也不赶我们走。相反，在课间休息的时候，他还来到我们身边向我们问好。我记得，我们看了美国一系列的灾难片，如摩天大楼失火、飞机失事、轮船沉没……等等现代生活中可能遇到的不幸事件。在这样的事件发生时，每个人在生与死的选择面前，都会有不同的反应。这样的片子，对观众是警示，也是教育。Worren教授说："美国电影展示美国生活方式，炫耀现代科学技术，传播西方价值观念。美国电影有一点跟你们中国电影是一样的，那就是电影里面都有一个英雄。美国灾难片中的英雄都是牧师。他组织大家逃生，跟只顾自己的自私的人做斗争。他先人后己，把生的机会让给别人，把死的可能留给自己。你们中国影片中的英雄则是共产党员。"我们不得不承认他的分析是很有道理的。我们不花钱，看了电影，学会了分析电影，同时也学了语言。经济上的限制并没有扼杀我们求知的欲望。

## 三、衣，食，住，行

我们出国前，曾在北京集中，接受爱国主义教育。在这期间，教育部请来做西装的专业公司，为每个出国的留学生做两套西装和一件呢大衣。一天，留学生们乘大巴来到城里的一个地方。在一间大厅的中央，摆放着一些不同颜色和质地的衣料（纯毛的或毛涤的），让大家自己选择。每人记下选中的料子的编号。在轮到量尺寸时，每个人把料子的编号告诉裁缝。由于需要量身订做西装的人太多，而量尺寸的裁缝师傅只有两个人，要在短短半天时间里替百把个人量好尺寸，量衣服的师傅用在每个人身上量尺寸的时间不超过5分钟。速度是快了，其结果就可想而知了。半个月后，取回衣服一穿，不是袖子长了，就是身腰太肥，或者弄错了衣料的编号，返工率极高。我们到加拿大已是秋天，新做的衣服都派了用场。可是中国人走上街，衣服的颜色都是一样的，款式也是一样的，可谓整齐划一。在加拿大这个民族多样、文化多元的社会里，我们集体走在街上或漫步商场，难免引起行人好奇，侧目而视，让我们感到很不自在。

　　我们的伙食费是凭发票向使馆实报实销，但每月不得超过规定的数额。那时女生宿舍 Lacerte 的地下室里安装了供女同学烧饭用的电灶，但男生宿舍里没有，只有供加温用的微波炉。因此，男生只能在 Pollack 餐饮公司开的食堂里用餐。刚来的那一段时间里，吃饭是个很大的烦恼。食堂供应的饭菜不仅不合中国人的胃口，而且选择也很少。要么吃鸡腿加土豆泥（或炸土豆条，或小豌豆），要么吃意大利面条加牛肉米沙司。我很快就倒胃口了。学期中间，大家都很忙，三餐之事就只能凑合着对付。我们有时买点面包、火腿肉、生菜将就着混一顿。有时用微波炉做炖蛋，或在超市买现成的盒装的炒饭，用微波炉加热之后吃。由于我们没有钱购买小冰箱放在宿舍里使用，面包没有吃完就发霉了。我们是吃米饭长大的，一星期没有米饭吃，那滋味真不好受。幸好，路医生夫妇、物理学家陈瑞良教授夫妇和药学教授王毓揆夫妇对我们特别关照。周末或节假日，我们常常成为他们家的座上客。我们在他们家里，不仅饱了口福，而且了解了许多当地社会的情况和台湾社会的发展情况。到了假期，我们几个人就合伙买菜在女生宿舍的厨房里烧，每天中午烧一顿，大家轮流执铲子，四菜一汤。花钱不多，大家吃得很开心，我们还经常邀请一位叫 Louise 的法国女研究生跟我们一起共进午餐。其他同学看到丰富的中国饭菜，都投来羡慕的眼光。

　　我们都住在学校的宿舍楼里。冬天宿舍的暖气供应过热，在宿舍里只需穿一件衬衫。由于过热，就感到皮肤干痒，睡着了也会被痒醒。开始不知道什么原因，只感到奇痒难忍，越挠越痒。程增厚去看医生，做了全身检查，什么毛病也没查出来。最后，还是有经验的陈教授的太太黄宇维女士告知，是皮肤干燥引起的，只要抹点护肤霜就可以减缓症状。果然不假。抹了几次，奇痒难忍的症状就减轻了。我这个人怕冷，见到窗外漫天是雪，白茫茫一片，心里就发憷。我在拉瓦尔大学的第一个冬天，几乎天天从地道去教学楼上课，或去图书馆看书。哪怕是去 Steinberg① 超市买食品，也宁愿从地道绕道走到女生宿舍楼，再从那里走出地面去超市。

魁北克的冬天太长，到了第二年的 4 月，雪还没有化尽，我们也跟当地人一样，盼着阳光普照、绿草如茵的夏天早日到来。4 月里下大雪并非罕见。一天晨起，见漫天大雪，不禁感叹起来，便胡诌了一首打油诗：

    四月枝头方鸣鸟　乍暖还寒飞鹅毛
    冬婆凶悍不肯去　春姑娇弱把泪抛
    时轮难拒雪融水　飞车驰过溅上腰
    国人厌恶季节丑　急盼夏日阳光澡

---

① 这是一位犹太人裔匈牙利移民开的超市，也是魁北克最早出现的超市之一，今已不复存在。1978 年创业者 Samuel Steinberg 去世后，由于后继无人，三个女儿经营不善，争权夺利，加之同行竞争激烈，Steinberg 超市连锁店便日趋衰落。到 80 年代末，三个女儿就把父亲留下的这家著名的连锁店卖了。

4月底5月初冬季学期结束，大家稍稍喘了口气。一天，大家约好去魁北克大剧院旁边的一家电影院看《莫里哀传》。去的时候大家乘公共汽车。回学校时，有人提议，大家散散步，走回去吧。一个冬天没有锻炼身体，体力大大下降。看看一条笔直的大路，以为很快可以走到。谁知道，走了一个半小时，到达校园已是半夜12点，累得腿都抬不起来了。还有一次，程增厚跟我一起到下城 Limoilou 的第三条街去寻找一家旧书店。我们沿着 Boulevard Charest 向东走。走到警察总局旁边的草地上（现在那里是手球场），我们已经精疲力尽。我们俩就在那里的草坪上休息，到警察局里去上厕所，然后继续前进。旧书店找到了，但没有什么收获，往回走就成了巨大的挑战。我们好不容易走到 St.－Charles Garnier 中学，就再也走不动了。我们商量着能不能搭个便车回学校。我不好意思站到路边去伸手。程增厚鼓起勇气，站到路边去伸出大姆指。不一会儿，有人停下了车，问我们去哪里，我们如实告知。5分钟后，我们就到了男生宿舍 Pavillon Parent 门口。

## 四、校园性事，大麻流行

60年代的嬉皮士运动给西方青年留下的两项最大影响就是性自由和吸食大麻。1968年的巴黎学生运动把西方青年的性解放运动推向了一个高潮。性解放运动伴随着女权运动在西方各国蓬勃发展起来。魁北克当时正处于平静革命（Révolution tranquille①）时期。宗教和家庭对青年的行为逐渐失去影响力。我们来到魁北克时，嬉皮士运动虽已进入末期，但残余影响仍然存在。青年人的典型装束是长发披肩，穿象脚裤，吸食大麻，把性事跟婚姻彻底分离开来，也跟生育分离开来，只是当成肉体上的愉悦，以致男女朋友和男女同学之间，只要双方乐意，便可以做爱。这对我们中国学生来说，不仅是不可理解的，也是不能接受的。大学校园是性活动最活跃的地方，也是议论性事最多的地方。不论是男同学或女同学，吹嘘跟多少人做过爱的人，大有人在。以前女生宿舍 Lacerte，晚间男生是不可入内的，更谈不上在那里过夜。在性解放运动的影响下，这条规定已经没有人遵守了。周末晚上，不论女生宿舍还是男生宿舍，都很吵闹。男男女女，来来往往，穿流不息。弄得我们没法安静地睡觉。我在1979年暑期的英语课上结识了一位伊朗同学、一位阿尔及利亚同学。那时伊朗正经历伊斯兰革命。伊朗的巴列维国王被赶下了台，霍梅尼从流亡地法国回国，成为伊朗人民的精神领袖。我的这位伊朗同学，以前也跟西方青年一样，周末就找女同学睡觉。现在变了。周末他把自己关在房间里听

---

① 20世纪60年代初，自由党取代民族联盟执掌魁北克省政权，为使魁北克省现代化，实行了一系列的社会改革措施，例如教育民主化，普及免费教育，政府接管天主教对教育的控制权，以及对医疗卫生和社会服务事业的控制权。采取国家干预政策，建立国营的水电公司、矿产公司，建立劳动保障制度、公费医疗制度……等等。这就是后来魁北克史家称谓的"平静的革命"。

霍梅尼的录音演讲。他见到我就说:"张,我听了霍梅尼的讲话录音,我感动,我流泪,我后悔,在西方生活了几年,我堕落了。我要回去参加革命。谁是霍梅尼?霍梅尼就是你们的毛泽东呀。"我那位阿尔及利亚同学是学医的,是个追逐女孩子的能手。一天下午,他跟我说:"今天,我的女友把我带到她的女友家里,我们三个人一起做爱。"我说:"你不要命啦!"他若无其事地说:"没事,我事先吸了大麻。"当时确实有些青年把大麻当成了万能药。吸大麻叶,在大学生当中成了时髦。不仅男同学吸,女同学也吸。我宿舍里的一位邻居,跟我谈起日常开销时,把每月买大麻叶的支出也计算在里面。不仅学生吸大麻,老师也吸食。1979年,行政管理学院一位教授请我到他课上讲一讲中国的改革开放。周末,他约了几个男女学生到他家去开派对,我也在被邀请之列。在晚会上,大家吃的东西很简单,主要是聊天。在派对的末尾,一个同学从兜里拿出了一张卷香烟用的纸头和一包大麻叶。他卷了一支烟,点燃后先吸了一口,然后就递给邻座,大家便一人一口,在师生之间传递起来。不一会儿室内就弥漫了大麻叶燃烧的香味,比烟草的味道强烈得多。这支烟传到我时,我也若无其事地吸了一口。不亲口尝一尝,就不知道"梨子"的味道嘛。这是生平第一次,当然也是最后一次。

## 五、金发碧眼,黄毛丫头

我们出国前有个错误的印象,以为西方人都是金发碧眼。

枫叶荻花秋瑟瑟，柴门初启越重洋

可是当我们踏上北美这块土地时，发现魁北克人金发碧眼的并不多。同时我们也发现，北美的印第安人长得跟蒙古人差不多。甚至他们的宗教信仰——萨满教也跟蒙古人和西伯利亚的亚洲人一样。后来我们知道，北美的印第安人确实就是在古代打猎的过程中越过白令海峡来到美洲的。我们曾经问过魁北克人为什么他们的头发也很黑。他们的回答很简单："我们家有个grand-mère sauvage。"字面上是说，他有个蛮子奶奶（或蛮子外婆）。实际上是说，他的祖上曾娶了个印第安人做妻子，他的祖母或曾祖母是印第安人，他身上有亚洲人的血统。那时，魁北克人（le Québécois）这个词①正在逐步取代法语加拿大人（le Canadien-français）。他们嘴上经常挂着"我们是纯毛的魁北克人"（Nous sommes des Québécois *pure laine*）。其实，哪来纯毛的呢？人种的混合自古有之。魁北克人就是一例，他们并不是纯种的白种人，而是多民族混合的产物。我们中国人也是许多民族混合的产物。我们中国人不是老喜欢说（不仅说，而且编成歌儿唱），我们是黄皮肤、黑头发、黑眼睛吗？我们中国人真的像歌中唱的那样吗？我在考大学时接受过一次体格检查，好像当时没有检查眼睛的颜色。出国前的体格检查是我一生中的第二次体格检查。这一次检查表上有眼睛的颜色一栏。我一看，医生填的是棕黄色（brun）。我们姓张的，是皇帝的嫡系子

---

① 魁北克人的称谓是在平静革命的过程中流行起来的。这是法语加拿大人民族意识觉醒的标志、自我肯定的标志。

孙，因分工制造弓箭，才得了张姓。从哪一代起，跟哪个色目民族混血了呢？已无从查考了。我一方面感到惊讶，一方面感到疑惑不解。回到家里，我把这一重大发现告诉妻子，并到镜子前面好好看了看自己的瞳仁。果然不错，是棕黄色！我也检查了妻子的瞳仁，也是棕黄色。可是一想，我们在生活中不是常说"黄毛丫头"吗？那就是说，小姑娘的头发常常是偏黄的，长大了才变得稍黑一些。原来我们引以为自豪的大汉民族也不是纯毛的呀！

## 六、小小学生，捐款济贫

那时的魁北克人对中国人很友好，是不是因为他们血管中也流淌着亚洲人的血液呢？我不知道。我只觉得，魁北克人对贫穷落后的中国和中国人抱有巨大的同情。他们当中跟我们年龄相仿的人，在读小学的时候都曾参加过"购买中国小孩"（acheter des enfants chinois）的活动。这是教会在小学生当中开展的一种募捐活动。老师告诉孩子们，中国孩子吃不饱、穿不暖，生病没钱看，父母就把他们扔到垃圾桶里去。孩子们捐出两毛五分钱，就可以换回一张上面印有中国儿童头像的卡片。他们就算买了一个中国小孩，救了一个中国孩子的命。小学生们可以给卡片上的儿童起个自己喜欢的名字。当然，两毛五分钱是养活不了一个孩子的，但对小学生来说，这是一个不小的数目，这是他们节约下来的零用钱。他们在捐出零用钱的同时，也在幼小的心灵里，种下了恻隐之心的种子，滋生了对中国人的同情与友好感情。在我们接触到的当地友人中,就不止一次听到他们讲述小时候"买中国小孩"的故事。讲完故事,他们还特意加上一句:"你们也许就是我们当年买过的中国小孩,现在你们到我们家里来了,我们欢迎你们!"我们应当承认中国过去的贫穷和落后,我们有民族自尊,但不拒绝外国友人对我们的同情。

## 七、民族主义,空前高涨

70年代末的魁北克,正是民族主义运动蓬勃发展的时期。René Lévesque 领导的魁北克党 1976 年首次在大选中获胜,执掌省政府的大权,并迅速通过了 101 语言法案,宣布法语为魁北克唯一的官方语言。人民士气大振,民族主义情绪空前高涨,要求主权独立的呼声很高。当时的魁北克人对英国人出言不逊,骂他们"maudit Anglais"!(该死的英国佬!)为什么骂英国人?因为英国人在 1759—1760 年间为争夺法国在北美的殖民地,跟法国在魁北克打了一仗,法国战败。1763 年英国、法国、西班牙三国签署巴黎条约,法国正式放弃美洲的殖民地——新法兰西(Nouvelle France),以致法国昔日的垦民,变成了英王治下的臣民。法国垦民从新大陆的征服者变成了被征服者。他们不仅对英国人没有好感,对法国人也没有好感,骂他们是"maudit Français"!(该死的法国佬!)为什么骂法国人呢?因为法国把新法兰西割让给了英国殖民主义者之后,新法兰西的统治者卷起铺盖回法国去了,留下的则是再也无法回到欧洲土地的垦民。这些垦民成了失去祖国的孤儿。这种被祖国抛弃的感觉，这种埋在魁北克人心灵深处的悲哀、无奈和孤独感，是我们这些初来乍到的外乡人难以理解的。他们只是靠了天主教会的保护才得以保存住自己的宗教信仰和语言。由于语言是文化的载体，保护了语言，也就保护了文化，所以法语加拿大人才没有被英国人同化。由此可见，魁北克人对英国人的憎恨是由来已久的，这是一种民族的仇恨，也非一天两天、一年两年，以至一个两个世纪，就能消除的。"二战"后，特别是60年代初开始的"平静的革命"，使魁北克摆脱了天主教的束缚，走上了国家现代化的道路。社会民主主义占据了上风，国家迅速富裕起来。特别是1967年的世界博览会和1976年的奥林匹克运动会在蒙特利尔举行，大大提升了魁北克在国际上的地位。法国人似乎发现了魁北克，来旅游的法国人也多起来了。但这些法国旅游者常常显露出傲慢的神气，看不起魁北克人，嫌他们说话口音重，没有文化。我们曾在拉瓦尔大学 Moreau 宿舍里住过一年，在那里结识了一位来自法国的教授神学的客座教授。他一个人住一个套间，外间里还有一架钢琴。他房间隔壁是电视室。我们周末去那里看电视，被他房间里传来的琴声所吸引。于是我们便和他交上了朋友。他知道我们来自中国，特别热情，请我们到他房间去坐坐。我们向他请教宗教问题，他向我们询问孔夫子的思想。彼此交谈甚欢。他订阅法国的《世界报》，我们想向他借几份看看。他说："我以后把看过的报纸放在房门口，你们尽管来取。你们看完就扔了，也不用还我。"总之,他对我们非常友好。可是,有一回,我们谈起了魁北克人。他突然以蔑视的口吻说道:"他们都是些农民嘛!"我们听了甚感惊讶,也就明白了魁北克人为什么也骂他们"maudit Français"了。

## 八、"文革"流毒,污染校园

当时魁北克的知识界、文艺界和工薪阶层是民族主义运动的积极支持者、社会民主主义的拥护者。他们不了解中国文化大革命的实际情况,他们崇拜毛泽东,对他提出的要消灭三大差别(脑力劳动和体力劳动的差别,城市和乡村的差别,工人和农民的差别)的口号十分欣赏。我有一次跟系主任聊天,她问起我们中国知识分子在"文化大革命"中的情况。我说,知识分子被视为资产阶级的成员、臭老九。大学停办了,大学教师都被送到五七干校去种田。她说:"知识分子参加劳动好啊,我们学校有一块地,暑假里专门租给同学们种蔬菜。"我告诉她,中国知识分子好几年不教书,不做科学研究,也不读书,只顾在农场里种田了。这跟你们的学生暑假里把种蔬菜当作休闲活动,不是一回事啊。她这才若有所思地说:"噢,不做学问,只种地,那就不是知识分子了嘛。"

魁北克的毛主义政党也十分活跃。他们在大学校园里摆摊,出售他们的党报,报纸上转载中国《人民日报》的社论《对资产阶级实行全面专政》,在大学生当中招募共产党员。他们到处贴小广告,通知某月某日某时在某处举行毛泽东思想讨论会,或毛泽东生辰纪念会。中国已经结束了"文化大革命",大学已开始恢复招生,我们这些劫后余生的大学教师才有机会到加拿大来进修。当我们看到西方青年学生仍在散布极左言论,执迷而不悟,深深感到中国"文革"的流毒还继续在世界各地蔓延,毒害着西方的青年。当然,这些误入歧途的青年享受着法律保障的言论自由,不会因为宣传"毛主义"而受到政治迫害,也不可能在社会上掀起什么波澜。

## 九、左派沙龙,语惊四座

1980年三八妇女节,我和另外三位中国同学一起应邀去席库提米(Chicoutimi)参加一个小型的晚会。参加晚会的人都是对中国友好的人士,他们大多是CEGEP(大学预科和专科学校)的教师,生活和工作条件都很优裕。席库提米是魁北克省的后院。那地方气候比魁北克的省城还冷,夏天更短。这些教师在城里有家,在湖边或森林里还有别墅。周末或假期去自家的湖边别墅钓鱼或游泳,还会在别墅旁边的空地上种些蚕豆之类的蔬菜。晚会上,他们先让我们介绍中国妇女的状况,然后便问起毛泽东去世后,中国发生了什么事。我们同去的三位同学推举我代表他们发言,理由是我的法语表达比较流畅。我知道难以推托,就向参加晚会的魁北克朋友说了以下几点。(1)在"文化大革命"中,中国的传统文化遭到极大的破坏。(2)革命功臣和知识分子遭到迫害。(3)毛泽东在社会改造问题上犯了一些错误。(4)他晚年在思想上过分强调人的意志的作用，不顾客观现实，违背了实事求是的精神。我列举了1958年"大跃进"中提出的一些口号，如"人有多大胆，地有多大产""叫高山低头，叫河水让路"。我讲得很肤浅，但都是大实话。我说完后，也没有人提出不同看法。散会后，会议主人原来说要带我们去参观一个夜总会的，但临时取消了。3月的席库提米是乍暖还寒的季节，晚会结束后，我便在寄宿的主人家里早早就寝了。第二天早晨，女主人为我准备了胡萝卜洋葱汤，让我吃了上路，回魁北克。我们4人早上9点钟在我居住的主人家聚齐，然后一起去赶公共汽车。在汽车站等车的时候，王泰来跟我谈起了早晨刚刚发生的事情。昨天晚上参加晚会的人，对我的讲话深感震惊，今天一早在王泰来下榻的主人家紧急集合。集会的目的，就是向她核实，张昨晚关于毛泽东的讲话是否属实。我的老同学向他们证实，我讲的是事实，毛泽东确是那样的。这些可爱的魁北克朋友都是沙龙里的革命家，在获得我同学的证实之后，心里是怎么想的，会不会感到失望，会不会醒悟过来，我就不得而知了。

## 十、垃圾工人，生活水准

1979年的秋天，我们进修生应维多利亚维尔（Victoriaville）的友人邀请去访问那座城市。一位朋友开车来接我们。行车一个多小时，我们就到达了。城市很小，充其量也就相当于中国的一个镇吧。天色还早，接我们的这位朋友把我们领到一个开

枫叶荻花

阔的平地上,那里有一排排整齐的居民住宅,一律的 bungalow 平房。他介绍说,这些房子都是居民的住宅,起码有一半居民是靠贷款购房的,也就是说,这个城市的居民至少有一半是负债的。我问他,房贷还得起吗?他回答说,还得起,慢慢还。我心里想,如果还得起,那就不能算穷了。当然,这话我没有说出来。天色渐晚,接我们的朋友把我们带到一个餐馆,那里已经聚集了一些朋友,在等我们聚餐。各人自掏腰包选购自己喜欢的份菜,边吃边聊。晚上大家就分别住在友人家里。我寄宿的这家主人是位工人。他的工作是开垃圾车收垃圾,运往垃圾场——后来我知道这是市政府的蓝领工人,也算公务员。他们有工会组织,接待我的主人就是工会的负责人。他的书架上摆放着法文版的马列著作、毛选四卷和红色塑料封面的小红书《毛主席语录》。他的妻子不工作,在家用毛线编织一些工艺品,拿到集市上去卖,赚一些小钱贴补家用。他们有一个年幼的小女儿。他们家跟许许多多的魁北克家庭一样,家用电器设备样样俱全,取暖照明烧饭洗衣洗澡都用电,而且用电不受限制,也说不清一度电要付多少钱。列宁说过:"共产主义就是苏维埃加电气化。"那么,加拿大没有苏维埃,但已经实现了电气化,是不是离共产主义不远啦?我感到迷惑不解。中国不是有了苏维埃式的工农政权吗?我们虽然没有电气化,为什么日子越过越穷了呢?加拿大一个收垃圾的工人就能有这样的生活水平,比中国的教授、医生、工程师、科学家和政府干部的生活还要富足。一位市政府的垃圾工,一份工作的工资就能养活一家三口,还能偿付一幢独门独户的独立屋抵押贷款。中国人什么时候才能达到这样的水平呢?时至今日,三十多年过去,中国的少数人富了,可是,绝大部分知识分子至今也没有达到我当时看到的这位垃圾工人的生活水平,且不说下岗工人和进城务工的农民了。

## 十一、越南难民,安居乐业

1975年越共解放了越南南方之后,对南方实行土地集体化和私营企业国有化。反对政府政策的人大量逃离越南。我们在校园里从越南学生那里得知,他们当中许多人花了五两黄金,才获得离开越南的证件和许可,然后搭乘小船,漂向茫茫大海,指望在公海漂流的过程中,被来往的国际红十字会的救援船只或商船搭救。这些小船经常是超载的,许多人在海上漂流的过程中,或饿死或冻死,或随着经不起风浪打击的小船葬身大海。据联合国难民事务委员会的估计,在这次大逃亡中,大约有二十到二十五万逃亡者死亡。被国际救援船只或商船救起的难民,被送往设在香港或马来西亚等地的难民营。在国际红十字会的组织下,西方各大国派官员去难民营进行甄别挑选。所以,越南难民到加拿大后被称为船民(boat people)。在1979—1980年间加拿大接纳了五万越南难民。在短时间内,大量越南难民涌进魁北克,不是每个普通老百姓都能理解和接受的。谁来给这些普通老百姓做思想工作呢?一个星期天上午,我抱着好奇的心理走进圣信市教堂路上的一座教堂,想看看天主教徒们是如何望弥撒的。教堂的建筑很现代,远远看去像个趴在地上昂首的大公鸡,那耸入云霄的十字架好似大公鸡的尾巴。木质的贴板屋顶已经很陈旧了,给人的感觉既不宏伟,也不美观,但内部很宽敞,没有一根柱子。当我进去时,弥撒已经开始,本堂神父正在宣道。我找了个后面的位子坐下,想听听神父说些什么。神父说:"……我们在自己家里过着安静的生活,这时来了许多外乡人,打乱了我们平静的生活。我们不应该嫌弃他们,而要善待他们……"听到这里,我觉得神父很了解教民们的思想,他讲道很有针对性。我联想到前两天王泰来告诉我的一件事。一个周末,她和几位女同胞去下城的圣约瑟夫街上闲逛,想在那里的廉价商品店里淘一点便宜货。她们走进了一家卖衣服的商店,翻翻放在长桌和纸盒里的内衣、衬衫、外罩、袜子……看看标签上的价格。这时一位男售货员走过来问她们:"你们寻找什么?"我们的同胞回答说:"我们看看。"售货员很不友好地对她们说:"我的商品是出售的,不是给人看的。"此话一出,我们这几位女同胞便悻悻地走出了商店。王泰来对这位售货员不友好的态度做了如下的分析:"我们穿的尼龙棉袄很陈旧,跟越南难民差不多。越南人跟我们长得又很相似,人家把我们当成越南难民了。"

年轻的越南难民,在越南已经是大学生的,都陆陆续续进入大学读书。我们认识一位越南学生跟我们讲了许多事情。他的父亲住在西贡(今天的胡志明市),是商人,他的伯伯是北越的军官。当北越的军队打到南越时,他伯父带信给他弟弟,让他带着全家赶快逃走。他就这样逃离了越南。校园里的越南留学生分成两派,一派是亲越共的,一派是反越共的,互相争吵得厉害。亲越共的一派还在越南学生当中发展共产党员。有一位越南女孩跟王泰来非常友好,把她当作老大姐看待,有什么心里话都来宿舍找她倾诉。一天,王泰来告诉我说,越共要发展这位女孩为地下党员,问她该不该参加。王泰来反问道:"你的想法怎样?""我很犹豫。不过,我觉得他们都是好人。"王对她说:"这事,你要自己拿主意,事关重大,别人是不好表态的。"我当时听了颇感惊讶。共产党的势力已经渗透到难民中来了。换句话说,在那些逃离越南的难民中,越共深谋远虑,已经在难民中安插了共产党员。

越南人跟中国人一样都注重子女教育,以期子女在社会上能获得成功。当时越南学生中很多人都选择了新兴的计算机专业,也有人选择了药学专业。当我1984年重回魁北克读博士学位时,这些当时的难民都成了专业人士,进入中产阶层。也有一部分人经营杂货店、礼品店或小饭店,纷纷融入主流社会,过上了安居乐业的生活。

## 十二、路边过夜,有惊无险

1979年暑假期间,谭老板和谭太太去多伦多探亲,问我们愿不愿意跟他们一起去多伦多玩,可以搭他的车。我们当然乐意。他们有一辆小面包车,可坐8个人。王泰来、马秀兰、程增厚和我(这时马绪祥已转到蒙特利尔大学去读书)就占了4

个位子。他们有4个孩子,最小的Cynthia就由谭太太一路抱着,很是劳累。由于人多,又有儿童,谭老板十分小心,一路开得很慢,加上休息、吃饭、上厕所,原计划十来个小时可到达目的地,可是,夜里过了12点,我们离多伦多还有一个多小时的路程。一路过来都是谭老板一个人开车,我们都不会开车。谭太太会开,但要照顾小孩,也不能分担开车的劳累。白天天气晴朗,我们都有些兴奋,睁大了眼睛观看一路的风光。我特然想起了一首50年代唱过的苏联老歌,其中有句歌词是:"我们祖国多么辽阔广大,到处是田野和森林。"过去想象中的景色,现在都展现在眼前了,顿觉心旷神怡。这种放松的感觉,自"文革"以来,就不曾有过。可是行车时间长了,视觉产生疲劳,天渐渐暗下来,慢慢地就不知不觉打起盹来,也不知睡了多久。突然一声沉闷的巨响,把我从梦中惊醒。感觉车子停了,停在高速公路右边的便道上。谭老板已经下车检查,看什么地方出了问题。过了一会儿,他来到车门口对大家说,看来是汽车的传动轴断了。他让我们待在车上,不要随便下车。高速公路上一辆辆汽车风驰电掣一般,从我们身边呼啸而过,令人感到惊悚。不一会儿,一辆警车在我们车后面停靠下来,询问发生了什么事情,需不需要帮助。谭老板向警察说明情况后,警察让我们呆在车里耐心等待,不要在路旁乱走动,以免发生意外。子夜已过,5月的夜晚还很寒冷。我们都蜷缩在车座位上,不敢动弹。只有勇敢的程增厚下车去陪谭老板,沿着公路,寻找公用电话。过了个把小时他们才回来,说,车行这时关着门，要明天早晨上班后才能派车来把车子拖去修理。谭老板已跟他妹妹联系过，她妹妹决定立即来接孩子，然后再接大人。从多伦多市区来回跑一趟要两个半小时。当我们到达市区，找到与我们同机来加拿大进修的同学，已是上午七八点钟了。我们在高速公路边度过了一个有惊无险的不眠之夜。

## 十三、南北杂货，琳琅满目

跟我们一起同机来加进修的北京外国语学院和南京大学的英语教师，住在离多伦多大学不远的地方。他们租赁学校附近的民房居住，四五个人合租一套公寓房，厨房公用，做饭方便，三餐没有太多的烦恼。而且他们的住处离唐人街也不远。我们跟他们分别不到一年，今又重逢，颇有他乡遇故知之感，彼此感到十分亲切。他们不仅安排我们住宿，而且带我们去逛唐人街，顺便买一些食品招待我们。那时多伦多还不存在"太古广场"那样的商城或"大统华"那样的超市专门为华人服务。我们逛的是那个紧邻犹太人商业区的老唐人街。首先印入眼帘的是一块块汉字写的商业招牌，使人顿时感觉回到了1949年之前的中国。汉字是繁体的，乡音是广东的。店铺的装潢十分陈旧，满眼的大红大绿，非龙即凤。每个店铺里都供着一尺多高的瓷像，像前香烟缭绕。趋前细看，原来是关羽手持大刀的瓷塑像。这位中国历史上忠义的化身，什么时候成了商家的保护神，就不得而知了。每家店里都散发出一种特殊的气味，顾客在里面是不能久待的。有的商家把商品摆到人行道上,行人不得不绕道而行。蔬菜水果店门口常常有果皮垃圾堆积,苍蝇飞舞。唐人街给我的印象是两个字:乱、脏。但商店里货物丰富,价廉物美。一切在当时国内市场上买不到的东西,在唐人街都可不受限制地随便购买。鸡鸭鱼肉,虾干鱼干,金针木耳,莲子红枣,香菇银耳,青菜萝卜,姜葱豆腐,油盐酱醋……总之,南北杂货,应有尽有。我们这些人过了几十年凭票供应的日子,看到这样备货充足的商铺,羡慕不已,为了自我解嘲,便说:"怪不得国内供应紧张呐,原来都运到国外来供应华侨啦!"

## 十四、越洋过海,参观国宝

第二天,我们去参观了多伦多的王后博物馆。在那里,我们不仅看到了埃及的木乃伊,也看到了商朝的青铜鼎、明朝的将军墓、清朝扬州八怪之一郑板桥画的竹子——我是扬州人,从小听大人讲过许多有关郑板桥的民间传说,但就是没有见过他的真迹。现在千里迢迢、越洋过海,终于见到了国宝!展览厅里还陈列着城隍爷的宝座,墙上贴着黑无常白无常的帽子和招魂的旗幡。这些在国内被认为封建迷信的东西,早已被当作历史垃圾拆毁了,连商朝的鼎也被砸碎了当作垃圾卖给了废品收购站!可是,这些东西在加拿大被当作历史文物、人类的文化遗产,珍藏在博物馆里。是那些以革命名义打倒封资修的狂徒做得对呢,还是把我们的垃圾当作国宝珍藏在博物馆里的加拿大人做得对呢?

## 十五、珍惜历史,保护文物

1979年春,蒙顿大学历史系的温教授请王泰来和我去参加他举办的一个中文晚会。我和王泰来第一次乘加拿大的国内航线。一架小飞机,没几个乘客,两个小时不到就到达蒙顿了。飞机飞得很低,从飞机上看下去,除了森林还是森林。新布伦茨维克的首府——弗雷德里克顿,淹没在松树林里。只看到一排排整齐的平房屋顶,没见到高楼大厦。若没有人提醒,我是不会相信那是一座省城的。蒙顿也一样,没有高楼大厦。最高的建筑是救火会的望火楼,也就三四层楼高吧。下午我和王泰来给历史系修中国历史课的学生各做了一个报告。王泰来的报告介绍1949年后中国妇女地位的变化。我的报告是介绍《红楼梦》的爱情故事。我们做完报告后,学生带我们去参观一个教堂。教堂离市区不远,大概半小时的车程。这是一座废弃了的小教堂,现已改成青少年的活动中心。在教堂门口迎接我们的是一位六十岁不到、头发斑白的先生。他见到我们的第一个问题就是:"你们是来自台北的中国,还是北京的中国?"我们回答说,是北京的中国。他立即自豪地说:"我女婿是中国人,台北的中国人。"这样一套近乎,我们好像攀了亲戚,彼此觉得亲近了许多。他热情地把我们领到大厅内,跟我们介绍教堂的历史。"这教堂已有八十年(!)历史。现在上教堂望弥撒的人少了,捐钱的人也少了,教堂无法维持,市政府就决定把它改成青少年的活动中心。你们看,这里原来是神坛,上面的雕花多么精美。做弥撒的大厅里,长椅已经拆除,内壁上镶着一人多高的护墙板,都是上好的硬木做的……"我一面听一面想,八十年已经视为珍宝,我国该有多少珍宝啊?1949年后,我们把百年以上的建筑物说拆就拆了,把数百年、上千年的道观寺庙说毁就毁了!在文化大革命中,上海的万国公墓里的坟墓被铲平,水泥浇铸的棺材被住在附近的农民挖出来,抛弃里面的尸骨,搬到生产队的田头,埋在地下当粪池。宋庆龄父母的墓也被捣毁了。现在宋家的墓恐怕是为了安葬宋庆龄而重新修的。①墓里是否有她父母的遗骸,那就只有天知道了。徐家汇天主堂的两个大钟楼被捣毁了。现在虽已修复,但已不再是古董。加拿大是个移民国家,历史很短,但加拿大人对先人走过的道路如此尊重,视如珍宝,而我们有五千年的悠久历史,有数不尽的文物古迹,但不知道珍惜、尊重。更有败家子挖祖坟盗文物,卖给文物贩子换钱,致使国宝流失海外。每次改朝换代,前朝文物都要遭到严重破坏。所谓"不破不立"之说,则为破坏活动提供了理论根据。写到这里,我突然想起中国的一句俗话:捧着金饭碗讨饭。我们对待祖国文化遗产的态度,是不是有点像这个叫花子呢?

---

① 宋庆龄在临终前曾留下遗嘱,要求葬在她父母的墓旁。政府遂重修了宋氏家族的坟墓。

## 十六、桑梓情，祖国恋

晚间我们跟温教授的学生们在一家中餐馆里聚餐。聚餐后，一位姓何的先生一定要请我们俩到他家里去做客。当时已是晚上9点，担心给主人带来不便，又怕拂了人家的好意，正迟疑不决，这时温教授说："去吧。我陪着你们。我们这儿的人睡觉都晚，不碍事的。"就这样，我们来到了何先生家。何先生介绍我们认识他的年轻漂亮的妻子。下午我们参观教堂时遇到的那位先生原来是何先生的岳父。他岳父打电话告诉女儿女婿，今天下午他接待了两位来自中国大陆的访问学者。何先生经过一翻打听，终于找到了我们的行踪。为了见到我们，他也来参加温先生举行的中国晚会。天涯何处不相逢啊。何先生是台湾人，三十四五岁，是个生气勃勃的帅哥，说得一口标准的普通话，同时会说英语和西班牙语。他暑假去西班牙的巴塞罗那进修西班牙语时，结识了现在的妻子。她也是去那里学西班牙语的。他们一见钟情，西班牙语遂成了他们谈恋爱的语言。直到结婚后，在日常生活中互相仍用西班牙语交流。他们先在加拿大的教堂里举行西式婚礼，以符合西方人的婚俗，可是他们回到台湾后，又按照中国的习惯举行了一次中式婚礼。他特地把他们的照相簿拿出来给我们看，并指着一张照片说："你们看，这就是何应钦。我们家跟他并没有亲戚关系，但他是名人嘛，我们就请他给我们做证婚人，他也欣然应允了。"何应钦是国民党的要员，黄埔军校的总教官，国民党政府的一级上将。抗日战争期间任中国远征军司令,"二战"结束时是接受日军投降书的中国政府代表。何应钦到台湾后,因年事已高,退居二线,担任闲职。有何氏族人请他去证婚,不过是面子工程而已,即使同姓不同宗,没有亲缘关系,也无伤大雅。何先生对中国历史及山川地貌了如指掌,并说,这都是在学校的教科书上学到的,很想有一天能亲自去看一看。我对他说:"这个愿望,你一定会实现的。"我们就这样怀着乡情,谈着家常,谈着祖国的大好河山,没有觉得有什么隔阂。不知不觉间,时钟已经敲过了12点。我们起身告辞。何先生一定要请我们明天早晨到他店里去用早餐。他跟当地人合伙开了一家专卖pancake的饮食店。合伙人的妻子是他妻子的闺中密友。何先生出资金和负责管理,合伙人出技术作干股。第二天一早,我们在温教授的陪同下来到餐馆时,餐馆已是宾客盈门,座无虚席。我们在一张预留的桌前坐下。何先生一边招呼客人,一边噼噼啪啪在收款机上打印发票。还不时走到我们餐桌边询问pancake是否合我们的胃口。这是一种鸡蛋加面粉做的饼,很像我国南方早晨做的拎饼,但比拎饼松软可口,吃时再配以炸土豆块、炒鸡蛋、烤香肠或熏火腿片。这是美国人和邻近美国的加拿大人特别喜欢吃的早餐。我们美美地饱餐了一顿。香甜可口的pancake,给我留下了难忘的印象。后来我在美国也吃过几次pancake,再也没有能找回第一次的感觉。由于要赶十点三刻的飞机,我们不得不匆匆告别何先生,并感谢他的热情款待。温教授送我们去机场,我们便结束了这次短暂的文化之旅。